한강 격류

작가 한강의 삶과 문학세계

일러두기

이 책은 한강 작가의 삶과 문학세계에 대한 사실을 바탕으로 쓴 논픽션이다.

한강/격류

작가
한강의
삶과
문학세계

김용출 지음

차례

제1장

노벨문학상의
순간들

"노벨상 위원회인데요…" 저녁의 평화 깨뜨린 전화

해가 쉴 곳을 찾아서 광휘의 어깨를 늘어뜨리고 떠난 뒤 어둠의 파도가 도시의 해안으로 시나브로 다가올 무렵, 그는 아들과 함께 평범한 저녁을 먹고 있었다. 이런저런 이야기를 했지만 그렇다고 특별한 이야기를 나눈 것은 아니었다. 모자의, 지극히 일상적인 저녁이었다. 특별한 일도 하지 않았다. 서울 자하문동 집 근처를 조금 산책했고, 책도 조금 읽었을 뿐이다.[1] 그날은 지극히 평범한 하루였다. 전화가 오기 전까진.

최근까지 꾸준히 문학 작품을 읽었다. 그는 쓰는 사람 이전에 읽는 사람이었다. 조해진 작가의 『빛과 멜로디』, 김애란 작가의 『이중 하나는 거짓말』, 유디트 샬란스키의 『잃어버린 것들의 목록』, 루소의 『식물학 강의』…. 사이사이, 문예지들도 손 가는 대로 펴들었다.[2]

저녁 식사를 막 끝낸 오후 일곱 시 오십 분쯤, 그의 휴대폰 수신음이 울렸다. 수신 버튼을 누르자, 누군가의 목소리가 미끄러지듯 밀려 들어왔다. 나중에 생각해 보니, 마츠 말름(Mats Malm) 스웨덴 한림원 상임 사무국장이었다. 말름은 자신을 간단히 소개한 뒤, 그가 올해 노벨문학상을 수상했음을 통보했다.

곧이어 한강은 노벨위원회의 웹사이트 콘텐츠 매니저인 제니 리덴(Jenny Rydén)과 칠 분 안팎의 짧은 전화 인터뷰를 이어갔다. 가능한 차분하고 침착하게 인터뷰를 하려고 했다. 그럼에도 그의 입에서는 "놀랐다(surprised)"는 말이 여러 차례 나왔다.

노벨문학상 수상이라니, 매우 놀랐다. 아니, 믿을 수 없었다. 함께 저녁을 먹었던 아들 역시 놀랐지만, 더 이상 길게 이야기할 여유는 없었다. 그에게도, 한국문학에도 이전에 경험해 보지 못한 거대한 격류가 밀려오고 있었다.

"노벨위원회에서 수상 통보를 막 받았을 때는, 사실 현실감이 들지는 않아서 그저 침착하게 대화를 나누려고만 했습니다. 인터뷰할 땐 장난인 줄 알았는데, 결국엔 진짜였다는 것을 깨달았지요. 전화를 끊고 언론 보도까지 확인하자, 그때에야 현실감이 들었어요."[3]

"2024년 노벨문학상 수상자는", 격식을 갖춘 발표문을 든 마츠말름 사무국장이 카메라 앞을 보면서 숨을 고른 뒤 말을 이었다. "South Korean author Han Kang(한국의 작가 한강)!" 말름은 먼저 스웨덴어로 수상자를 발표하고 다시 영어로 호명했다. 이어서 특유의 낮고 미끌미끌한 장어 같은 말투로 발표문을 천천히 읽어 내려갔다.

10월 10일 한국 시간 오후 여덟 시, 한강이 2024년 노벨문학상 수상자로 호명되었다. 작가 한강이 노벨문학상을 수상하는 순간이었다. 노벨문학상 수상은 한국 작가로서는 처음이고, 아시아 여성 작가로서도 처음이었다. 노벨상 수상은 2000년 노벨평화상을 받은 김대중 전 대통령에 이어 한국인으로선 역대 두 번째.

말름은 그를 수상자로 선정한 사유로 "역사적 트라우마에 맞서고 인간의 삶의 연약함을 폭로하는 강렬한 시적 산문(intense poetic prose that confronts historical traumas and exposes the fragility of human life)"이라고 밝혔다. 이어서 안데르스 올손(Anders Olsson) 노벨문학상위원회 위원장이 등장해 한강의 작가적 여정과 함께 주요 작품을 소개하고 분석한 뒤, 한강을 "현대 산문의 혁신가"라고 상찬했다.

"한강은 자신의 작품 세계에서 역사적 트라우마와 보이지 않는 규범들에 맞서고, 작품마다 인간 삶의 연약함을 드러낸다. 그녀는 신체와 영혼, 산 자와 죽은 자 사이의 연결에 대한 독특한 인식을 가지고 있으며, 시적이고 실험적인 스타일로 현대 산문의 혁신가가 되었다."[4]

노벨상 위원회는 곧이어 한강과 제니 리디안의 칠 분짜리 영어 인터뷰 영상을 홈페이지 및 유튜브 계정에 공개했다. 한강은 공개된 영상 인터뷰에서 침착하고 낮은 목소리로 "매우 놀랍고 영광스럽다"고 소감을 밝혔다. 수상을 어떻게 축하할 계획이냐는 리디안의 질문에, 그는 아들과 함께 차를 마시면서 조용히 축하하고 싶다고 말했다. "차를 마시고 싶어요. 저는 술을 마시지 않습니다. 그래서 아들과 차를 마시면서 오늘 밤 조용히 축하하고 싶습니다."[5]

AP통신과 AFP, 로이터, 뉴욕타임스(NYT)를 비롯해 전 세계 주요 언론들은 한강의 노벨문학상 수상 소식을 속보나 긴급 뉴스로 일제히 타전했다. 외신들은 "전혀 예상치 못한 일"이라면서 다양한 반응과 분석을 쏟아냈다.

무엇보다 "놀랍다"는 반응이 많았다. 한강은 노벨문학상 수상자 발표 이전까지만 해도 중국의 전위적인 작가 찬쉐(残雪)를 비롯해 다른 유력 후보들에 비해 거의 주목받지 않았기 때문이다. ≪뉴욕타임스≫는 "한강의 노벨상 수상은 놀라운 일(surprise)이었다"며 "발표 전 출판가들은 올해 수상자로 장르를 뛰어넘는 소설을 쓰는 중국의 전위적인 작가 찬쉐를 가장 유력하게 꼽았지만, 수상의 영광은 예상을 뒤엎고 한강에게 돌아갔다"고 보도했다. 프랑스 르피가로 역시 "한강은 유력 후보들이 포함된 (수상 예상자) 명단에서 전혀 보이지 않았다"며 "온라인 베팅 사이트의 예상을 뒤엎었다"고 분석했다.[6]

한강은 왜 찬쉐를 비롯해 다른 국제적 작가들과 달리 발표 전까지 유력하게 거론되지 않았던 것일까. 그것은 그의 작품 세계 폭이나 깊이, 수준을 떠나서 한강의 나이가 아직 만 54세에 불과했기 때문이다. 그는 역대 노벨문학상 수상자 가운데 수상 당시 나이 기준으로 다섯 번째로 젊다. 최근 노벨문학상 수상자들의 나이만 봐도 그가 얼마나 젊은지 쉽게 이해할 수 있다. 한 해 전 수상자인 욘 포세는 64세, 2022년 수상자 아니 에르노는 82세, 2021년 압둘라자크 구르나는 72세, 2020년 루이즈 글릭은 77세였다.

더구나 개별 작품에 수여하는 부커상이나 퓰리처상, 공쿠르상 등과 달리 한 사람의 작가에게 수여하는 노벨문학상의 특성상 그를 수상자로 전망하기 어렵게 만든 측면도 있었다. 노벨문학상을 수상하기 위해선 자신만의 작품 세계를 형성하고 이를 통해 세계문학에 유의미한 영향을 미치기 위한 일정한 '시간의 리트머스'가 필요하기 때문이다. 많은 전문가들이 한강이 언젠가는 수상할 것이라고 관측하면서도 올해가 될 것이라고 미처 예상하지 못한 이유였고, 작가의 아버지나 그 가족 역시 기대가 높지 않았던 배경이었다. 전문가들이 한강보다는 오히려 나이대가 조금 위인 일본의 다와다 요코나 중국 찬쉐를 좀 더 유력한 후보로 추측한 이유이기도 할 것이다.

한강의 작품 다섯 편을 일본어로 번역한 사이토 마리코(齋藤眞理子)는 언론 인터뷰에서 "한강이 언젠가 수상할 거라고 예상은 했지만, 아직 젊어서 올해 받을 거라고는 생각하지 않았다. 어쩌면 내가 죽은 다음일지도 모른다고 생각했다"며 "젊어서 수상하지 못할 것 같다고 예상한 내가 늙은 것 같다. 확실히 세상이 바뀌었다"[7]고 말했다.

심지어 '한국 작가의 노벨문학상 수상이 시야에 들어와 있다'고 여러 차례 강조해 온 시인이자 전 한국문학번역원장 곽효환조차도 "최근 1, 2년 사이에 한국의 노벨문학상 수상이 가시권에 들어와 있다는 이야기를 많이 했다"며 "하지만 한국 작가가 올해 노벨문학상을 받을 줄은 몰랐고, 한강 작가가 받을 것으로 예측하지 못했다"고 고백했다.

"한강 작가가 상을 받을 자격은 충분하지만 노벨문학상의 성격 때문에 그렇게 생각했습니다. 노벨문학상은 '작품상'이 아니라 '공로상' 성격이 강하고, 작가의 작품 세계 전체를 평가해 주는 상이니까요. 한강 작가는 아직 젊으니 좀 기다려야 되겠다고 생각했지요."[8]

아시아 여성 작가로서 첫 노벨문학상 수상이 주목받기도 했다. 일본의 교도통신은 "한국인이 노벨문학상을 받은 것은 처음이며 노벨상 전체로도 2000년에 평화상을 받은 김대중 전 대통령 이후 두 번째"라며 "여성의 문학상 수상은 통산 18명 째이고 아시아인 여성으로서는 처음이 된다"고 사실 관계를 중심으로 보도했다. [9]

역대 노벨문학상 수상자 121명 가운데 아시아 또는 아시아계는 한강 이전에 모두 여섯 명. 인도의 라빈드라나트 타고르, 일본의 가와바타 야스나리와 오에 겐자부로, 중국의 모옌, 중국에서 프랑스로 망명한 가오싱젠, 일본에서 영국으로 이민한 가즈오 이시구로가 그들이었다. 비백인 여성으로 범위를 확대해도 1993년 수상한 토니 모리슨에 이어 역대 두 번째였다.

세계 무대에서 영향력을 키워가는 한국 문화의 급부상 차원에서 바라보는 시각도 있었다. AP통신은 한강의 이번 노벨문학상 수상은 "점점 커지고 있는 한국 문화의 세계적 영향력을 반영한다"고 보도했다.

환영의 물결 "세계문학으로 한국문학의 시작"

후폭풍이 거대한 파도처럼 몰려오기 시작했다. 당장 그의 수상 소식이 알려지자 서울 여의도 국회에서 국정감사 중이던 국회 문화체육관광위원회와 기획재정위원회의 여야 국회의원들은 박수를 치고 환호성을 질렀다. 윤석열 대통령과 우원식 국회의장, 한동훈 당시 국민의힘 대표, 이재명 더불어민주당 대표 등 여야 정치인들은 말할 것 없고 유명 인사들은 일제히 축하 성명을 내거나 축하 글을 SNS 등에 게재했다. 시민들 역시 기쁨을 감추지 못했다.

노벨문학상 발표 직후부터 출판 및 서점가, 각종 도서관 등을 중심으로 한강 신드롬이 거세게 일기 시작했다. 당장 교보문고와 예스24의 종합 베스트셀러 순위에서 한강의 작품들이 한동안 1위부터 상위 랭킹을 싹쓸이하는 전례 없는 현상이 벌어졌다. 특히 장편소설 『소년이 온다』는 몇 주에 걸쳐서 연속 1위를 이어가면서 독자들로부터 큰 사랑을 받았다.

그의 책을 사기 위해서 아침 개장 시간에 맞춰 대형 서점은 물론 중소 서점이나 동네 서점에 사람들이 몰려드는 '오픈 런'도 잇따랐다. 많은 서점에서 한강 책 품귀 현상이 빚어졌다. 온라인상에서 한강 책 구매로 발생한 카드결제액이 수백 배가 뛰기도 했다.

문학동네와 창비, 문학과지성사 등 한강의 작품을 출판해 온 출판사들은 한동안 각종 서점과 유통업체, 도서관 등에 책을 제대로 공급하지 못할 정도로 주문이 쇄도했다. 직원들이 주말에도 책을 만들기 위해서 비상근무를 하기도 했다.

각 도서관마다 한강의 책을 읽으려는 사람들이 몰리면서 그의 책들은 거의 대부분 대출이 이뤄졌고, 대출 예약 대기도 상당기간 속출했다. 일찍이 볼 수 없는 현상들이었다. 문학과 책, 활자와 텍스트의 세계에서 한강의 격류가 일고 있었다.

"한강 작가의 노벨문학상 수상은 한국문학이 세계문학의 일원으로서 분명한 몫의 역할을 수행하고 있음을 보여주는 일대 사건이다. 한강 작가의 노벨문학상 수상은 작가 개인에 대한 문학적 보상이자, 보이지 않는 곳에서 문화의 토양을 일궈온 수많은 작가들의 땀이 스며있는 성과이기도 하다."[10]

대표적 문인 단체인 한국작가회의는 이튿날 이례적으로 논평을 내고 작가회의 소속 회원인 한강의 대표작과 작품 세계를 간략히 분석한 뒤, 그의 노벨문학상 수상은 한국문학의 "일대 사건"이라고 평가했다. 그러면서 "한강 작가의 수상 소식은 단순히 대한민국 국적의 작가의 수상이라는 의미를 넘어 인간이라는 존재의 본질을 탐구하는 문학 본연의 역할을 되새기게 한다"며 한강이 한국작가회의 회원임을 강조하면서 거듭 환영을 표했다.[11]

그의 노벨문학상 수상을 누구보다 환영하고 흥분한 이는 다름아닌 한국문학계였다. 한국문학은 그동안 세계문학으로 온전히 자리를 잡지 못한 채 독자 감소와 저변 축소, 위상 추락으로 절체절명의 위기를 맞고 있었다. 이런 상황에서 그의 수상은 위기 반전의 신호탄이 될 수도 있었기 때문이다.

작가 개인의 비범한 영예이기도 했지만, 한편으로는 그동안 세계에서 인정받지 못한 한국문학에 대한 인정으로도 이해되었다. 세계 변방의 언어인 한글을 기반으로 하는 한국문학이 비로소 세계문학의 중심에 진입했음을, 세계문학으로서 한국문학이 시작되었음을 알리는 역사적인 사건으로.

곽효환 전 한국문학번역원장은 필자와의 전화 통화에서 "지난해부터 한국 작가의 노벨문학상 수상이 가시권에 들어왔다고 말씀드렸는데, 제 예상보다 더 빨랐다"며 "이번 수상은 한국문학을 굉장히 중요한 세계문학계의 일원으로 인식하게 됐음을 보여준다. 이제부터 세계문학으로서의 한국문학이 시작됐다"고 의미를 부여했다. 유종호 문학평론가 역시 "케이팝과 영화, 드라마 등 한국 문화가 세계적으로 인정받는 가운데, 이번 수상은 작가의 개인적인 영예이자 한국문학에 대한 세계적인 인정이다. 우리 모두 축하해야 할일"[12]이라고 기뻐했다.

동료와 선후배 작가들 역시 그의 수상을 축하하고 나섰다. 오랫동안 노벨문학상 후보로 거명되어 온 문단의 거목 황석영 역시 "놀랐다. 그리고 아주 기쁘다"고 축하의 말을 발표했다. 문단의 거목다운 반응이었다. "무엇보다도 한강의 작품들이 억압과 폭력 아래 스러진 사람들과 살아남은 자들의 깊은 상흔을 어루만지고 기억하게 해준다는 점에서, 이와 다른 어느 누군가의 작품에 주어지지 않아서 더욱 다행스럽고 기쁜 일이다. … 한강의 노벨문학상 수상을 축하한다!"[13]

　문학계와 밀접한 관계를 갖는 출판계 역시 크게 환영했다. 한국을 대표하는 출판사들이 모인 사단법인 한국출판인회의도 성명을 발표하고 한강 작가가 이룩한 문학적 성취에 경의와 찬사를 보낸다며 "한국문학과 출판계에 있어 역사적인 사건이자 한국 문화의 저력을 세계에 널리 떨친 찬란한 쾌거"라고 축하했다. 이어서 수상을 계기로 한국문학이 더 많이 읽히고 한강 작가의 작품과 함께한, 판권 면에 새겨진 출판인들의 이름이 더 많은 독자의 눈에 새겨지기를 기대한다[14]고 덧붙였다.

　출판계와 정부, 한국 사회가 나아갈 방향도 제시했다. 출판인회의는 "출판계가 직면한 위기를 타개하고 한국 출판 콘텐츠의 우수성을 세계에 떨치기 위한 적극적이고 실효성 있는 지원 정책이 필요하다"며 출판 및 독서 정책이 정부의 정책 기조나 재정 방침에 흔들리지 않는 굳건한 버팀목이 될 필요가 있다고 주장했다. 아울러 출판계와 독서 생태계, 정부가 함께 머리를 맞대고 더 많이 소통해야 한다[15]고 강조했다.

세계문학으로서 한국문학이 확고히 자리 잡기 위한 주문도 쏟아졌다. 앞으로 한국문학에 대한 세계의 관심은 더욱 커지는 한편, 더 많은 한국 작가와 작품들이 새롭게 소개되거나 알려질 것으로 예상되기 때문이다. 한국문학은 바야흐로 세계문학으로 자리 잡으며 세계의 독자들과 더욱 가까워질 것으로 전망된다.

무엇보다 국내 문학 시장과 비평 및 담론 활성화가 시급하다는 의견을 쏟아냈다. 한국출판인회의 회장 이광호 문학과지성사 대표는 며칠 뒤 문화체육관광부 주최의 관계 기관 회의에 참석해 "한국문학의 가장 큰 약점은 한국어 문학 시장이 너무 작다는 점이다. 2,000부를 팔기도 어려운데, 작가에게 돌아가는 인세는 굉장히 적고 다음 책을 낼 기회가 적다"며 "다양한 책과 개성 있는 작가가 나와야 '제2의 한강'이 나올 수 있다"고 역설했다. 그러면서 한국어 문학 시장을 활성화하기 위해서 문학나눔 예산의 증액과 출판계 세액공제 입법, 공공대출 보상권 등 다양한 제도적 지원이 필요하다고 강조했다.[16]

당장 높아진 한국문학 작품과 작가에 대한 관심이 지속될 수 있도록 대표 작품과 작가군을 추리고 이들의 관계망 사업을 뒷받침해야 한다는 주장도 나왔다. 문학 전문가들의 한국문학 연구와 비평 확대를 도모하는 한편, 한국문학을 해외에 집중 조명하는 묶음 사업도 체계적으로 진행해야 한다는 것이다.

번역과 국제 교류도 좀 더 체계화하는 한편, 번역 전문 인력 양성도 시스템적으로 확대 강화해야 한다는 지적도 나왔다. 번역가인 정은귀 한국외국어대학교 교수는 "제자들을 떠올려 보면 (한강의 소설 『채식주의자』 등을 영역한) 데버라 스미스를 능가할 정도의 학생이 많지만, 시장의 문이 너무 좁다는 점에 마음이 아프다"[17]고 말했다. 한국문학번역원의 번역아카데미를 번역대학원대학으로 격상해야 한다는 목소리도 나왔다.

궁극적으로 전반적인 독서 진흥과 전국 각지의 도서관 활성화, 지역의 작은서점 살리기 등 책을 읽고 함께 즐기고 나누는 '책 읽는 사회', '독서 사회'로의 전환도 정책적·제도적으로 추진해야 한다고 전문가들은 입을 모았다.

이런 가운데 한국 내 일부 보수 단체나 인사들이 그의 일부 작품이 역사 왜곡을 담고 있다며 수상을 반대하고 스웨덴 한림원을 비판해 눈총을 사기도 했다. 보수 단체 회원 10여 명은 서울의 주한 스웨덴 대사관 앞으로 몰려가 "대한민국 역사 왜곡 작가 노벨상, 대한민국 적화 부역 스웨덴 한림원 규탄한다"는 문구가 적힌 현수막을 들고 그의 노벨문학상 수상을 반대하는 시위를 벌였다.

소설가 김규나도 발표 당일 자신의 페이스북에 글을 올려서 "(노벨문학상) 수상 작가가 써 갈긴 '역사적 트라우마 직시'를 담았다는 소설들은 죄다 역사 왜곡"이라며 "『소년이 온다』는 오쉿팔(5·18 광주민주화운동의 멸칭으로 추정)이 꽃 같은 중학생 소년과 순수한 광주 시민을 우리나라 군대가 잔혹하게 학살했다는 이야기고, 『작별하지 않는다』 또한 제주 4·3 사건이 순수한 시민을 우리나라 경찰이 학살했다는 썰을 풀어낸 것"[18]이라고 비난했다. 김규나는 2006년 단편소설 「내 남자의 꿈」으로 부산일보 신춘문예에, 2007년 단편소설 「칼」로 조선일보 신춘문예에 차례로 당선되면서 등단했고, 2017년에는 장편소설 『트러스트미』를 발표한 현역 작가다.

하지만 구체적인 내용이나 근거 제시도 없이 '역사 왜곡'이라는 이들의 주장이야말로 역사 왜곡이자 문학에 대한 몰이해라는 비판이 이어졌다. 즉, 그의 장편소설 『소년이 온다』의 주인공 동호는, 1980년 당시 광주상고 1학년생 문재학 군의 이야기를 바탕으로 한 것인데, 1980년 당시 계엄군의 총에 맞거나 구타를 당해 숨진 청소년 희생자는 초등학생 1명, 중학생 5명, 고등학생 12명 등 모두 16개 학교 18명인 것으로 조사되어, 상당수 학생들이 군인에게 피살되었다는 소설 설정이 역사적 사실과 어긋나지 않는다는 분석이 나왔다. 제주 4·3 당시에도 많은 주민들이 국가 폭력에 의해 희생되었다는 점에서 장편 『작별하지 않는다』 역시 역사적 사실과 어긋나지 않는다는 평가다.[19] 근본적으로 분명한 근거 제시도 없이 그의 작품 세계를 일방적으로 매도하고 이념적으로 재단하는 모습이야말로 문학을 문학으로 이해하지 못한 몰상식이자 비문명적 태도라

는 비판이 이어졌다. [20]

"위기 속에서도 존엄의 가능성 증명"

"자신이 아프다는 사실조차 깨닫지 못한 채 고통 속에 살아가는 사람이 많잖아요. 그런 사람들이 한강 작품을 읽으면 함께 고민하면서 자신의 아픔을 인정할 수 있죠. 한강의 작품에는 마음 깊은 속에 숨겨져 있는 이야기를 끄집어내는 힘을 가지고 있어요. 언제나 아픔과 회복을 주제로 하는 한강의 작품에는 신비한 힘이 있어요. "[21]

한강의 작품 다섯 편을 일본어로 번역한 사이토 마리코는 언론 인터뷰에서 한강의 문학은 사람의 내면에 있는 고통을 직시하게 해서 인간 존엄으로 나아갈 수 있도록 하는 매력이 있다고 이야기했다. 그는 10월 17일 ≪아사히신문≫에 실린 기고에서도 "그의 작품 속에는 개인의 상처와 역사의 상처가 불가분의 관계에 있다"며 한강 작품의 핵심은 "비참한 일이 있었음을 알리는 게 아니라 최대의 위기 시에도 인간의 존엄성이 존재할 수 있다는 것을 보여주는 것"[22]이라고 짚었다.

그의 노벨문학상 수상을 놓고 다양한 분석이 쏟아졌다. 한강은 어떻게, 아니 왜 노벨문학상을 받게 된 것일까. 작가의 탁월한 작품성 및 문학적 성취부터, 번역 역량의 성숙, 한류의 영향력 확대까지 다양한 요인이 거론되었다.

무엇보다 그의 탁월한 작품성과 문학적 성취가 가장 중요했다는 분석이 많다. 노벨문학상위원회는 선정 사유로 "역사적 트라우마에 맞서고 인간의 삶의 연약함을 폭로하는 강렬한 시적 산문"을 꼽았고, 올손 노벨문학상위원회 위원장 역시 "현대 산문의 혁신가"라고 상찬했다. 그렇다면 세계의 독자들은 왜 그의 작품에 열광하는 것일까. 도대체 무엇이 주목을 받았고, 어디에서 매력을 일으켰을까.

그의 문학에는 지치고 좌절한 현대인들을 위한 회복력이 있다는 의견도 있다. 일본의 한국 전문 출판사 쿠온의 김승복 대표는 이메일 인터뷰에서 "한강은 역사의 아픔, 인간의 아픔을 고발하지 않는다. 치유도 요란하지 않다. 아플 때 죽을 먹는 것처럼"이라고 설명한 뒤, "그녀의 작품을 시간을 들여 읽고 나면 서서히 회복이 되는 것을 느낀다. 이는 일본 독자들의 반응이기도 하다"고 말했다.

개인 내면의 경험과 역사의 진실이 마주하면서 공명하는 그의 문학세계 역시 많은 이들이 주목하는 포인트였다. 『채식주의자』와 『작별하지 않는다』를 프랑스어로 공동 번역한 피에르 비지우는 개인 내면의 고통과 역사의 트라우마를 함께 공명시키는 한강 소설의 강점을 주목했다.

"그의 소설들은 내면의 은밀한 경험이 역사와 어깨를 마주하고, 고통과 사랑이 눈밭에서, 숲에서, 그리고 격정의 불길 속에서 흔적의 길을 남기는, 가슴 아린 작품들입니다." 아마 프랑스인 특유의 리드미컬한 목소리였을 것이다. "그의 문장은 악몽마저도 (서정적인) 꿈처럼 느끼게 만들죠."[23]

오정희의 단편소설 「바람의 넋」을 읽으며 한국문학에 매료되었다는 비지우는, 2019년부터 한국 작가 작품을 주로 출간하는 출판사를 운영해 왔다. 다음은 '아시아 여성 작가여서 주목받은 게 아니냐'는 일각의 시각에 대한 비지우의 대답이다.

"그의 문학은 시대와 상황을 뛰어넘는 인간의 보편성에 호소합니다. 한강의 노벨문학상 수상은 아시아 문학의 승리도, 여성 문학의 승리도 아니죠. 문학 그 자체의 승리이며, 문학의 지평을 넓힌 중요한 사건이라고 생각합니다."[24]

'시적 산문'으로 불리는 그의 독특한 문장이나 문체가 주목받기도 한다. 한강의 소설 『작별하지 않는다』와 『흰』을 스웨덴어로 공동 번역한 안데르스 칼손 런던대학 동양·아프리카대(SOAS) 한국학 교수는 언론 인터뷰에서 "한강의 작품은 언어가 이야기 속으로 나를 초대한다는 느낌이 든다. 그의 언어는 아무리 어려운 주제도 읽을 수 있도록 만든다"며 "한강의 언어가 어려운 내용을 설명해 내기 때문에, 우리도 그 정도로 (문학적으로) 수준이 높은 스웨덴어 단어를 찾아내야 했다"[25]고 말했다.

아울러 한국어로 쓰인 그의 작품을 언어장벽을 뛰어넘어서 세계 속으로 자리매김하도록 한 번역의 힘도 중요하게 거론되었다. 한국문학번역원 등에 따르면, 그의 작품은 한국문학번역원 등의 지원을 받아서 모두 28개 언어, 총 76종의 책으로 번역 출간됐다. 이같은 번역 규모는 1994년 일본의 오에 겐자부로가 노벨문학상을 수상하기 직전의 17개국 79종과 비교해 결코 뒤지지 않는 규모다. [26]

이 과정에서 그의 작품을 영어로 번역해 세계로 확산하는 데 결정적으로 기여한 번역가 데버라 스미스의 역할이 특히 주목받았다. 데버라는 『채식주의자』를 성공적으로 영역해 한강이 부커상(수상 당시의 명칭은 맨부커상)을 받는 데 결정적인 기여를 했고, 이후에도 『소년이 온다』를 비롯해 한강의 여러 작품을 영역해 그의 작품이 세계인들의 사랑을 받는 데 중요한 디딤돌을 놓았다.

이와 함께 아이돌 그룹 BTS의 빌보드 석권, 봉준호 감독의 영화 〈기생충〉의 아카데미상 수상, 드라마 〈오징어 게임〉의 에미상 수상 등을 비롯해 노래와 드라마, 영화, 음식 등 전 세계로 뻗어나가는 한류의 영향력 확대도 적지 않게 영향을 미쳤을 것이라는 분석도 있다. AP통신은 한강의 노벨문학상 수상 소식을 긴급뉴스로 타전하면서 "한강의 노벨상 수상은 봉준호 감독의 아카데미상 수상작 〈기생충〉, 넷플릭스 드라마 〈오징어 게임〉, 방탄소년단과 블랙핑크를 포함한 케이팝 그룹의 세계적 인기 등 케이 컬처의 세계적 영향력이 커지는 시기에 이뤄졌다"며 한국 문화의 글로벌 영향력을 주목한 것도 이와 무관치 않다. [27]

왜 찬쉐나 황석영이 아닌 한강이었을까

"내 세대, 그러니까 제3세대 작가로는 황석영 씨가 대표적인데, 그의 사실주의 소설 특징은 민주화 운동이 한참 일어날 때라 저항적인 요소가 강했습니다. 한강은 신화적인 요소, 환상적인 리얼리즘의 요소를 가미해 문학을 더욱 아름답게 승화했어요. (노벨문학상) 심사 위원들은 한강의 리얼리즘에 담긴 아름다운 세계를 포착했기 때문에 후세대에 상을 줬다고 생각합니다."²⁸

한강의 부친인 소설가 한승원은 노벨문학상 수상자 발표 다음 날 장흥 집필실에서 가진 기자 간담회에서 황석영 작가를 제3세대 작가라고 그와 구분한 뒤, 한강의 젊은 감수성이 주목받은 것은 기존 영미 문학권의 리얼리즘에 남미 문학권의 환상적 리얼리즘이 가미되었기 때문으로 보인다고 분석했다.

한승원의 언급은 영미 문학권의 리얼리즘과 남미 문학권의 환상적 리얼리즘의 결합뿐만 아니라 한국문학에서 오랫동안 회자되어 온 세대론에 기반한 작가 분석이라고 할 수 있다. 그동안 한국문학계에서는 이광수와 최남선 등 개화기에 '신문학'을 주도하며 활동했던 작가군을 제1세대 작가, 황순원과 김동리 등 일제강점기와 한국전쟁 시대에 주로 등단하고 활동한 작가들을 제2세대 작가, 한글을 주로 사용하면서 1960년대부터 1980년대까지 등단해 활동해 온 작가군을 제3세대 작가로 분류해 왔다. 제3세대 작가로는 황석영을 필두로 이문구, 이청준, 조세희, 한승원, 윤흥길, 최인호, 송기숙, 김승옥, 오정희, 박완서, 김주영, 문순태, 박범신 등이 꼽혔다. 이들의 뒤를 이어서 한강을 필두로 김애란, 김연수, 조경란, 천운영, 윤성희, 조해진 등 1990년대 이후 등단해 활동 중인 작가를 제4세대 작가로 구분해 왔다.

한강의 노벨문학상 수상을 놓고 한국문학계에서도 다양한 분석과 의견이 쏟아졌다. 왜 찬쉐도 황석영도 아닌, 한강이었을까. 그는 2016년 연작소설 『채식주의자』로 부커상을 수상하면서 한국을 대표하는 글로벌 작가로 부상해 있었지만, 국내 문단에서는 여전히 황석영이나 조정래, 현기영, 이문열, 이승우, 오정희, 김혜순 등 기라성 같은 작가들과 권위나 명망, 팬덤을 공유하고 있었기 때문이다.

세대론을 명시적으로 거론하지는 않았지만, 문학평론가 김명인 역시 황석영이 한국의 대표 작가로서 많은 문학적 성취를 이뤄서 노벨문학상을 수상해도 전혀 이상할 것은 없지만 그럼에도 근대소설의 전형으로서 "한강에 비해 낡았다"고 대비해 눈길을 끈다.

"그(황석영)는 알다시피 정통 리얼리즘 작가다. 그만큼 근대소설의 문법에 충실한 작가라는 뜻이다. 근대소설은 '성숙한 남성성의 형식'이며 이미 그 여정을 알고 떠나는 주체의 여행이다. 황석영의 대표작인 「객지」나 「삼포 가는 길」의 주인공들은 내일을 모르나, 작가는 그들이 내일을 모른다는 사실을 잘 안다. 그 방황은 사실은 계산된 방황. 여행이 끝날 줄 알고 떠나는 여행이다. 근작들인『손님』과『철도원 삼대』에 이르면 죽은 자들이 무시로 등장하여 산 자들을 이끄는 '초현실'이 등장하지만, 그럼에도 그 작품 속 인물들의 운명은 '선험적 진리'가 견고하게 장악하고 있다. 이런 상황은 19세기 이래 근대소설의 전형적 상황이다."[29]

반면 한강의 문학은 대답을 모른 채 질문 형식으로 소설을 밀고 나가는 것이 특징인데, 이는 근대소설의 '미달태'이지만 오히려 새로운 언어와 사상이 탄생하는 탈근대적 글쓰기의 전형이라고 김명인은 설명한다.

"한강의 소설들은 이와 다르다. 그의 소설들에는 질문들은 무성하나 대답은 없다. 쓰고 있는 작가 역시 대답을 모른 채 질문의 형식으로 소설을 끌고 간다. 이것은 탈근대, 혹은 후기 근대적 글쓰기의 전형이다. … 한강의 소설은 루카치가 말한 근대 장편소설의 미달태이고, 기본적으로 루카치가 단편소설을 이야기할 때 겨우 인정해 준 '서정시'적인 성격을 가진다.『채식주의자』나『소년이 온다』가 하나의 장편 서사라기보다는 몇 개의 작은 서사들의 연쇄로 이어진다는 것,『작별하지 않는다』역시 사실과 몽환 사이의 어디쯤에 있다는 것 등이다. 그것은 객관적 진리에 의해서는 보증될 수 없는 '미숙한 주체'들의 산문 형식이다. 하지만 그 '미숙성'에서 새로운 언어가, 형식이, 사상이 탄생한다."[30]

특히『채식주의자』와『소년이 온다』,『작별하지 않는다』등을 거론하면서 한강 소설들의 여성 인물과 여성 화자들은 오래도록 확고한 진리의 세계, 근대의 가부장적 남성들의 세계에서 밀려나 있던 주변인, 소수자, 타자들의 형상으로, 그들의 언어는 진리에서 비껴난 형식으로 발화되고 전달된다는 점을 주목했다.

김명인은 그러면서 "요즘 한국 소설은 이런 형식들이 대세를 이루고 그 대부분이 젊은 여성 작가들에 의해 생산되고 있다. 이는 오래도록 민족·민중 계급 등으로 표상되어 온 한국문학의 고질적 남근주의, 가부장주의에 대한 집단적 반란이라 할 수 있으며, 이것이 어느덧 21세기 한국 소설의 주류가 되었다"며 "한강은 1970년생으로 이러한 당대 주류 한국 소설의 리더, 맏언니의 자리에 있다"고 수상 근거를 분석했다.[31]

미학자 강수미는 황석영을 비롯한 1970~1980년대 작가들과 제4세대 작가로 분류되는 한강의 차이를 'I(주격)'와 'Me(목적격)' 용법의 차이로 설명하기도 했다.

"저는 책무라든가 책임, 작가적 과제라는 말을 쓰지 않아요. 그것은 'I' 용법이 아니라 'Me' 용법이에요. 누군가가 주어가 되어서 목적어인 내게 부과하는 거. 내 자발성이 아니라 사회가 나에게 '너는 소설가니까 이런 소설을 써, 그게 너의 소설가로서의 책무야' 같은 사고법. 여기가 제가 1970~1980년대 작가들과 한강 작가가 다르다고 할 때의 구분선이에요."[32]

즉, 제3세대 작가들이 'Me' 용법의 글쓰기라면, 제4세대로 분류되는 한강은 'I' 용법의 글쓰기라는 것이다.

"제가 한강 작가의 말을 잘 이해했다면, 내가 의식적으로 사회적 책무를 짊어지느냐 아니냐가 아니라, 인간이기 때문에 나는 괜찮은 인간이고 싶은 거죠. 더 나은 인간이 되고 싶기 때문에 항상 무엇을 선택해야 할 때 올바르고 부끄럽지 않고 자기 모멸감을 느끼지 않으면서 매 순간을 살려 하는 거죠. 그런 사람한테 글쓰기란 무엇을 쓸 것인지, 왜 쓸 것인지가 매우 선명한 영역이라고 봐요."[33]

'탈근대의 글쓰기'(김명인)나 'I 용법의 글쓰기'(강수미)는 사회와 역사를 비롯해 외부로부터가 아니라 개인 내면으로부터 세계와 역사를 바라보게 만든다. 이는 개인의 내면과 정체성을 확인하려는 그의 시도가 주목을 받는 것과도 무관치 않아 보인다. 한국문학에 애정이 많은 2008년 노벨문학상 수상자 르 클레지오(Jean-Marie Gustave Le Clézio)는 "한강은 한국의 문학적 유산을 다시 아주 새롭게 만든 신세대 소설가"라며 "그의 문학을 처음부터 지켜봐 왔기 때문에 스웨덴 한림원이 한강에게 보인 경의는 매우 합당하다"고 말했다. 그러면서 언젠가 이화여대 강연에서 한강을 만났을 때의 기억을 들려주었다.

"그가 한국전쟁의 영향을 받은 이승우, 황석영 등 이전 세대와 자신(그리고 한국의 젊은 여성 작가 대부분)이 다른 이유에 대해 설명해 줘서 매우 흥미로웠던 것이 기억납니다. 한강은 (자신의 작품 집필이) 근대성에 물든 사회, 자기중심적이고 폭력적인 도시 사회에서 개인의 정체성을 확인하는 주된 투쟁이었다고 설명했습니다. 전쟁의 잔인함에 대한 원한과 같은 한국의 '한(恨)'이라는 감정을 파고들었던 내게 한강과의 만남은 매우 큰 깨달음을 주었습니다."[34]

한강 문학의 이 같은 특징은 제3세대 작가로 분류되는 선배 작가들에게는 매우 특이하면서도 새롭게 인식되었을 것이다. 제3세대 작가로 분류되는 이문열은 2004년 접한 한강의 중편 「채식주의자」에 대해 "프란츠 카프카의 「단식 광대」가 특이한 충격을 줬듯, 「채식주의자」도 특이하고 개성 있는 작품으로 봤다"며 "우리한테 흔히 있는 타입은 아니라서 새로워 보였다"고 기억했다.[35]

천천히, 그러나 멈추지 않고… 때론 격류로

"지금은 주목받고 싶지 않습니다." 느리지만 분명하게, 그는 자신의 생각을 영어로 말했다. "이 상(노벨문학상)이 무엇을 의미하는지 생각할 시간이 저에겐 필요합니다." 그는 발표 다음 날 스웨덴 공영 SVT방송과 가진 인터뷰에서 "나는 평화롭고 조용하게 사는 것을 좋아한다. 글쓰기에 집중하고 싶다"[36]고 말했다.

수상자 발표 하루나 이틀 뒤 적당한 장소에서 기자회견을 갖는 다른 노벨상 수상자들과 달리, 한강은 한동안 별도의 기자회견을 열지 않았다. 그의 작품을 주로 출간해 온 문학동네와 창비 측은 기자회견을 준비했다가 그가 하지 않겠다고 통보하는 바람에 회견을 열지 못했다. 그에겐 생각을 가다듬고 마음을 정리할 시간이 필요했다. 노벨문학상 수상이 무엇을 의미하는지. 앞으로 그의 삶을 어떻게 설계해야 할지.

아버지 한승원이 고향 장흥에서 열려고 했던 마을 잔치도 역시 취소시켰다. 아버지는 그의 노벨문학상 수상을 축하하기 위해 마을 사람들과 함께 잔치를 열려는 참이었다. 그는 아버지에게 말했다.

"전쟁으로 많은 사람이 죽어가는데, 무슨 잔치입니까. 상은 즐기라고 준 게 아니기 때문에 냉철해질 필요가 있습니다. 세계에 많은 고통이 있고, 우리는 좀 더 조용하게 있어야 합니다."[37]

한강이 마음을 추스르고 앞으로의 계획을 정리한 뒤 외부에 다시 모습을 드러낸 것은 발표 일주일 뒤였다. 그는 10월 17일 제18회 포니정 혁신상 시상식에 참석하며 공개 석상에 모습을 드러냈다. 포니정 혁신상은 고(故) 정세영 HDC그룹 명예회장의 애칭인 '포니정'에서 이름을 따서 혁신적 사고를 통해 한국 사회에 긍정적 변화를 일으킨 개인 또는 단체에 수여되어 왔다.

검은색 정장을 한 그는 이날 오후 서울 강남구 아이파크타워 포니정홀 1층에 모여 있던 취재진을 피해 다른 문으로 행사장에 들어간 뒤, 노벨문학상 수상과 관련한 소감을 먼저 전하고, 이어서 포니정 혁신상 소감을 읽어나갔다.

그는 술도 못 마시고, 커피를 비롯한 모든 카페인을 끊은 데다 좋아하던 여행도 이제 거의 하지 않는다며 "담담한 일상에서 가장 좋아하는 것은 쓰고 싶은 소설을 마음속에서 굴리는 시간"이라고 소개했다.

"아직 쓰지 않은 소설의 윤곽을 상상하고, 떠오르는 대로 조금 써보기도 하고, 쓰는 분량보다 지운 분량이 많을 만큼 지우기도 하고, 제가 쓰려는 인물들을 알아가기 위해 여러 방법으로 노력하는 과정을 중요하게 생각합니다. 소설을 막상 쓰기 시작하면 필연적으로 길을 잃기도 하고 모퉁이를 돌아 예상치 못한 곳으로 들어설 때 스스로 놀라게도 되지만, 먼 길을 우회해 마침내 완성을 위해 나아갈 때의 기쁨은 큽니다."[38]

그러면서 "이상한 일은, 지난 삼십 년 동안 제가 나름으로 성실히 살아내려 애썼던 현실의 삶을 돌아보면 마치 한 줌의 모래처럼 손가락 사이로 빠져나가는 듯 짧게 느껴지는 반면, 글을 쓰며 보낸 시간은 마치 삼십 년의 곱절은 되는 듯 길게, 전류가 흐르는 듯 생생하게 느껴진다는 것"이라고 말했다.

그는 "약 한 달 뒤면 만 오십 사 세가 된다. 작가들의 황금기가 보통 오십 세에서 육십 세라 가정한다면 육 년이 남은 셈"이라며 앞으로 육년 동안은 현재 마음속에서 굴리고 있는 책 세 권을 쓰는 일에 몰두하고 싶다고 앞으로의 계획이나 다짐을 밝혔다.

"일단 앞으로 육 년 동안은 지금 마음속에서 굴리고 있는 책 세 권을 쓰는 일에 몰두하고 싶습니다. 물론, 그렇게 쓰다 보면 지금까지 그랬던 것처럼 그 육년 동안 다른 쓰고 싶은 책들이 생각나, 어쩌면 살아 있는 한 언제까지나 세 권씩 앞에 밀려 있는 상상 속 책들을 생각하다가 제대로 죽지도 못할 거라는 불길한 예감이 들지만 말입니다."[39]

한강은 한국 작가로서 첫 노벨문학상을 수상함으로써 한국문학에 지울 수 없는 영감을 주었지만, 이를 위해선 삶과 인생, 문학의 격류를 먼저 건너가야 했다. 먼저 삶과 문학으로 흘러가야 했다. 온몸으로, 온 힘으로… 때론 격류로….

제2장

인연의 연쇄와
'작가 한강'의 탄생

가난과 책, 그리고 소설가 아버지

세상이란 수많은 인연의 연쇄이고, 삶이란 그 인연의 빛나는 결과인 것일까. "…아홉 달을 소급해 내 부모가 몸을 섞었고, 어느 확률적 순간에 육안으로 볼 수 없는 세포 하나가 분열되며 급팽창했을 것이다. 물질의 벽을 뚫고 생명이 터져 나왔다."[1]

부연한다면, 일조 개 이상의 정자를 생성하는 아버지와 일생 동안 삼, 사백여 개의 난자를 배란하는 어머니가 만나서 한 명의 인간을 탄생시킬 확률은 거의 수백 조 분의 일. 한 인간이 탄생한다는 것은 그야말로 압도적으로 낮은 가능성을 뚫고 이룬 기적 같은 인연이라고 할 수 있겠다.

그래서 어찌해 볼 수 없는 것투성이일까. 생명으로 탄생했지만, 하마터면 세상의 빛도 보지 못하고 질 뻔한 일만 해도 그렇다. 그가 뱃속에 태를 잡고 들어가 있던 그해 초여름, 어머니는 의사(疑似) 장티푸스에 걸려서 끼니마다 약을 한 움큼씩 먹어야 했다. 건강을 회복한 어머니는 뱃속 아이를 지우러 산부인과에 갔다.

"조금만 일찍 왔으면 됐을 텐데…. 임신 4개월에 접어들어 태반이 이미 형성돼 당장은 위험합니다. 두 달 뒤에 다시 오시면 유도분만 주사를 놔서 아이를 사산시켜 드리겠습니다."² 지금은 위험하다는 의사의 말을 듣고 어머니는 돌아섰다가, 다시 병원을 찾지 않았다. 그리하여 그가 이 세상에 소중한 생명으로 나올 수 있었다.

"하마터면 넌 못 태어날 뻔 했지." 그가 어렸을 때 주위의 어른들로부터 가끔 들었던 이야기였다. 그는 과연 무슨 말을 할 수 있었을까. 더구나 어머니가 낳은 첫째와 둘째 아이는 태어난 지 얼마 되지도 않아서 떠나서 그는 본 적도 없었다. "그 두 아이가 살았다면 넌 없었을지도 모르지."³ 나중에 이 같은 사연과 이야기를 듣고서, 그가 삶이란 우연의 연쇄라고 생각하지 않을 도리는 없었을 것이다.

"나에게 삶이란 저절로, 당연하게 주어진 것이 아니었다. 이 세계는 마치 아슬아슬한 신기루처럼, 혹은 얇은 막처럼, 수많은 변수들이 우연히 만난 결과 캄캄한 어둠 속에서 떠오른 하나의 가능성일 뿐이었다."⁴

맑은 늦가을이었던 1970년 11월 27일 오전, 광주 변두리 기찻길 옆 블록집에서 국어 교사이자 소설가인 아버지 한승원과 어머니 임감오 사이에서 딸로 태어났다. 저울을 달아보지는 않았지만 아주 작고 가벼워서 2.5킬로그램 정도였을 것이라고 어머니는 추정했다.⁵ 아버지 한승원은 딸의 탯줄을 철길 옆 둔덕에 묻고, "가장 부르기 쉽고, 한번 들으면 잊히지 않도록" 딸의 이름을 '한강'으로 지었다.⁶ 한자로는 韓江. 그렇게 인간 한강이 우리 곁으로 왔다.

어릴 때 집안 형편은 넉넉지 않았다. 아니, 어려웠다고 하는 것이 더 정확할 것이다. 가난은 입고, 먹고, 사는 곳으로 먼저 온다. 그는 정원이 60명이던 반에서 급식비를 내는 대신 도시락을 싸간 세 사람 가운데 한 명이었다.[7] 이사도 자주 다녔다. 마당이 없고 방이 두 칸뿐인 기찻길 옆 블록집에서, 마당에는 포도나무가 심어져 있고 화단에는 키 작은 동백나무가 자라던 중흥동 한옥으로, 다시 "밑동을 흔들면 노란 살구들이 탁구공처럼 쏟아지던"[8] 높다란 살구나무가 뒤꼍에 있던 삼각동으로, 이어서 풍향동으로…. 광주에 살던 시절, 초등학교를 무려 다섯 곳이나 옮겨 다녀야 했다.

그의 기억에는 거의 남아 있지 않지만, 그가 태어나고 처음 살았던 기찻길 옆 시멘트 블록 움막집은 지붕도 낮고 마당도 없는 대지 열 평에 불과한 작은 집이었다. 방 두 칸에 부엌 한 칸뿐이어서, 방 한 칸은 동생들 셋이 살았고, 다른 한 칸에는 그와 부모, 오빠까지 네 사람이 살았다.[9]

그가 세 살 때부터 살았던 중흥동 한옥에 대한 기억은 비교적 선명하다. 마당에 포도나무와 해바라기가 심어져 있었고, 화단에는 키 작은 동백나무 한 그루가 서 있었으며, "거의 검은빛이 도는 붉은 장미 꽃송이들"이 넝쿨에 실려서 월담의 비약을 만끽했고, 흰 접시꽃들이 "문간채 외벽을 타고" 어른 키만큼 자라서 풍경을 호령하며,[10] 담 너머 채석장에서 하루 종일 화강암을 깨는 소리가 들렸다. 중흥동 한옥에서 그는 비교적 여러 해를 보냈다.

중흥동 시절, 그의 방은 마루에서 부엌으로 건너가려면 지나야 하는 부엌 머리에 있었다. 부엌 머리 작은 방에서 늦봄에는 화단에서 방긋거리는 꽃 냄새를 맡기도 했고, 어느 비 오는 여름에는 방바닥에 배를 대고 뭔가를 쓰기도 했고.

따뜻한 햇살이 들던 어느 9월엔 비스듬하게 기운 기와를 배경으로 옥상에 앉아서 티셔츠에 어린이용 원피스를 더해 입고서 천진난만하게 웃기도 했을 것이다. 중흥동 한옥 옥상에서 환하게 웃던 다섯 살의 한강을, 지금은 발간되지 않는 ≪동리목월≫이나 ≪작가세계≫ 등의 잡지에 실린 그의 사진을 통해서 볼 수 있다.[11] 약간 가무잡잡해 보이는 피부, 조금 튀어나온 듯한 이마, 상대적으로 들어간 듯 보이는 눈, 하늘처럼 깊어 보이는 눈동자…. 순간일 수도 있지만, 어린 그의 표정과, 어떤 감성을 엿볼 수 있다. 아버지 한승원의 이야기다.

"아기는 얼굴이 예쁘장한데, 피부가 약간 거무잡잡했고 이국적인 매력을 지니고 있었다. 이마가 여느 아이와 다르게 내밀기 때문에 눈이 약간 들어가는 느낌이었고, 속눈썹이 유난히 길면서 위쪽으로 휘어진 듯싶기 때문에 눈동자가 하늘 호수처럼 깊고 그윽하고 맑아 보였다."[12]

가난했음에도 그에겐 가난에 대한 서글픔이나 원한의 감정이 없었다. 구김살이 없었고 오히려 잘 웃는 아이였다고, 그는 기억한다.[13] 사진 속의 그 역시 그렇다. 밝게 웃는 오빠와, 중간에 끼어서 하늘을 보는 남동생의 뒤에서, 비교적 밝은 모습으로 회전목마를 탔던 아홉 살 무렵의 그는 환하게 웃고 있다. 교실에서 작은 나무로 칠판을 가리키고 있는, 머리를 두 쪽으로 가지런히 따고 붉고 긴 외투를 입은 초등학교 3학년 때도 역시.[14]

왜 그는 가난이라든가 불편 같은 것을 실감하지 못했던 것일까. 아마 그것은 무엇보다도 가족의 울타리, 특히 아버지와 어머니의 사랑이 마치 든든한 둑처럼 자리하고 있었기 때문일 것이다. 아홉 살 즈음 걸을 수 없을 만큼 고열이 오른 그를 업고 소아과로 달려가던 아버지의 땀 냄새, 횡단보도를 빠르게 건너던 아버지의 발소리, 햇빛이 밝은 어느 초여름 날 조그만 집에서 집안 청소를 하다가 벌어진 온 가족의 물장난….

그날 아버지와 어머니는 숨넘어가도록 웃으며 서로에게 물을 끼얹었고, 그와 형제들 역시 누가 먼저랄 것 없이 달려가서 소리 지르며 합세했다. 서로를 쫓아가고, 서로에게서 도망치고, 서로에게 물을 뿌리고, 모두 비명을 질러댔다. 마치 축제처럼. 마치 영화의 한 장면처럼. "온통 부서지고 튀어 오르고 흩어지는 게 햇빛인지 웃음소린지, 눈부신 물줄기, 물방울들인지 알 수 없었다"고, 그는 당시를 추억한다.

"우리 형제들은 바가지를 들고 작은 화단에 물을 주고, 어머니는 시멘트가 얇게 발라진 마당에 양동이로 물을 부어가며 비질을 하고 있었다. 아버지는 호스로 커다란 적갈색 다라이에 물을 받고 있었다. 두 분이 무슨 이야긴가를 나누다 웃는가 싶더니, 어머니가 갑자기 양동이를 들고 가 아버지의 등에 물을 끼얹었다. 깜짝 놀라 소리를 지른 아버지는, 늘 지쳐 보이고 어렵기만 하던 아버지는, 화를 내는 대신 껄껄 웃으며 호스를 들고 어머니에게 물줄기를 쏘았다. 그 순간, 그것은 그에게 일종의 개벽이었다. 아! 어른들도 장난을 하는구나!"[15]

가난했지만, 그의 집에는 늘 책이 많았다. 책은 "마치 물이 넘친 듯 쌓이고 꽂히고 널려" 있었다. 정리 정돈 없이 책을 아무 데나 내버려두었다. 자연스럽게 책을 펼쳐 들고, 읽으며, 책과 함께 하루를 보내기 일쑤였다. 에피소드 하나.

"책을 읽다가 어느 순간 글자가 안 보이는 거예요. 왜 안 보이지? 하고 얼굴을 들어보니까 해가 진 거죠. 그래서 일어나서 불 켜고, 또 책 읽고 그랬던 기억이 나요. 시간이 가는 줄도 모르고 책 속에 파묻혀서 어린 시절을 보냈는데, 지금 생각하면 그런 행운이 어디 있나 싶어요."[16]

그는 아무 데나 틀어박혀 손에 잡히는 대로 책을 들었다. 한 권의 책을 온전히 몰입해 읽고 나면 온몸과 마음이 방금 읽은 책 이야기로 덮이곤 했다. 마치 막 내린 눈이 쌓이듯. 그는 책과 독서의 작은 왕국 속에서 책을 읽고 어두운 방에서 몽상하는 것을 좋아했다. 독서란 상상으로 가는 직선 통로이고, 몽상이라거나 상상은 독서를 풍성하게 만드는 연금술. 특히 열 살이 넘어서면서 자신의 생각에 빠지거나 상상을 부풀렸다고, 아버지 한승원은 전했다.

"자기 세계 속에서 살고 공상을 많이 했습니다. 얼굴이 보이지 않아 찾아보면 불도 켜지 않은 어두운 자기 방에서 혼자 누워 공상을 하곤 했어요. 그것이 소설가를 만들어간 자양분이 된 것 같습니다."[17]

탁탁, 타다닥, 드르륵…. 새벽 네 시가 되면 어김없이 안방에서 타자기 소리가 들려왔다. 잦은 이사에도 타자기 소리만은 꾸준하게 그의 귀청을 때렸다. 아버지는 자명종 없이도 매일 새벽 네 시면 어김없이 일어나 오전 여덟 시까지 글을 썼다. 낮에는 국어 교사로 생활했지만, 새벽이면 어김없이 글 쓰는 사람으로 돌아와 있었다.

장흥에서 태어난 아버지 한승원은 1966년 단편소설 「가증스런 바다」로 신아일보 신춘문예에 입선, 이 년 뒤 다시 단편소설 「목선」으로 대한일보에 당선한 등단 소설가였다. 『아제아제 바라아제』와 『동학제』, 『소설 원효』 등을 발표하면서 바다를 시원으로 민중의 빛나는 생명력에 천착한 작품 활동으로 한국문학에 의미 있는 족적을 남겼다.

어린 시절의 아버지는 늘 잠이 부족해 피곤한 모습으로 그에게 기억되었다. 그도 그럴 것이, 아버지가 새벽 집필을 마치고 토막 잠을 붙이는 동안 그와 형제들은 집 안에서 조용히 생활해야 했다고, 그는 기억했다.

"… 우리 형제들이 일어나 이른 아침을 먹을 때면, 어머니가 우리에게 수저 소리를 내지 못하게 했다. 예민한 아버지가 숟가락 소리에 깰까봐 우리는 가만히 숟가락을 상에 놓고, 쉬쉬 귓속말을 얘기하며 가만히 밥을 털어 먹었다."[18]

어린 한강은 매일 새벽에 일어나 글을 쓰면서 하루 종일 피곤해하는 아버지를 이해할 수 없었다. 아직 어렸고 세상의 현실에 온전히 발을 내딛고 있지 않을 때였으니 당연했을 것이다.

"(나는) 아버지를 잘 이해했던 것 같지는 않다. 왜 늘 저렇게 피곤하실까. 인생은 꼭 저렇게 힘들어야 하는 건가. 막연히 그런 의문을, 때로는 불만을, 때로는 연민을 가졌을 뿐이었다."[19] 한 발 더 나아가 아버지처럼 살지 않겠노라고 생각하기도 했다. "고백하자면, 어린 시절 나는 아버지처럼 살지 않겠다고 다짐을 했었다. 어떤 경우에도 문학을 삶 앞에 두지 않겠다고. 지금도 그 생각에는 변함이 없다."[20]

그럼에도 그는 아버지의 영향을 적지 않게 받았다. 젊은 시절 새벽 글쓰기 습관이나, 성실하게 글을 쓰는 자세, 초기의 전통적 서사와 진중한 문장은 물론, 일찌감치 눈을 뜬 문학적 감수성까지. 오빠 규호 씨가 소설집 『유령』 등을 발표한 소설가가 되고, 남동생 강인 씨 역시 소설을 쓰고 만화를 그리는 것 역시 이와 무관하지 않을 것이다.

추웠던 서울과, 비의로 새겨진 광주 사이

"내 생애에서 한 번도 이런 비슷한 상황을 목격한 적이 없었다. 심지어 베트남전쟁에서 종군기자로 활동할 때도 이렇듯 비참한 광경은 본 적이 없었다." 경악, 분노, 놀라움, 충격, 비참…. 글을 통한 '오월 광주'의 회고였음에도 쓰는 것조차 쉽지 않았을 것이다. 온갖 기억과 감정이 홍수처럼 밀려들었을 것이다. "가슴이 너무 꽉 막혀서, 사진 찍는 것을 잠시 중단할 수밖에 없었다."[21]

광주의 진실을 세계에 알리는 데 중요한 역할을 한 독일 방송국 ARD-NDR 도쿄특파원이자 카메라 기자 위르겐 힌츠페터(Jürgen Hinzpeter)는 1980년 5월 광주를 취재하던 당시를 이같이 기억했다. 제법 시간이 흐른 뒤에 작성한 그의 글을 읽는 것조차 가슴이 턱턱 막힌다.

그러니까 그해 오월, 한반도의 남쪽 도시 광주에서 권력을 장악하기 위해서 비상계엄을 전국으로 확대한 신군부의 조치에 반대하고 민주주의 회복을 요구하는 시민들의 대규모 시위가 일어났다. 신군부는 공수부대를 투입해 광주 시민들의 민주화 시위를 폭압적으로 진압하면서 많은 시민이 희생되었다. 광주 시민들은 물러서지 않고 대규모 시위를 이어갔고, 나중에는 스스로 무장해 계엄군과 맞섰다. 이때에도 많은 시민들이 희생되었다. 저항의 마지막 날, 전두환을 비롯한 신군부가 탱크와 기관총까지 동원한 압도적인 무력으로 진압작전을 벌이면서 저항하던 시민들이 다시 희생되었다. 이른바 '광주민주화운동'이었다.

광주민주화운동이 발발하기 4개월 전인 그해 1월, 초등학생 5학년생 한강은 가족과 함께 광주를 떠나서 서울로 이사했다. 뒷바라지를 했던 막내 고모가 대학을 졸업하고 자립해 떠나자, 아버지는 교직을 그만두고 글쓰기에만 전념하기로 한 것이다. 그동안 아버지는 일찍 돌아가신 할아버지를 대신해 구 남매의 가장 노릇을 오랫동안, 힘겹게 감당해야 했다. 막판 서울행을 주저하는 아버지에게 어머니는 말했다. "당신 글을 못 쓰면 내가 장사를 할게요. 전라도식 된장국을 끓여 파는 식당을 할 수도 있고, 빈대떡을 부쳐 술을 파는 장사를 할 수 있어요."[22]

꽁꽁 얼어붙은 길들, 창문이나 대문 등 문이란 문은 다 닫힌 집들, 유리창의 투명함을 망친 성애, 딱딱 소리치며 이가 부딪치는 추위…. 어린 그에게 서울은 몹시 추운 도시로 기억됐다. 수유리 집으로 들어가기 전에 임시로 석 달간 살던 연립주택 방 안에서조차 "외투를 입고 솜이불을 둘러도 이가 딱딱 소리를 내며 부딪"칠 정도였다.[23] "서울은 끝없이 넓고, 강물이 시퍼렇게 일렁이고, 무엇보다 몹시 추웠던 첫인상이 남아 있다"[24]고, 그는 나중에 자신의 연보에 적었다.

아버지는 은행에서 대출을 받아 북한산 밑 수유리 언덕배기의 작은 단독주택을 샀다. 아버지는 전화기를 들여놓고 짐 정리를 한

뒤, 잡지사와 출판사를 돌아다니며 인사를 했으며, 부지런히 글을 썼다. [25]

어려운 집안 형편 때문에 그는 오히려 '철'이 일찍 들었다. "반찬 투정을 한다거나, 군것질을 하기 위해 용돈을 달라고 떼를 쓴다거나, 무슨 상표의 운동화를 신고 싶다며 조르는 일은 상상하지 못했다"[26]고, 그는 기억한다.

그런데 딱 한 번, 부모를 조른 일이 있었다. 노래를 좋아하고 음악 시간에 리코더 불기를 좋아했던 그는 언젠가 피아노를 배우고 싶다는 갈망이 생겼다. 서울로 막 이사 온 5학년 때에는 견디기 힘들어서 어머니에게 피아노학원을 보내달라고 조르기도 했다. 마치 어미 돌고래의 뒤를 졸졸 쫓는 새끼 돌고래처럼.

"마침내 피아노학원에 보내달라고 어머니에게 말했을 때 어머니는 대답하지 않았다. 그날부터 나는 며칠 동안 어머니 뒤를 따라다녔다. 마당에서 빨래를 널고 계시면 그 옆에 쪼그려 앉아 있고, 빈 빨래 바구니를 들고 집으로 들어가시면 그림자처럼 뒤따라가 부엌에 서 있었다. 여름방학이었는데, 아직도 그 마당의 침묵, 어머니가 굳은 얼굴로 빨래를 털어 널던 모습, 자꾸만 내 종아리로 기어오르던 커다란 개미들이 생각난다."[27]

한참 시간이 흐른 뒤인 1984년, 그러니까 피아노의 열정이 이미 식어버린 중학교 3학년이 되어서야 집에서 한 정거장 거리의 자그마한 피아노학원을 다니게 된다. 9개월간 학원에서 피아노 체르니

30번까지 쳤다.[28]

"굉장히 어려운 책이었지만, 충격을 받으면서 읽었던 기억이 나고요. 그 세계가 굉장히 어두운 세계잖아요. 그런데 그 어두운 세계에서 이상하게 손을 뗄 수가 없더라고요." 초등학교 6학년 때 도스토옙스키(Fyodor Mikhailovich Dostoevsky)의 『죄와 벌』을 읽고, 그는 큰 충격을 받았다. "그걸 읽어가면서, 뭔가 저의 존재가 이 책 때문에 굉장히 흔들리고 있다는 무거운 충격을 받았어요."[29]

독서는 서울에서 더욱 탄력을 받았다. 어릴 때부터 세로쓰기로 된 『세계문학전집』을 읽었던 그는, 초등학교 5학년 때부터 문예지를 읽기 시작했다. 한국문학과 세계의 작가들로부터 많은 영감을 받았다.

아버지가 새로 워드 프로세서를 들여놓으면서 마침내 타자기 소리가 집안에서 사라졌다. 그럼에도 아버지는 여전히 새벽 네 시면 어김없이 일어나 글을 썼다. 이때 그는 아버지로부터 쓰지 않는 타자기를 선물받았다.

타자기에 이면지를 넣고 자판을 두들긴다. 한 줄을 다 치면 땡, 하고 들려오는 소리의 감각. 탁탁, 타다닥, 땡, 드르륵. 마음 가는 대로 글자를 치는 것이 어느새 그의 소일거리가 되었다. 소리를 타고 들어오는 글자와, 단어와, 문장…. 탁탁, 타다닥, 드르륵….[30]

여름방학과 겨울방학 때 광주 외가와, 다시 버스를 타고 남쪽 바닷가 장흥 친가를 다녀오기도 했다. 고속버스와 시외버스, 시내 또는 군내버스를 갈아타야 하는 긴 여정. 이런 여행의 경험은 그에게 멀고 아련한 공간 감각을 심어주었다.

"부모님이 저희 형제들을 데려가시는 게 아니라, 지도 한 장, 여비 조금을 손에 들려서는 알아서 찾아가도록 보내셨어요. 아직 어린 나이였는데도 시내버스, 시외버스, 고속버스, 군내버스를 갈아타며 긴 시간을 여행하게 되었는데요. 그 시절의 저에게는 한국이 지금처럼 작은 나라가 아니라, 한없이 멀고 고단한 길들로 가득한, 거의 무한한 공간처럼 느껴졌어요."[31]

어린 시절 이 같은 경험은 그에게 여행이나 낯선 장소에 대한 거부감이나 두려움을 없애주었고, 새로운 곳에서도 쉽게 잘 적응할 수 있는 어떤 힘을 주었다.[32]

自상이나 총상으로 숨진 사람들의 참혹한 시신들… 부상자들을 위해 헌혈을 하려고 병원 앞에서 끝없이 줄을 서 있는 사람들… 총검으로 깊게 내리그어 으깨어진 여자애의 얼굴….

어른들이 평소처럼 부엌에 모여 아홉 시 뉴스를 보고 있던 1982년 여름 저녁, 중학생 한강은 몰래 그 사진첩을 펼쳐 들었다. 사진첩 안에는 두 해 전 벌어졌던 광주민주화운동의 참상이 담겨 있었다. 사진으로 으깨어진 여자애의 얼굴을 마주한 순간, "거기 있는지도 미처 모르고 있었던 내 안의 연한 부분이 소리 없이 깨어졌다"[33]고,

그는 나중에 『소년이 온다』의 「에필로그」에 적었다.

아버지가 광주에 조문을 갔다가 그곳 터미널에서 파는 사진첩 한 권을 사서 가져왔고, 어른들끼리 사진첩을 돌려본 뒤, 아이들이 보지 못하도록 안방의 책장 안쪽에 뒤집어 꽂아놓았던 것이다.

"제가 광주 사진첩을 처음 본 게 12살, 13살 즈음이었는데, 그 사진첩에서 봤던 참혹한 시신들의 사진, 총상자들을 위해서 헌혈을 하려고 병원 앞에서 줄을 끝없이 서 있는 사람들의 모습, 이 두 개가 풀 수 없는 수수께끼처럼 느껴졌거든요. 인간이란 것이 이토록 참혹하게 폭력적이기도 하고, 그렇게 위험한 상황에 집에 머물지 않고 나와서 피를 나누려고 하는 사람들이 있다는 것, 그게 너무 양립할 수 없는 숙제 같았어요."[34]

인간이란 어떤 존재인가. 우리가 정말 다 죽어야 하는 걸까. 사람은 왜 죽는 걸까. 나는 이 세상에서 과연 무엇을 할 수 있단 말인가…. 인간과 세상에 대한 알 수 없는 비의가 비어져 나온 순간이었다.

그는 열 살 무렵 처음 광주 이야기를 들었다. 어머니가 시키는 일을 하고 있다가, 어른들이 주위를 살피며 조심스럽게 주고받는 말 속에 담긴 그 이야기를. 초가을 어느 일요일 막내 고모는 식탁 머리에서 물었고, 아버지는 조심스럽게 답했으며, 추석 때에는 친척 어른들이 목소리를 낮춰 두런두런 주고받던 그 이야기를. 두런두런 나누던 어른들의 대화 속에 광주가 있었다.[35]

수많은 의문과 고민, 비의와 함께 사춘기가 돌연 그에게 육박해 왔다. 교복 비슷한 옷에, 긴 머리를 양쪽의 귀 뒤로 단정하게 땋고, 마치 뭔가를 사색하는 듯 정면이 아닌 옆으로 눈길을 보내고 있는 소녀 한강. 그때 그는 무엇을 생각하고 있었던 것일까. 수많은 이야기와 의문을 품고 있는 듯한 그의 눈은 과연 무엇을 보고 있었을까. 잡지 등에 공개된 그의 사진들 가운데 중학교 1학년 봄 수유리 옛집에서 찍은 사진 한 장은 중학 시절의 그를 다양하게 상상하게 만든다.[36]

어떤 소망 "내 방식의 소설을 쓰고 싶다"

"청년이 음악과 작별을 고하는 장면"에서 깊은 감동을 느낀 보리스 파스테르나크의 『어느 시인의 죽음』, "마치 혼자서 성냥불을 켜보고 그게 꺼지는 걸 들여다보는 것 같은" 볼프강 보르헤르트의 『이별 없는 세대』, "자신을 둘러싼 세계를 굉장히 예민하게 응시하고, 자신의 작업에 무척 진지하게 임하고, 죽는 날까지 멈추지 않았던 사람"을 그린 카테리네 크라머의 『케테 콜비츠』….[37]

혹시 책 속에 의문과 고민에 대한 대답이 있지 않을까. 의문이 많아지고 고민이 깊어진 사춘기 시절, 그는 가방에 책을 넣어 다니며 읽기 시작했다. 뜻도 모르지만, 책을 읽고 또 읽었다. 때론 책을 읽다가 말고 운동장가의 긴 의자에 혼자 앉아서 생각에 잠기기도 했을 것이다. 햇볕이 내리쬐는 어느 봄날, 토요일 오후 수업을 마치고 운동장가의 의자에 앉은 그의 머릿속 풍경은 운동장이 아니었을 것이다. 문득 정신이 들었을 때에는 이미 가방을 멘 학생들도 차츰 드물어지고 태양 역시 멀리서 서산을 향해 부지런히 달리고⋯. 그때 그는 과연 무엇을 생각하고 있었을까.[38]

"막차는 좀처럼 오지 않았다. 별로 복잡한 내용이랄 것도 없는 장부를 마저 꼼꼼히 확인해 보고 나서야 늙은 역장은 돋보기안경을 벗어 책상 위에 놓고 일어선다. 벌써 삼십 분이나 지났군."[39]

마치 영화의 한 장면처럼 시작하는 소설은, 눈 내리는 겨울밤 시골 간이역 대합실에서 막차를 기다리는 사람들의 쓸쓸한 삶과 내면을 그린다. 현재의 기다림과, 아득한 추억과, 막막한 미래를. 한겨울의 어둠과 대책 없는 눈, 작고 누추한 시골의 역사, 어둠과 추위를 마치 꼬치로 꿰뚫는 듯한 톱밥 난로의 불빛, 그리고 막차를 기다리는 사람들⋯.

특정한 인물이 아니라 인간들의 삶 자체가 주인공이 되어 분위기와 리듬만으로 이야기를 끌고 가다니⋯. 이 완벽주의에 가까운 문장은 또 무엇인가⋯. 소설이 이렇게 아름다울 수도 있다니⋯.

중학교 3학년이던 1984년, 그는 우연히 임철우의 첫 소설집 『아버지의 땅』을 펴들었다가 소설집 중간에 있는 단편소설 「사평역」에 꽂히고 말았다. 임철우의 「사평역」은 곽재구의 시 「사평역에서」

에서 출발한 단편소설이었다.

　완도에서 나고 광주에서 성장한 임철우는, 1981년 단편소설 「개
도둑」으로 서울신문 신춘문예에 당선되면서 등단한 이후, 장편소
설 『붉은 산, 흰 새』, 『그 섬에 가고 싶다』, 『봄날』 등을 발표하게
되는, 당시에는 젊은 작가였다. 한강은 임철우의 「사평역」을 읽고
서 아름다운 소설을 생각했고, 비로소 소설을 써보고 싶다는 마음
을 갖게 되었다고, 나중에 여러 인터뷰에서 밝혔다.[40]

　"「사평역」이란 단편을 읽으면서, 특정한 주인공이 소설을 끌고
가는 게 아니라 한밤의 어둠과 눈, 작고 추운 역사와 톱밥 난로의 불
빛, 어쩌면 인간의 삶 자체가 주인공이 되어서 내적인 리듬을 가지
고 끝까지 흘러가는 게 무척 놀랍게 느껴졌어요. 말하자면 그 소설
의 고유한 방식에 끌렸던 것인데요. 이 소설과 비슷한 소설이 아니
라, 이렇게 나름의 방식을 가진 소설을 언젠가 쓰고 싶다고 처음으
로 진지하게 생각했던 기억이 납니다."[41]

　임철우 이외에도 최인호와 오정희를 비롯해 많은 한국 선배 작
가들의 작품을 읽었다. 그가 노벨문학상 수상자로 호명되었을 때
선후배 한국 작가들의 모든 노력과 힘이 영감이었다고 고백한 이유
였을 것이다. "제가 어릴 때 옛(old) 작가들은 집단적인(collective)
존재였고, 그들은 삶에서 의미를 찾고 때로는 길을 잃고 때로는 결
연했습니다. 그리고 그들의 모든 노력과 힘이 나의 영감이었어요.
내게 영감이 된 몇몇 이름을 고른다는 것은 내게 매우 어려운 일입

니다."[42]

　가슴을 파고드는 장면이나 문장이 있으면 밑줄을 그었다. 밑줄을 그었음에도 심장을 꿰뚫을 것 같은 문장들은 다시 노트에 베껴 적었다. 그럼에도 책에서 인생에 대한 대답을 찾을 수 없다는 것을 그는 깨달았다. 아, 답을 주는 책은 없구나.

　"다들 정말 훌륭하고, 나이 많은 분들이 쓰신 책이지만, 결론은 항상 이들도 나처럼 잘 모르고, 내가 고민하는 것들이 이들에게도 큰 고통이었단 거였어요. 우린 다 비슷하구나. 답은 없네."[43]

그가 풍문여고 1학년이던 1985년, 아버지 한승원은 구원의 문제를 다룬 장편소설 『아제아제 바라아제』를 발표했다. 초월적인 이상의 세계를 좇는 진성과, 파계하고 맨몸으로 세속을 떠도는 순녀. 소설은 두 여승의 파란만장한 삶을 통해 어떻게 살아야 하는가, 참다운 자유인의 길이란 무엇인가를 모색한 작품이다. 한 영혼을 구제하려다가 좌절한 제자의 안타까운 이야기를 듣고서 슬픈 사연을 풀어주기 위해 시작한 소설은, 사 년 뒤 임권택 감독의 연출과 명배우 강수연 주연의 동명 영화로 제작되면서 큰 인기를 끌고 베스트셀러에 올랐다.

　그가 풍문여고 3학년이던 1987년 6월, 한국 전역에서 민주화를 요구하는 운동이 요원의 들불처럼 일어났다. 수많은 시민들이 민주화를 요구하는 시위에 나섰다. 결국 국민들이 직접 대통령을

뽑는 직선제 개헌을 이루는 등 민주주의 역사에 일대 진전을 이루었다.

풍문여고를 졸업한 그는 1988년 서울 시내의 종합반 학원과 집 근처 독서실을 오가며 재수 생활을 했다. 시집도 찾아 읽고 일기를 쓰면서도 열심히 공부했던 것으로 보인다. 서너 시간 동안 화장실도 가지 않고 책상 앞에서….

"그때 후배들은 내가 세 시간 네 시간을 화장실도 안 가고 책상 앞에 앉아 있다며 혀를 내두르곤 했었다. 실은 공부하는 시간보다 일기 쓰는 시간, 시집 읽는 시간이 더 많다는 걸 몰랐던 탓에."[44]

독서실에서 도시락으로 저녁을 먹은 뒤에는 주위의 재래시장으로 산책을 다녀오기도 했다. 가는 길에 작은 서점에 들러서 책도 구경하고, 한용운의 시집 『님의 침묵』을 사기도 하고. 이 시절, 학원과 독서실을 시계추처럼 오가며 산울림의 노래 「회상」을 흥얼거리는 열여덟 살의 그를 우리는 만날지도 모르겠다. 길을 걸었지, 누군가 옆에 있다고 느꼈을 때 나는 알아버렸네, 이미 그대 떠난 후라는 걸, 나는 혼자 걷고 있던 거지, 갑자기 바람이 차가와지네….

"영문과를 가도 소설을 쓸 수 있을 테니 기왕이면 영문과를 가라." 대학 진학을 앞두고 어머니가 그에게 영문과 진학을 권했다. 평소 자신의 주장을 강하게 내세우지 않던 어머니의 말이었기에 오히려 의외였다. 하지만 그는 이미 고민과 방황 속에서 생겨난 어떤 마음이 있었고, 부모는 그의 의견을 존중해 주었다.

사춘기 내내 늘 고민과 질문을 가지고 서성거렸지만, 질문도 해답도 아직 정확히 규명되지 않았다. 조금은 어둡기도 했고, 더러는 반항적이기도 했다. 오지 여행자가 되고 싶다는 생각도 잠깐 했지만,[45] 그럼에도 터널을 지나는 동안 그의 마음에는 시와 소설이 진지하게 자리 잡고 있었다. 글 쓰는 사람이 되고 싶다는 마음. 글을 쓰는 사람으로 살겠다는 마음. 그 마음이 그의 운명을 결정지었다.

문학을 찾던 순간들… 시로 연세문화상

"무척 조용하고 차분했던 것 같습니다." 시인 정현종은 연세대학교 국문과 교수로 재직 당시 자신의 시창작론 강의를 들었던 대학생 한강을 기억하고 있었다. "원래 조용하고 차분한 성격이라는 생각이 자연스럽게 들었어요."

고민과 함께 문학의 길로 인도했던 사춘기의 긴 터널을 빠져나오자, 푸르디푸른 대학 생활이 급하게 육박해 있었다. 1989년 서울 신촌에 자리한 연세대학교 국어국문학과에 입학했다. 사춘기의 터널에서 빠져나온 그는, 확 달라져 있었다. "순진하고 활달한 성격이었으며 환경이 바뀔 때마다 빨리 적응하는 편"[46]에서 옛 친구들이 놀랄 만큼 조용하고 내성적인 모습으로.

수유리 집에서 신촌에 있는 연세대까지는 버스로 왕복 세 시간이나 걸렸다. 그는 버스 맨 뒷좌석에 앉아서 시집을 읽곤 했다. 그는 "정류장에서 멈추면 한 편 읽고, 다음 정류장까지 버스가 달리는 동안 그 시에 대해 생각하는 식이었다. 버스를 타지 않는 시간에는 그저 마음 가는 대로 읽고 싶은 책들을 읽었다"[47]고, 나중에 작가연보에 적었다.

재학 시절, 국어국문학과에 있던 문학학회 '연세시학'에서 활동했다. 그는 이곳에서 시나 소설 작품을 함께 읽거나 또는 창작해 의견을 나눴을 것으로 추정되고, 비정기적으로 학회 문집을 발간한 것으로 알려져 있다.[48] 풍물, 특히 북을 잠깐 배우기도 했다. 북을 둘러메고 행군을 가기도 했다.[49]

여행도 자주 다닌 것으로 보인다. 친구들과 엠티로 춘천에 다녀오기도 했다. 잡지 등에 공개된 사진에서 춘천으로 가는 버스 앞에서 친구들과 함께 서 있는 청춘의 풋풋함이 가득한 한강의 모습을 볼 수 있다.

햇볕이 뜨거웠던 어느 8월에는 땀을 뻘뻘 흘리며 광주 망월동 묘지를 다녀오기도 했다. 꽃과 사진과 양초에 겹겹이 둘러싸인 검은 묘석들….[50] 나중에 단편 「여수의 사랑」의 무대가 되는, 여수를 다녀오기도 했다. 잡지에 공개된 사진에는 전라좌수영의 객사인 진남관으로 보이는 큰 기둥들 사이에 단정하게 두 손을 모은 대학생 한강의 모습을 볼 수 있다.[51] 어느 겨울에는 부산의 친구 집을 갔다가 동해를 처음 보기도 했다. 섬이 많은 남해와 달리, 동해는 섬이

많지 않아서 충격을 받았고.[52]

"어느 순간 저는 소설을 읽을 때마다 무언가를 애타게 찾고 있다는 것을 알게 되었는데, 그것은 바로 내가 꿈꾸는 소설이었습니다." 어느 날, 그는 진짜로 글을 써야겠다고 생각하게 되었다. 시와 소설을 찾던 순간을 그는 기억한다. "결국 내가 꿈꾸는 방식의 소설은 내가 쓸 수밖에 없다는 자각에 이르렀을 때 저는 두려운 마음으로, 머뭇거리며 쓰기 시작했지요."[53]

왜 글쓰기, 더구나 시와 소설 쓰기였을까. 글쓰기는 답을 제시하는 것일 수 있지만, 그에게는 질문하는 하나의 방법이었다. 오랜 시간 질문을 가지고 서성거렸던 그에게 글쓰기는 질문의 유력한 방식이었다.

"사춘기 이후로 늘 질문이 많았어요. 나는 누구인가부터 왜 태어나서 왜 죽는 걸까, 고통은 왜 있나, 나는 뭘 할 수 있지, 인간이란 건 뭐지. 이런 질문들이 늘 괴로웠고요. 그걸 질문하는 방식이 글을 쓰는 것이겠다는 생각이 들어서 글을 쓰게 되었죠."[54]

'대학 1학년 겨울', 그러니까 1989년 겨울부터 시와 소설을 함께 쓰기 시작했다고, 그는 나중에 인터뷰에서 말했다. 책상 앞에 앉아서 시를 먼저 쓰거나 다듬고, 이어서 간밤에 쓴 소설을 펼쳐보면서….[55]

"무슨 무당기 같은 게 보인다야." 한강의 시를 낭송한 뒤, 강의를 맡고 있던 시인 정현종은 말했다. 정확히 알 수는 없지만, 그의 시에 신들린 느낌을 받았다는 일종의 칭찬이었다. 정현종은 당시 상황을 부연해 들려주었다. "무슨 무당 같은 데가 있다고 칭찬해 주었습니다. 한강의 시가 신들린 것 같은 데가 있다고 내가 느낀 모양이어서 그 얘기를 해줬어요. 무당 같은 데가 있다, 그거 한 마디 한 것밖에 다른 건 또 없어요."

대학 2학년 때 정현종의 시창작론 강의를 들었다. 강의는 학생들이 각자 써온 시 가운데 두 편씩 골라 복사해 나눠주고 낭송하면서 감상과 의견을 나누는 방식으로 이루어졌다. 그런데 정현종이 첫 시간에 그의 시를 읽어주고 촌평을 해준 것이다.

그 후 반응을 묻자, 정현종은 한강이 원래 조용한 성격이라서 자신의 그런 평가를 듣고도 차분했던 것 같다고 기억했다. 하지만 당시 한강의 마음은 달랐다. "나에게는 큰 힘이 된 말씀이었다"[56]고, 그는 나중에 문학적 자서전에서 회고했다.

"정말 청춘이 가버렸다고 생각하나?" 어느 날 강의 시간에 정현종이 그에게 다가와서 물었다. 그가 제출한 시 가운데 '내 청춘이 하룻밤 흙탕물처럼 떠내려가 버렸어요'라는 구절을 보고 한 질문이었다. 그가 빨리 대답하지 못하자, 정현종이 웃으며 말했다. "…난 아직도 밤마다 달밤이야."[57]

정현종은 수업 시간에 가끔 칠레의 민중시인 파블로 네루다와 '고통의 시인'으로 불리는 페루의 세사르 바예호, 스페인 시인이자

극작가 페데리코 로르카의 시를 낭랑하게 읽어주며 학생들에게 받아 적도록 했다.[58]

빨리 읽고 자야 하는데…. 이렇게 생각하면서도 펼쳐 든 책을 도저히 놓을 수 없다. 결국 그는 밤새 책을 읽고 아침이 창밖으로 뿌옇게 밝아오는 걸 볼 수밖에 없다. 다 읽고 나서 다시 책의 제일 앞으로 돌아가 문구를 찬찬히 읽는다. 「요한의 복음서」 제12장 24절. 갑자기 무언가가 심장에 쿵, 하고 박힌다.

"…정말 잘 들어두어라. 밀알 하나가 땅에 떨어져 죽지 않으면 한 알 그대로 남아 있고 죽으면 많은 열매를 맺는다."

시와 소설을 가리지 않고 닥치는 대로 읽던 그는, 대학 2학년 겨울방학 때 도스토옙스키의 책 『카라마조프가의 형제들』을 읽었다. 19세기 후반 제정러시아를 배경으로 시골 지주 집안 카라마조프가에서 일어난 존속살해 사건과 카라마조프가 사람들의 탐구를 통해서 신과 종교, 삶과 죽음, 사랑과 욕정, 인간 본성의 문제를 야심 차게 파고든 작품이다. 그는 나중에 도스토옙스키야말로 자신에게 "가장 많은 영향을 줬던 작가"라고 고백했다.

"도스토옙스키는 저에게 가장 많은 영향을 줬던 작가라고 생각돼요. 감성이라든지 사람의 내면을 뚫고 들어가려는 의지 같은 것을 보며, 어릴 때부터 충격도 받고 영향도 받았어요. 10대부터 20대 초중반까지 계속 읽었던 작가예요…. 철저하게 인간이란 무엇인가를 스스로 파고들어서 무엇과도 타협하지 않으면서 소설을 써낼 수 있다는 것에 감탄했던 기억이 납니다."[59]

천재 작가 이상의 문학과 문장에도 꽂혔다. 어느 날은 『이상 전집』을 읽다가 한 문장에 꽂혀 우뚝 멈춰 섰다. "나는 인간만은 식물이라고 생각한다." 이상의 시작(詩作) 메모였다. 인간은 분명히 동물인데, 왜 이 천재는 그렇게 소망했을까. 이상의 문장은 그의 마음에 오래 박혀 잊히지 않았다.[60] 이것은 후에 단편 「내 여자의 열매」, 장편 연작 『채식주의자』로 부활하게 된다. 그는 나중에 이상 연구로 석사학위도 받는다.

"누구한테나 이유 없이 끌리는 시인과 작가가 있을 텐데, 대학 시절의 저에게는 이상이 그랬어요. 말씀하신 그 구절('나는 인간만은 식물이라고 생각한다')은 제 마음과 정확하게 일치하는 것이었고, 오랫동안 잊히지 않았습니다."[61]

겨울의 차가운 바람이 뒷산을 타고 빠르게 달려오던 1991년 12월 25일 저녁, 모스크바 크렘린궁에서 낫과 망치가 그려진 소련 국기가 내려가고 대신 흰색과 파랑, 빨강의 러시아 삼색기가 게양되었다. 사회주의 종주국 소련이 무너지고, 미국과 소련 간의 냉전 체제 역시 붕괴되는 순간이었다.

졸업을 앞둔 1992년 가을, 한강은 "그동안 아픈데 없이 잘 지내셨는지/ 궁금했습니다"로 시작되는 시 「편지」로 일종의 대학문학상인 연세문화상 시 부문에 당선되었다. 삭막한 시절 예의를 갖춰 안부를 묻는 편지와, 그 편지 사이에 응고되지 않는 감정의 흔적을 절묘하게 배치한 작품이었다. 당선작은 연세대 교지 ≪연세춘추≫ 11월 23일 자에 실렸다.

심사를 담당했던 정현종 교수와 김사인 문학평론가는 "굿판의 무당춤과 같은 휘몰이의 내적 열기를 발산하고 있는 모습이 독특하다. 그러한 불과 같은 열정의 덩어리는 무슨 선명한 조각과 또 달리, 앞으로 빚어질 어떤 모습들이 풍부히 들어 있는 에너지로 보인다"며 "능숙한 솜씨"[62]라고 호평했다.

언 몸을 녹이는 아랫목. 외투 안에 품고 가는 풀빵 봉지의 온기. 무심코 스친 손끝의 따스함. 거리거리의 차가운 보도블록. 회색 하늘. 죽은 듯 얼어붙은 가로수들…. [63] 졸업을 앞둔 겨울, 그는 차가움과 따뜻함이 강렬하고도 애절하게 충돌하는 서울의 겨울을 떠올리며 시를 쓰기 시작했다.

한 편, 두 편, 세 편…. 그해 겨울, 그는 사랑하는 이를 기다리는 마음을 아름답게 노래한 시 「서울의 겨울 12」를 비롯해 열여섯 편의 시를 썼다. [64] 이때 썼던 시 가운데 다섯 편을 이듬해 문예지 ≪문학과사회≫에 발표하면서 시인으로 등단하게 된다.

"글 쓰는 순간 아무도 부럽지 않았다"

"헬로!" 최인호 작가가 문을 열고 들어오면서 외쳤다. "경옥 씨 헤어

스타일이 바뀌었어요?" 최인호는 사무실 안으로 걸어 들어오면서 모든 직원들에게 손을 들어 올리거나 활기차게 인사했다. "야, 오랜만이야, 최 차장!" 그러다가 대학을 갓 졸업한 신입사원인 그에게 시선이 멈췄다. "춘향이가 들어왔네!"[65]

장편소설 『길 없는 길』의 교정을 보기 위해서 서울 대학로 샘터사 사무실에 온 최인호는 거리낌 없이 직원들과 말을 나누곤 했다. 고등학교 2학년 때 한국일보 신춘문예에 입선하며 등단한 그는, 1970~1980년대 작품성과 대중성을 겸비한 작품을 잇따라 발표하며 한때 청년 문학의 아이콘으로 자리 잡았던 유명 작가였다. 최인호는 이때 긴 머리를 한 갈래로 땋고 앉아서 교정을 보고 있던 수습사원 한강의 첫인상이 재미있었던지, 그가 퇴사할 때까지 춘향이라고 불렀다.

"인생은 아름다운 거야, 강아. 그렇게 생각하지 않니?" 최인호는 언젠가 진실을 담은 눈으로 그에게 말했다. "나는 그렇게 생각한다. 나는 네가 그걸 알았으면 좋겠어. 인생은 아름다운 거다. 난 정말 그렇게 생각한다."[66]

대학을 졸업할 즈음 1993년, 그는 잡지 ≪월간 샘터≫를 발행하는 샘터사 출판부에 입사했다. ≪월간 샘터≫는 1970년 창간된 국내 최장수 월간 교양지로, 법정 스님의 산문과 이해인 수녀의 시, 최인호의 소설 『가족』 등을 연재하면서 인기를 끌었다. 신입사원으로서 그는 교정·교열과 필자 관리, 인터뷰 외에도 여러 잡다한 일을

했다. 아침 청소, 복사, 우체국과 은행 심부름 등등. 회사를 찾아온 손님에게 커피를 타는 일도.[67]

"가장 먼저 출근해야 하고, 모든 잔심부름들을 도맡아 동에 번쩍 서에 번쩍 뛰어다녀야 하는 막내. 출근하면 제일 먼저 두꺼비집을 올리고, 불을 켜고, 창문을 열어 환기시키고, 커다란 보온병에 물을 담아 끓였다. 하루를 티타임으로 시작하는 회사였기 때문이다. 내가 속한 부서 사람들의 책상을 닦고, 컵들을 수합해 쟁반에 담아가 씻고, 누구는 프림 두 스푼, 설탕 한 스푼… 하는 식으로 외워 각기 컵에 담은 뒤 뜨거운 물만 따르면 되게끔 준비를 마쳐놓으면 하나둘 사람들이 출근했다."[68]

박봉에도 일은 쉽지 않았다. 인터뷰를 진행하기도 했다. 다만 인터뷰하는 사람 모두가 그에게 마음을 열고 진실을 말해준 건 아니었다. 까다로운 상대를 만나기도 했음을, 그는 나중에 인터뷰에서 시사했다.

"대학 졸업하고 인터뷰를 해야 하는 잡지 일을 했어요. 직장을 그만두고 나서도 프리랜서로 인터뷰를 하는 일을 한동안 했고요. 그때 경험했던 까다로운 인터뷰 상대는, 계속 말을 돌리면서 자신을 개방하지 않으려는 사람들이죠. 방어적인 대답만 하거나, 늘 하는 상투적인 대답만 하거나, 아무리 이야기를 나눠도 진정으로 만났다는 느낌이 안 드는 사람."[69]

우리는 잡지 등에 공개된 사진들을 통해서 샘터사 시절 그의 모습을 조금 엿볼 수 있다. 사진에는 그의 사무실 책상 위에 각종 파일이나 서류, 종이가 어지럽게 널려 있고, 눈에 잘 띄는 곳에 사전으로 보이는 두툼한 책 두 권이 놓여 있다. 스물여섯 살 겨울에 찍은 사진의 경우 빨간색 후드 티에 가디건, 긴 머리가 인상적인데, 최인호가 왜 그를 보고 춘향이라고 불렀는지 조금 이해가 될 수도 있겠다.[70]

퇴근한 뒤에, 그는 저녁과 새벽 시간의 잠을 줄여 글을 쓰기 시작했다. 하루 서너 시간만 자고, 그의 표현처럼, "도둑 글"[71]을 썼다. 매일 새벽 네 시면 어김없이 일어나 글을 쓰는 아버지의 뒷모습을 떠올리면서. 그래서 하루가 늘 졸렸고, 보이는 세상은 비현실적으로 부유하는 것 같았다고 그는 기억한다.

"잠을 네 시간으로 줄이고 밤과 주말에 글을 쓰느라고 나는 늘 졸렸다. 사무실 책상에 얼굴을 박고 교정을 보다가 문득 창밖으로 시선을 돌리면 눈앞의 것들이 비현실적으로 보였다. 모든 사물들이 습기를 잃고 껍질째 바스락바스락 부서져 내리는 것 같은 느낌이었다."[72]

물론 일기도 꾸준히 썼다. 그는 일기장을 바꿔 쓸 때마다 앞 장에 두 개의 문장을 새겨 넣었다. "현재가 과거를 도울 수 있는가. 산 자가 죽은 자를 도울 수 있는가."[73]

대외적으로는 시 쓰는 사람이었지만, 안으로는 소설을 쓰는 문학청년이었다. 그렇다고 습작을 소설가 아버지에게 보여주지는 않았다. 자신의 소설을 한번 읽어봐 달라고 아버지에게 부탁하지 않았다. 아버지 역시 딸에게 소설 이야기를 거의 하지 않았다고, 한승원은 인터뷰에서 회고했다.

"흔히 아들이나 딸 한강의 습작 시절에 아버지가 그들의 작품을 많이 지도해 주지 않았을까 하고 생각하지만, 그들은 한 번도 저에게 작품을 보여주지 않았습니다. 아버지 몰래 습작을 했던 것이죠."

한승원은 한강이 등단한 뒤에도 소설 이야기를 가급적 아꼈다. 한승원은 "자칫 잘못하면 내 식으로 쓰라는 얘기가 된다. 그래서 말을 아주 아낀다"며 "(딸 한강의) 소설을 읽고도 별다른 말을 하지 않고 '재미있더라', 그렇게만 말한다"[74]고 전했다.

그해 늦가을, 그는 사무실 직원들과 영종도로 수련회를 갔다. 해 질 무렵 썰물이 빠져나간 모래펄에 수십 개의 닻들이 박혀 있는 것이 보였다. 거대한 닻들. 아마 닻들은 바닷물에 부식이 되어 잔뜩 녹이 슬었을 것이고, 닻의 갈고리는 비스듬히 서로에게 기대어 지탱되고 있었을 것이다.[75] 불현듯 황혼의 그 풍경 앞에 서 있는 두 사람의 이야기를 소설로 쓰고 싶다는 생각이 들었다.[76]

황혼을 모티브로 한 단편을 쓰기 시작했다. 잘 쓸 수 있을까. 중간에 회의가 찾아오기도 했다. 그럴 때마다 글을 쓰는 게 너무나 절박하다는 사실을 기억하려고 애썼다.

"…사무실 창으로 붉은 저녁 빛이 내리는 것을 보면 가슴이 벅찼다. 소설의 배경이 된 어두운 폐교 앞의 골목에서 밤늦도록 서성거리다가 집으로 돌아가곤 했다. 그때의 순수한 충일감을 잊지 못한다. 세상의 누구도 부럽지 않았고, 어느 것도 욕심나지 않았다. 그저 남몰래 가진 글쓰기의 기쁨을 평생 잃지 않았으면 하고 바랄 뿐이었다."[77]

쓰고 싶은 열망에 사로잡혀 퇴근하면 버스에서 내리자마자 집까지 가파른 골목길을 뛰어올라 가기도 했다. "늘 졸리고 피곤했지만, 대충 씻고 책상 앞에 앉아 컴퓨터의 전원을 켜면 몸에 환한 불이 켜지는 것 같았다."[78]

어느 하루는 달을 보려고 혼자 대문을 나서기도 했다. 저녁이었지만 달이 빛나고 있어 멀리까지 펼쳐진 아늑하고 꿈같은 풍경. 정수리부터 차갑게 적셔오는 충일감. 마음은 한없이 넓어지고 밝아졌다. 소원을 빌어야지, 생각하고 달을 올려다봤다. 뭔가 바랄 만한 것을 떠올렸지만 더 이상 빌 소원이 없었다. 아무것도, 아무것도!

"그냥, 이 마음을 잃지 않게만…. 순간순간 차고 깨끗한 물처럼 정수리부터 적셔오던 충일, '그것'과 바로 잇닿아 있다는 선명한 확신. 이제는 글을 쓸 때 간혹, 일상 속에서는 아주 가끔 만날 뿐인 그 마음이, 그때에는 눈을 뜨면 늘 그 자리에 있었다. 밥을 먹을 때나 걸을 때나 사람을 만날 때나, 그 마음은 그 자리에 있었다."[79]

이듬해인 1994년 1월 단편소설 「붉은 닻」이 서울신문 신춘문예에 당선되면서, 그는 소설가로 등단했다. 등단작 「붉은 닻」은 아버지의 죽음과 이로 인해 남겨진 어머니와 형 동식과 동생 동영 세 모자의 상실과 고통을 핍진하게 그린 작품이다.

소설은 군복무를 마치고 집으로 돌아오는 동생 동영의 귀향을 걱정하는 형 동식의 시선으로 시작한다. 세 모자는 "노래는 기가 막히게 잘하"지만 아무것도 하지 않고 매일 술로 지새던 아버지가 어느 날 폭우로 불어난 계곡물에 휩쓸린 뒤 한 짝의 신발로 돌아오면서 큰 상처를 입는다. 어머니는 아버지의 죽음을 믿지 않고 오래 동안 기다리고, 동식은 대학 시절 폭음과 방종으로 건강을 잃고 병을 앓았으며, 내성적인 아이였던 동생 동영 역시 학교에서 친구를 때리기도 하고 밤마다 헤매고 다닌다.

희망이 보이지 않는 늪 같은 현실을 건너고 있던 세 모자는 동영이 군에서 제대한 것을 계기로 어머니의 제안으로 일요일 소풍을 가게 되고, 갯벌을 가득 채운 녹슨 붉은 닻들과 마주한다. 형 동식은 동생에게 왜 변하지 않았냐고 나무라고, 동생 동영은 형에게 왜 아팠느냐고, 왜 술을 마셨느냐고 따져 물으면서 마침내 늪 같은 현실의 타개 가능성을 탐색한다.

"동식은 어머니의 목마른 시선이 닿은 곳으로 성급히 몸을 돌렸다. 불타는 닻들이 바다 속으로 가라앉고 있었다. 한 사내의 검붉은 그림자가 그 속에서 너울너울 춤추며 걸어 나오는 모습이 보였다."[80]

소설에서 형 동식은 세상의 끝에 무엇이 있느냐는 동생의 질문에 바다가 있다고 답하자, 동생 동영은 그 바다의 끝에는 또 무엇이 있느냐 되묻고, 동식은 이에 그 바다의 끝에는 다시 세상이 있다고 답한다.[81] 세상, 바다, 다시 세상으로 이어진 두 형제의 세계. 당신의 세계는 과연 무엇으로 구성되어 있고 어떻게 연결되어 있는지….

심사를 맡았던 문학평론가 김병익과 소설가 서기원은 "매우 서정적인 작품이어서 육체적인 병과 마음의 병을 앓아온 형과 동생과 그들 간의 미묘한 갈등, 사라진 남편 대신 그들을 기다리는 어머니의 안쓰러운 모습이 섬세한 문장 속에 깊이 박혀 잔잔한 긴장과 화해의 밝은 전망을 유발시킨다"[82]고 평했다.

샘터사를 자주 찾았던 최인호는 주간실에 들어가 신문에 실린 그의 당선작을 다 읽은 뒤, 짧게 촌평해 주었다. "참 어두운 이야기다. 그런데 후반부에선 이 어두운 가족이 바다로 소풍을 가는구나. 그게 나는 참 좋더라."[83]

단편소설이 신춘문예에 당선되면서 소설가로 데뷔했지만, 그는 이미 시인으로 먼저 등단한 작가였다. 그러니까 한 해 전에 창작한 「서울의 겨울 12」를 비롯해 다섯 편의 시를 계간지인 ≪문학과사회≫ 1993년 겨울호에 발표하면서 시인으로 등단했다.[84]

그가 ≪문학과사회≫에 시를 발표하게 된 데에는 샘터사의 상사이자 시인 김형영의 격려가 있었다. 부안에서 태어난 김형영은 1966년 잡지 ≪문학춘추≫의 신인 작품 모집에 당선되면서 시작(詩作) 활동을 시작해 시집 『침묵의 무늬』, 『화살시편』 등을 발표하게 되는 현역 작가였다. 김형영은 아버지처럼 늘 그에 편에 서서 지지와 격려를 보냈고, 두툼한 『미당 전집』을 사주며 격려하기도 했다.[85] 전집의 속표지에는 만년필로 다음과 같이 쓰여 있었다.

…처음인 듯

마지막인 듯

세상과 만나게나.

그리고 그 순간 느낀 감동을

시로 써보게.[86]

한강은 신춘문예 당선 소감에서 "아파서 쓴 것인지, 씀으로 해서 아팠는지는 알 수 없다. 그저 아프면서 썼다"며 "밤은 아득하여 끝이 보이지 않았다. 하나 새벽은 늘 여지없었다"고 지난 시간을 회고했다. 그러면서 "무릎이 꺾인다 해도 그 꺾이는 무릎으로 다시 한 발자국 내딛는 용기를 이제부터 배워야 하리라"고 다짐했다.[87] 좌절하더라도 결코 물러서지 않겠다는, 다시 한 발자국을 더 내딛겠다는, 결연한 각오이자 다짐이 아닐 수 없다. 등단 당시 그가 사용한 필명은 '한강현'. 하지만 그는 이후 본명 한강으로 작품을 발표했다. '작가 한강'이 우리 앞으로 뚜벅뚜벅 걸어 나오던 순간이었다.

제3장

시작부터
다른 물결을 만들다

고단한 삶과 방황… 첫 소설집 『여수의 사랑』

가출하던 해 아버지는 술병으로 죽고 어머니 역시 여동생을 안고 먼 도시로 개가를 가면서 집도 가족도 없어진, 규칙적인 직장 생활을 하지만 위장 질환을 앓는 정환. 아내는 아들과 함께 떠나가고 남은 딸까지 잃은 뒤 도시의 변두리에서 홀로 유령처럼 살아가고 있는 황 씨. 아홉 살의 봄날 집과 고향을 도망쳐 나왔다가 성인이 되어 직장 생활을 하는 정환이 어느 십이월 황 씨의 집에 세 들어 살게 된다.

그런데 집주인 황 씨는 사흘에 한 번꼴로 심야에 홀로 꺼이꺼이 운 뒤, 다음 날이면 어김없이 나무를 불태우는 게 아닌가. 황 씨가 이제 진달래나무를 마지막으로 불태우려 한다. 고향을 떠나올 새벽에 뒷산 기슭에서 봉화처럼 타오르던 진달래 불꽃을 봤던 세입자 정환은, 마침내 황 씨의 앞을 막아선다. 황 씨 역시 진달래나무를 불태우지 않을 수 없는 슬픈 사연이 웅크리고 있는데.

각자 슬픈 사연과 비애를 안고 살아가는 두 사람이 서로의 상처를 직시하면서 막 소통하려는 어떤 기적의 순간을 그린 단편소설 「진달래 능선」. 한강은 등단 직후 단편 「진달래 능선」을 잡지 ≪샘이 깊은 물≫ 3월호에 발표한 것을 시작으로 부지런히 단편을 창작했다. 「질주」(≪한국문학≫, 5·6월호), 「야간열차」(≪문예중앙≫ 여름호), 「여수의 사랑」(≪리뷰≫ 겨울호)….

이 시기, 그의 스타일이 잘 응축된 작품은 "여수, 그 앞바다의 녹슨 철선들은 지금도 상처 입은 목소리로 울어대고 있을 것"[1]이라는 시적인 문장으로 여는 「여수의 사랑」이다. 소설은 월세방 동숙자 자흔을 찾아서 오래전 떠나온 여수로 가는 정선의 여로 형식을 취하면서 자흔의 가슴 아픈 상처와 함께 자신의 내면 깊숙이 자리하고 있던 슬픔 역시 대면하는 정선의 이야기이다.

스물 여덟의 정선은 어릴 때 동생을 뿌리치고 달아나 혼자 살아남은 죄책감 때문에 심한 결벽증과 위경련, 구역질을 겪고 있다. 두 살 아래의 동숙자 자흔은 조심성도 없고, 지저분하고, 불결했으며, 무엇보다 내일의 희망이 없었다. 정선은 결벽증이 있는 자신과 맞지 않아서 그나마 견딜 수 있었는데, 그런 자흔마저 자신의 결벽증으로 상처를 입고 떠난 것이다. 자흔이 떠난 지 나흘째, 정선은 휴가를 내고 마침내 지긋지긋한 고향 여수로 향한다.

"여수, 마침내 그곳의 승강장에 내려서자 바람은 오래 기다렸다는 듯이 내 어깨를 혹독하게 후려쳤다. 무겁게 가라앉은 잿빛 하늘은 눈부신 얼음 조각 같은 빗발들을 내 악문 입술을 향해 내리꽂았다. 키득키득, 한옥식 역사의 검푸른 기와지붕 위로 자흔의 아련한 웃음소리가 폭우와 함께 넘쳐흐르고 있었다."[2]

소설에서 여수라는 도시는 자흔에게는 언젠가는 찾아가야 할 애틋한 심리적 뿌리이지만, 정선에게는 어릴 때 상처 속에서 떠나온 애증의 고향이다. 즉, 자흔이 두 살 때 강보에 싸인 채 열차에 버려졌을 때 그 기차의 출발지가 바로 여수였고, 정선의 동생과 아버지가 죽은 곳이며, 또한 그 죽어가는 동생을 뿌리치고 자신만 살아서 빠져나온 도시가 바로 여수였다.

한강은 왜 여수를 작품의 공간으로 쓴 것일까. 소설집을 발간한 이듬해 방송사와 함께 한 문학기행에서 그는 중의적인 의미를 갖는 "여수라는 이름 때문"이었다고 말했다. 즉, "여수(麗水)가 아름다운 물이라 그래서 이 고장의 이름이 되기도 하고, 여행자의 우수(旅愁)라는 한자를 써서 여수가 되기도 하는, 그런 중의적인 것 때문에 여수를 택했"³다고 설명했다.

「여수의 사랑」에 등장하는 자흔은, 일 처리가 분명하고 결벽증이 있는 화자 정선과 달리, "특색이 없는 생김새"에 키득키득 낮은 무구한 웃음을 웃는 문제적 인물이다. 아홉 시 뉴스를 보며 "개자식들", "미친놈들"을 외치는 정선과 달리, 그는 늘 세상을 긍정한다. 단추를 하나씩 어긋나게 채우고 아무 데나 물건을 놓는 등 허술한 사람이지만, 그럼에도 결벽증에 구역질로 고통을 겪는 정선을 향해 손을 뻗을 줄 아는 사람이다. 자흔은 첫 장편소설『검은 사슴』의 식물성과 채식성을 지향하는 '의선', 나무가 되는 단편 「내 여자의 열매」의 '나', 육식을 거부하는 『채식주의자』의 '영혜' 등으로 계속

확장해 가면서 한동안 한강 소설 세계의 중심적 캐릭터가 된다.[4]

특히 자혼을 찾아서 여수로 가는 정선의 여정과 그 풍경 모습에서 우리는 그를 소설 쓰기의 세계로 자극한 임철우의 단편소설 「사평역」의 분위기나 정서를 느낄지도 모르겠다. 여수행 기차 내부의 모습이나, 여수까지의 중간 역의 모습, 기차 안 역무원들과 승객들의 풍경과, "여러 줄기의 빗금을 내리긋"는 기차 밖의 날씨나 풍경, 기차 역사에서 만난 사람들의 모습….

그는 이듬해 「어둠의 사육제」를 ≪동서문학≫ 여름호에 발표한 뒤, 7월 표제작 「여수의 사랑」을 비롯해 등단 이후 발표한 중·단편소설 여섯 편을 엮어 첫 소설집 『여수의 사랑』을 펴냈다. 그는 「작가의 말」에서 "물에 빠진 사람이 가라앉지 않기 위해 팔다리를 허우적거리는 것처럼 (소설을) 썼"다[5]고 적었다.

'말로 다 옮기기 힘든 복잡한 감정'. 그해 여름 출판사로부터 '저자 증정본'으로 자신의 첫 소설집 다섯 권을 받았다. 수많은 생각과 함께 어떤 감정이 차올랐다. 그는 증정본 다섯 권을 가방에 넣고 카페에 들어갔다. 도저히 책을 꺼내서 볼 수 없었다. 한동안 혼자서 일층 카페에 우두커니 앉아 있었다.[6]

소설집에는 표제작과 등단작 「붉은 닻」 이외에도 「질주」, 「야간열차」, 「진달래 능선」, 「어둠의 사육제」가 담겨 있었다. 소설들은 대체로 어두운 분위기에 삶의 고단함이 묻어난다. 인물들 역시 상처를 안고 있다. 동생의 죽음을 목격한 인규(「질주」), 식물인간이 된 쌍둥이 동생의 삶까지 살아내야 하는 동걸(「야간열차」), 집과 고향을 버리고 고아처럼 떠돌며 자신을 찾으려 애쓰는 영진과 인숙(「어둠의 사육제」)…. 대체로 삶의 외로움과 고단함을 살피면서 존재의 상실과 방황을 그렸다고, 그는 나중에 돌아본다.

"첫 단편집 『여수의 사랑』에 묶인 소설들을 쓰던 시기에는 고단함에 관심이 있었습니다. 인간이 어떻게 삶을 버티고, 떠나기를 몰래 꿈꾸고, 저마다 홀로 피로와 시련을 감당해 내는가 하는 것이 관심사였습니다."[7]

그는 힘들고 어두운 현실 속에서도 계속 나아가려 하는 인물들의 움직임을 포착하려고 시도했다. 예를 들면 「어둠의 사육제」에서 남자 주인공 영진을 살리려고 노력했다고, 그는 고백한다.

"결말에서 남자 주인공을 살리려고 정말 노력했어요. 여름 내내 노력했는데, 결국 죽었어요. 정말 힘든 시간이었는데, 소설에 이런 대사가 있어요. 제발 불을 켜라고. 불을 켜면 살 수 있다고. 그 말을 하려고 그 중편을 썼던 것 같아요. 저의 가장 어두운 소설들에도 항상 그런 순간들이 있어요. 그런 순간들의 빛이 없으면 저는 소설을 쓸 수가 없어요. 저에게 생명이 있으니까, 살아 있으니까 생명의 힘으로 그렇게 쓰고 있는 것 같아요."[8]

문학평론가 김병익은 소설집 초판 해설에서 "유행적인 것을 도모하지 않은 채, 전통의 세계와 정통의 양식 속에서 그의 정서와 문학의 깊이를 더하고 있다"[9]고 평가했다. 기자 손정숙은 기사에서

"소설에 나타난 뜻밖의 서글프고 어둡고 한스러운 정조에 깜짝 놀란다"며 "단정하면서도 처참한 문장들이 그물처럼 이어지면서 슬프도록 아름다운 분위기를 자아내는 것이 한강 소설의 특징"[10]이라고 보도했다.

"**강**아, 소설을 맨 앞에 둬야 한다." 출판사에서 마지막 근무를 하던 어느 토요일, 그는 점심도 거르고 직원들이 모두 퇴근한 뒤까지 두 시간 가까이 선배 작가 최인호로부터 이런저런 조언을 들었다. "그러려면 착하게 살려고만 하면 안 돼. 선의의 이기주의자가 될 수 있어야 한다."[11]

1995년 겨울 초입, 그는 장편소설을 쓰기 위해서 직장을 그만두었다. 직장 생활과 글쓰기를 더 이상 병행하기가 어렵다고 생각했다. 이듬해 2월에는 간단히 짐을 꾸려서 제주도로 내려갔다. 섬의 서쪽에 위치한 세화리에 사글셋방을 하나 얻고 글을 쓰기 시작했다. 소설은 계획대로 나아가지 못했다. 제주의 봄날이 너무 찬란했다. 그는 석 달 동안 섬 여기저기를 걸어 다니느라 소설의 서두도 쓰지 못하고 서울로 돌아와야 했다.

"늘 햇빛에 대한 배고픔이 있었던 나는 원 없이 햇볕을 쬐었다. 얼굴은 새까맣게 타고 다리엔 알이 박혔다. 기억하는 것만으로 마치 눈에 델듯하던 그 빛이 느껴진다."[12]

마음껏 읽고 쓰고 싶어서 회사를 그만뒀던 그는 다시 잠깐 '출판저널'과 '샘터'에서 직장 생활을 이어가기도 했다.[13] 직장 생활을 하면서도 그는 열심히 소설을 썼다. 당시 그가 얼마나 소설 쓰기에 진심이었는지는, 동료 소설가 김연수가 전해준 당시 《출판저널》편집장의 다음 이야기로 유추할 수 있다.

"(출판저널) 편집장에 따르면, 그녀는 죽을 각오로 소설을 쓴다고 했다. 아니다, 그녀는 소설을 쓰다가 죽고 싶다고 말했다고 한다."[14]

그는 1996년 12월 문학평론가 A 씨와 결혼했다. 몇 년 뒤 발표된 자전소설 「침묵」에도 그의 결혼 및 임신 생활의 일단이 담겨 있고, 문학상을 받은 직후 스스로 작성한 작가연보에도 이런 사실이 기록되어 있다. 나중에 A 씨와 헤어진 뒤부터 작가연보에서 관련 기록은 사라진다.[15]

교직을 그만두고 상경했던 아버지와 어머니는 1997년 다시 장흥 바닷가로 내려갔다. 17년 만의 귀향이었다. 아버지는 장흥의 새 집에 '해산토굴'이라고 이름 붙이고 집필 생활을 이어갔다.

1997년 12월, 외환 관리에 실패하면서 국가부도의 위기에 처한 김영삼 정부는 IMF(국제통화기금)와 구제금융 자금을 지원받는 양해각서를 체결하면서 이른바 'IMF 체제'가 시작되었다. 한국 사회는 IMF의 요구에 따라서 대대적인 구조조정과 규제 개혁 조치를 하면서 급격히 신자유주의 사회로 이행하게 된다. 은행을 비롯한 상당수 기업이 도산하고, 많은 노동자들이 해고되었으며, 경기침체로 자영업자들은 큰 고통을 겪었다. IMF로부터 빌린 차관을 조기에 상환하면서 2001년 8월 IMF 체제에서 벗어날 수 있었다. IMF 체제 직후 치러진 제15대 대선에서는 야당 후보 김대중이 승리하면서 여야 간 정권교체가 이루어졌다.

다른 출발 "고전적 서사와 진중한 문장"

우뚝한 산봉우리 때문에 게으름뱅이처럼 늦게 뜨는 햇볕, 일찍 더들어 오는 저녁의 부지런한 어스름, 모든 감각을 압도하는 밤바람소리…. 소설 공간을 실감 있게 그리기 위해 광산촌의 정서가 진한태백과 정선, 속초를 몇 차례 다녀왔다. 교통이 지금처럼 편리할 때가 아니었기에 여정은 늘 변화무쌍. 수많은 사람들이 청량리역에서 출발한 밤 기차를 타고 내렸고, 어떤 이들은 기차 안에서 잠도 없이 밤새 떠들었으며, 이런 세사에도 아랑곳하지 않고 밤 기차는 어둠을 뚫고 달렸다. 그곳에서 만난 세계는 서울에서 경험한 것과 전혀 달랐다.

"그 소설을 쓰며 태백과 정선, 속초를 여행하곤 했던 1995년 겨울부터 1997년 겨울까지의 시간이 생각납니다. 당시 그곳은 지금처럼 교통이 좋지 않았어요. 청량리역에서 열차를 타면 거의 종일 달려야 도착할 수 있었어요. 어둔리의 느낌을 찾아서 버스도 닿지 않는화전민촌에 들어간 적도 있는데, 그곳은 정말 다른 세계였어요."[16]

한 바퀴, 두 바퀴, 세 바퀴…. 네 귀퉁이의 꼭지를 모두 찍어가면서 운동장을 달렸다. 여덟 바퀴를 다 돈 뒤에야 멈췄다. 장편소설을 무사히 완성하기 위한 체력을 기르기 위해서 새벽마다 집 근처의 신학대 운동장을 달렸다. 하루도 거르지 않았다. 추워도 달렸고 눈이 와도 달렸으며 비가 오면 우비를 입고 달렸다. 새벽 달리기를 모두 마칠 때쯤이면 동이 희부윰하게 터왔고, 가을이나 겨울엔 여전히 조각달이 서쪽 하늘에 걸려 있었다.[17]

치열하게, 그러나 힘들게 장편을 써 내려갔다. 잡지 등에 공개된 사진을 통해서 한창 장편을 집필 중이던 1997년 겨울의 한강을 볼 수 있다.[18] 사진 속에는 어둡고 두툼한 점퍼와 청바지 입고 긴 목도리를 걸친 그가 고개를 숙이며 낡은 듯한 곳에서 걸어 나오고 있다. 집필실로 보이는 곳에서 나오면서 그는 무슨 생각을 했던 것일까.

1998년 8월, 그는 첫 장편소설 『검은 사슴』을 발표했다. '검은 사슴'은 바윗돌을 씹어 먹고 산다는 가상의 동물로, 사람들에 의해 뿔과 이빨까지 모두 뽑혀 죽는 운명을 타고났다. 소설은 바로 이 동물을 닮은 사람들, 심연에 상처와 아픔을 안고 살아가는 이들의 이야기다.

잡지사 기자 인영은 어느 날 같은 건물에 있는 제약 회사 직원 의선이 대학로 횡단보도에서 갑자기 옷을 벗어 던지고 알몸으로 내달리는 광경을 목격하게 되고, 며칠 뒤 기억을 잃고 찾아온 그녀를 자신의 방에 머물게 해준다. 방황하던 대학 후배 명윤은 의선을 만난 뒤 그녀와 사랑에 빠지게 되지만, 햇빛 속에 알몸으로 앉아 있길 좋아하던 의선은 세 번째 가출에서 종적을 감춘다. 명윤은 의선으로부터 어렴풋이 들었던 황곡이라는 곳으로 그녀를 찾으러 가자고 인영에게 제안한다.

처음 난색을 표하던 인영은 탄광촌 황곡에 대한 취재와 이곳에서 사진을 찍는 작가 장종욱 인터뷰를 명분으로 명윤과 함께 의선을 찾으러 황곡으로 가게 된다. 인영과 명윤, 사진작가 장은 이 여로에서 각자의 깊은 상처, 어둠의 심연을 마주하게 된다. 언니의 갑작스러운 죽음과 그로 인해서 삶을 포기해 버린 어머니를 보고 자란 어두운 과거의 아픔을 감추기 위해서 "타인의 불행에 대한 이야기를 들어도 눈 하나 깜짝하지 않"게 된 인영, 아버지의 폭언과 폭행 속에 집안이 무너지고 누이동생까지 가출한 과거의 그림자 때문에 "뭐든 시작하면 끝내지 못하는" 무기력한 명윤, 광부의 삶을 사진으로 담아내며 존재 의미를 찾다가 아내의 가출로 피폐해진 삶을 살아가는 사진작가 장….

"그 어둠 속에서 나는 자랐고, 바로 그 어둠으로 인하여 나는 조금씩 강해졌다. 그 신령한 푸른빛에 익숙해지면서 어린 나는 투정하거나 심심함을 호소하는 대신 침묵하는 법을 배웠다. 무엇인가를 갈망하는 것을 멈출 때 비로소 평화를 얻게 된다는 것을 나는 어렴풋이 깨닫고 있었다."[19]

인영과 명윤이 의선을 찾아 나선 여정은 어쩌면 자신들의 상처,

아니 우리들 자신의 어둠을 만나러 가는 여정이었는지도 모른다. 일종의 여행 서사 형식을 띤『검은 사슴』은 어둠과 슬픔의 정서가 짙지만, 역경과 고난을 겪은 인물들이 마지막 한순간에는 고요하고 환한 지점을 마주한다는 점에서 비극으로만 읽을 순 없겠다. 세계를 버텨내는 인물들을 통해 스스로도 한 발 더 딛게 되었다고, 작가는 이야기한다.

"『검은 사슴』에서는, 죽음에 그토록 가까워 보였던 네 사람이 모든 일을 겪은 뒤, 결국 한 사람도 죽지 않고 살아서 이 세계를 버티잖아요. 그렇게 제 삶도 한 발 더 앞으로 내디딜 수 있었던 거고요."[20]

인영의 흉몽으로 소설의 문을 열듯이, 한강은『검은 사슴』을 시작으로 단편「아기 부처」, 장편『채식주의자』,『바람이 분다, 가라』,『소년이 온다』,『작별하지 않는다』등 많은 소설에서 꿈을 주요한 문학적 도구로 활용한다. "마치 실타래를 놓친 채 미로 가운데 던져진 듯한 그 느낌"[21]을 주는 꿈은, 때로는 사건과 서사를 생성하는 씨앗이기도 하고 때로는 사건과 서사의 진행을 미리 보여주는 불빛이기도 하다. 한강의 이야기다.

"이상하게도, 글을 오래 쓰지 않거나, 어떤 글을 쓰는 것을 단념하려고 하거나 할 때 중요한 꿈을 꾸곤 해요. 마치 제 안에서, 제가 맨정신으로 관통할 수 없는 어떤 장막 뒤에서, 의미심장한 장면들로 번역된 어떤 말들이 던져지는 것 같은 느낌이 들기도 해요. 때로는 장면들이 아니라 직접 문장들이 떠오르기도 하고요. 그걸 소설이나 시에 그대로 쓸 때도 더러 있어요."[22]

『검은 사슴』에서 세계의 내면과 사진 사이의 간격을 고민하는, 탄광 사진을 전문으로 찍는 사진작가 장이 주요인물로 나오듯, 그의 소설에는 여러 유형의 예술가들이 꾸준히 나오는 것도 특징이다. 장편 『그대의 차가운 손』에는 조각가 운형과 건축가 E, 『채식주의자』에는 비디오 아티스트 형부, 『바람이 분다, 가라』에는 그림을 그리는 인주와 그의 외삼촌 동주, 『작별하지 않는다』에는 소설을 쓰는 작가 경하와 영상 촬영을 하는 인선….[23]

그의 소설에는 왜 작가와 예술가들이 자주 나오는 것일까. 그것은 아마도 그 스스로 글을 창작하는 작가이고 예술가이기 때문일 것이다. 그는 소설과 시를 쓸 뿐만 아니라, 어릴 때 피아노를 배운 경험을 바탕으로 나중에 노래를 창작해 직접 부르고, 그림도 그리는 등 '르네상스인'으로 확장해 간다.

아울러 욕심과 갈망을 멈출 때 비로소 평화가 깃든다는 인영의 자각은 불교사상의 영향을 받은 것이 아닌가 추정된다.

소설집 『여수의 사랑』이나 장편 『검은 사슴』을 비롯해 한강의 초기 작품들은 주로 과거의 상처에서 벗어나지 못하는 인물이 주류를 이룬다. 상처의 근간에는 부모의 죽음이나 형제자매의 죽음이 있고, 고향이나 살던 곳의 상실이 자리한다. 고통스러운 정서를 배경으로 한 남성 인물이 많고, 여성 인물들은 상대적으로 빈약하다.

이 같은 그의 초기 작품 경향은 같은 세대 작가들의 소설 경향과 상당히 달랐다. 물질적 풍요와 정치적 빈곤이 교차한 1990년대 작가들의 작품이 대체로 가볍고 영화와 같은 영상매체의 서사적 형식이 강한 반면, 한강은 가난하고 "깊은 물속에서 힘겹게 숨을 참는 듯한" 어두운 정서를 바탕으로, 고통스러운 현실 인식을 담고 있고, 문장 역시 진중했다. 동시대 신세대 작가들보다 오히려 고전 세대와 더 가까운 것 아니냐는 평가도 나올 정도였다.

김선희는 "해체적이거나 영상적이거나 키치 스타일이 범람하는 1990년식 포스트모더니즘의 분위기 속에서 그녀의 고전적인 스타일은 역설적으로 낯설게 다가왔던 게 사실"이라면서도 "한강은 그가 등단한 (19)90년대라는 당시의 문화적 상황과 문단의 흐름과는 다르게 고전적이며 서정적인 소설을 쓰며 주목받기 시작한다"고 분석한다.[24]

"네가 마음에 들어서. 인상 쓰고 정면만 바라보고 말 한마디 건네려 하지 않는 인간들은 질색이야. 인생을 미워하는 사람들이지."[25]

그레이하운드 버스 정류장에서 만나서 이렇게 말하며 함께 버스를 탔던 붉은 사막 같은 얼굴빛을 한 인디언 여자 살리달, 팔레스타인에서 온 소설가 마흐무드, 미얀마에서 온 선한 미소의 페이민, 룸메이트였던 우간다 출신의 아예타, 어느 헌책방에서 자신의 소설을 낭송하던 사람들….

첫 장편 『검은 사슴』을 발표하고 열흘 뒤쯤, 여행 가방 두 개를 끌고 시카고와 오마하 사이에 위치한 미국 중부의 소도시 아이오와로 날아갔다. 그는 아이오와대학이 주최하는 국제창작 프로그램(IWP)에 삼 개월 동안 참여했다. 이때 아이오와대학 기숙사 8층에 거주하면서 열여덟 나라에서 합류한 시인, 소설가들과 어울렸다.

"제가 아이오와에 갔던 해에는 유난히 참가자가 적었기 때문에 다들 마음을 터놓고 지내는 분위기였어요. 영어로는 상하 관계가 명확하게 생기지 않으니까, 나이와 상관없이 친구가 될 수 있더라구요."[26]

잡지에 공개된 사진 가운데 그의 아이오와 시절을 엿볼 수 있는 사진 한 장이 있다. 점퍼를 입고 앳된 모습을 한 그가 타국의 작가들 사이에 자리하고 있다. 그는 이때 무엇을 생각하고 있었을까.

뉴욕과 시카고, 시애틀, 산타페가 있는 뉴멕시코…. 프로그램이 끝난 뒤, 그는 한 달쯤 발길 닿는 대로 미국 여행을 이어갔다. 어릴 때 함께 살았던 미대생이던 막내 고모 방에서 자욱한 물감 냄새를 맡으며 모델이 되기도 했던 그는, 뉴욕과 시카고에서 여러 미술관을 관람하며 비로소 미술에 눈뜨게 된다. 뉴욕 메트로폴리탄 미술관, 구겐하임 현대미술관….

"1개월 동안 이곳저곳 미술관을 돌아다녔는데 그때 처음으로 미술이라는 것에 눈을 떴어요. 그 후 몇 년 동안 미술에 푹 빠져 있던 시기가 있었어요. 늘 그쪽 책들을 읽고, 자주 전시를 보러 가고…."[27]

이때의 경험을 마치 크로키를 그리듯 잡지에 연재한 뒤, 2003년

8월 산문집 『사랑과, 사랑을 둘러싼 것들』로 묶어냈다. 날렵한 크로키 속에는 젊은 한강이 슬쩍슬쩍 보인다. 새 같은, '스위트 강'이! 그가 아이오와에서 만나서 배우고 듣고 경험한 사랑은, 사랑을 둘러싼 것들은 무엇이었을까. 그날 저녁, 약 서른 살 연상의 마흐무드와 부슬비를 맞으며 헌책방 순례를 하고, 몇 권의 책을 서로에게 사주었으며, '초원의 빛'이라는 이름의 단골 책방 2층에서 옷을 말리며 케이크를 들었을 때⋯.

"'사랑이 아니면' 하고 마흐무드는 중얼거렸다. '인생은 아무것도 아니야.' 네 살 때 이스라엘군에게 고향을 잃은 뒤 청년 시절에 두 번 투옥되어 4년간 옥살이를 했던, 그 뒤로 10여 년간 망명 생활을 했던 그는 덧붙여 말했다. '사랑 없이는 고통뿐이라구.' '하지만 때로는' 하고 나는 반문했다. '사랑 그 자체가 고통스럽지 않나요?' 마흐무드는 생각에 잠겼다. '아니지. 그렇지 않아.' 그의 음성은 숙연했다. '사랑을 둘러싼 것들이 고통스럽지. 이별, 배신, 질투 같은 것. 사랑 그 자체는 그렇지 않아.'"[28]

「내 여자의 열매」⋯『채식주의자』의 씨앗

"나는 인간만은 식물이어야 한다고 생각한다." 어느 날 대학 시절 마음에 박힌 이상의 시작(詩作) 메모가 다시 떠올랐다. 인간은 명백히 동물인데, 이상은 왜 식물이어야 한다고 생각했을까. 이때 문득 작가 이상이 속해 있던, 그리고 그가 건너냈을 시대를 떠올렸다.

　…폭력적인 일제강점기, 숨도 제대로 쉬기 어려운 식민지 조선인들…. 이런 폭력적인 세계를 건너야 했던 한없이 예민한 작가라면…. 침략과 전쟁, 약육강식, 야수성, 부조리…. 이런 세계의 폭력과 부조리를 상징하는 단어가 모두 동물성에 속한 것이라면…. 그에게 소설이 들어온 순간이다.[29]

　아내의 피멍을 처음 본 이야기로부터 시작하는 단편소설「내 여자의 열매」를 《창작과비평》 1997년 봄호에 발표했다.

　서른 두 살의 남편은 어느 늦은 5월 정오 무렵 자택인 상계동 아파트에서 한때 출판사에서 근무했던 세 살 아래 아내의 몸에서 연둣빛 피멍을 보게 된다. 처음에는 괜찮아질 줄 알았지만 아내의 증세는 점점 심해져 얼굴은 푸르스름하게 바뀌고 머리카락은 마치 "마른 시래기처럼" 푸석푸석해진다.

　아내는 바닷가 빈촌에서 태어나서 열일곱 살 때 도회로 뛰쳐나온 뒤 도시에서 생활해 오면서 늘 자유를 꿈꿔왔다. 아내는 그를 처음 만났을 때 아파트 베란다에 큼직한 화분들을 들여 화초를 기르고 싶다는 그의 꿈 이야기를 듣고서야 어렴풋이 웃을 수 있었다.

　하지만 아내는 아파트 생활 속에서 점점 시들어 갔고 화초를 키우려 하지만 도시에서 성장한 남편은 이것을 제대로 이해하지 못한다. 두 사람 사이의 소통이 가로막히자, 아내는 침묵하기 시작하고 연두색 피멍이 생겨난다. 베란다에서 햇볕을 쬐는 것만 좋아하던 아내는 점점 식물로, 나무로 변해간다.

일주일간의 해외 출장을 마치고 돌아온 남편은 급기야 베란다에서 쇠창살을 향해 무릎을 꿇고 두 팔을 만세 부르듯 치켜올리고 있는 아내를 보게 된다. 진초록색의 몸, 상록활엽수의 입처럼 반들반들해진 얼굴, 들풀 줄기의 윤기가 흐르는 머리카락…. 그는 나무가 되어 있는 아내에게 물을 끼얹어 준다.

"그것을 아내의 가슴에 끼얹는 순간, 그녀의 몸이 거대한 식물의 잎사귀처럼 파들거리며 살아났다. 다시 한번 물을 받아와 아내의 머리에 끼얹었다. 춤추듯이 아내의 머리카락이 솟구쳐 올라왔다. 아내의 번득이는 초록빛 몸이 내 물세례 속에서 청신하게 피어나는 것을 보며 나는 체머리를 떨었다. 내 아내가 저만큼 아름다웠던 적은 없었다."[30]

석류 알처럼 자잘한 연두색 열매들을 아내로부터 받아 든 남편은 화분 몇 개를 사서 기름진 흙을 채운 뒤 열매들을 심는다. 창문을 열고 담배를 피우며 생각한다. 새봄이 오면, 아내는 과연 다시 나무로 돋아날까.

한강은 단편소설 「내 여자의 열매」를 기점으로 여성과 몸으로 주제의식을 확장하는 한편, 강렬한 환상성도 드러내기 시작한다. 과거의 상처보다는 현재 서로 간의 몰이해와 소통 불능으로 고통을 겪는 인물들도 전면에 부상한다.[31]

특히 단편 「내 여자의 열매」는 나중에 연작소설 『채식주의자』의 직접적인 씨앗이 된다. 즉, 「내 여자의 열매」를 썼을 때 언젠가 이 작품을 변주한 소설을 쓰고 싶다는 생각을 했고, 두 편의 장편소설을 출간한 뒤 작업에 착수해 10년 만에야 장편 『채식주의자』로 이어질 수 있었다고, 그는 『채식주의자』의 「작가의 말」에 적었다.

"10년 전의 이른 봄, 「내 여자의 열매」라는 단편소설을 썼다···. 언젠가 그 변주를 쓰고 싶다는 생각을 그때 했다. 10년 전의 내가 짐작했던 것과는 퍽 다른 모습이 되었지만, 이 소설이 출발한 것은 그곳에서였다."[32]

이현권·윤혜리는 무의식적 관점에서 「내 여자의 열매」를 분석한 뒤, "무의식적 결핍과 상처, 갈등이 극단에 이른 시기"의 작품으로 "단순한 어둠의 분출이 아니라 자신의 내면을 통합하고 언어로 대면하기 위한 고통스러운 과정"으로 설명하기도 했다.[33]

눈꼬리가 찢어지고 입꼬리마저 올라간 이상한 아기 부처를 보는 악몽에 시달리는 선희와, 황금 시간대에 뉴스를 진행하는 잘나가는 뉴스 앵커인 남편 상협. 하지만 남편에게는 남모르는 숨겨진 비밀이 하나 있는데, 그것은 바로 중학 시절에 겪은 화재로 인해 몸 곳곳에 자리한 화상 흉터였다.

한강은 1999년 여름 불교적 사유를 배경으로 인간의 고통을 직시하고 용서를 통해서 극복하는 이야기를 담은 단편 「아기 부처」

를 ≪문학과사회≫에 발표했다.

남편의 흉터를 보고서 그를 도와야 한다는 마음에 결혼한 선희는 어느 날 남편을 '그분'이라고 부르는 같은 방송사의 젊은 여성으로부터 전화를 받는다. 남편의 외도를 알게 된 뒤 그녀의 흉몽은 점점 심해지고 늘 완벽주의를 추구하는 남편에 대한 혐오와 불안 역시 커져간다.

선희는 자신이 남편을 사랑하지 않았다는 사실을, 그 흉터 때문에 남편을 사랑한다고 생각했고 이제 그 흉터 때문에 남편을 혐오하고 있다는 것을 깨닫는다. 남편의 잘못도 있었지만, 근원에는 자신의 잘못이 크다는 것도. 남편 역시 "말없이 착하고 따뜻한 분"으로 자신을 생각해 왔다는 것도.

선희는 아울러 관음보살을 수없이 그리는 어머니의 모습을 통해서 용서와 자비를 배우는 한편, 어린 시절 어머니가 왜 자신에게 차갑게 대했는가를, 그리고 지금은 후회하고 있다는 것을 알게 된다. 짐을 꾸려 이사를 준비하는 선희는 흉터 때문에 젊은 여성으로부터 버림받고 괴로워하는 남편을 이해하게 되고 자신의 상처 역시 직시하게 된다.

"관세음보살은 내 속에 있다고. 내 몸이 용서하는 마음으로 그득해지면 그게 바로 관세음보살"[34]이라는 선희 어머니의 대사처럼, 「아기 부처」는 한강의 어느 작품보다 불교적 사상이 짙게 배어 있는 작품이다. 소설 세계를 막 펼치기 시작할 이십 대 후반, 마음에는 불교적 사유가 깊이 자리 잡고 있었다고, 그는 고백했다.

"20대 후반에, 불교에 깊이 들어가 있었어요. 그때 그 생각의 틀이 뿌리 깊이 박혀서, 아직까지도 어떤 사유를 접하든 이건 불교와 어떻게 다르고 어떻게 같은가, 하고 생각을 정리하면서 읽는 자신을 발견하곤 합니다."[35]

작품은 "자신과 대상, 그 관계" 또는 "주체와 타자, 그 관계"에 대한 깊이 있는 성찰로 호평을 받았다. 문학평론가 주지영은 화자 '나'(주체)가 "자기 동일적 태도를 반성적으로 성찰하고, 인간의 취약성과 상호 의존성에 입각해 타자(남편)의 타자성을 인정하면서 타자의 아픔과 공감하는 주체의 시선"을 드러내면서 주체와 타자의 윤리적 관계 설정에 대한 방향성을 제시하는 작품이라고 평가했다.[36]

한강은 「아기 부처」로 그해 한국소설문학상 대상을 수상했다. 심사위원이던 소설가 오정희 역시 "타인의 상처에 부단히 찔리면서 그것을 받아들이고 끌어안는 힘거운 과정이 마치 구도자의 그것처럼 웅숭깊게 표현되어 있다"며 "흉하고 무섭고 무거운 자신의 업이 곧 나의 얼굴이며, 또한 아기 부처의 얼굴에 다름 아니라는 전언을 무리 없이 소설적으로 형상화하고 있다"[37]고 호평했다.

그는 2000년 3월 「내 여자의 열매」를 비롯해 그동안 발표한 중단편들을 묶어서 두 번째 소설집 『내 여자의 열매』를 출간했다. 『여수의 사랑』 이후 오 년 만이었다. 소설집에는 표제작을 비롯해 「해

질녘에 개들은 어떤 기분일까」, 「아기 부처」, 「어느 날 그는」, 「붉은 꽃 속에서」, 「아홉 개의 이야기」, 「흰 꽃」, 「철길을 흐르는 강」 등 여덟 편의 중단편이 담겼다. 산문 모음 같기도 하고 시 같기도 한 「아홉 개의 이야기」에는 삶의 편린에서 파생한 듯한 이야기들과, 그 과정에서 얻은 어떤 통찰이 담겨 있다.

"사람의 몸에서 가장 정신적인 곳이 어디냐고 누군가 물은 적이 있지. 그때 나는 어깨라고 대답했어. 쓸쓸한 사람은 어깨만 보면 알 수 있잖아. 긴장하면 딱딱하게 굳고 두려우면 움츠러들고 당당할 때면 활짝 넓어지는 게 어깨지."[38]

그는 이 소설집의 「작가의 말」에서 "나는 때로 다쳤다. 집착했고 욕망했고 스스로를 미워하기 시작하기도 했다. 그러면서 부끄러움을 배웠고, 점점 낮아졌고 작아졌고, 그래서 그 가난한 마음으로 삶을 조금씩 더 이해하게 되었던 것 같다. 깊숙이 들여다보려 애썼던 것 같다"며 "그러는 동안 글쓰기는 나에게 존재하는 방식이었다. 숨 쉴 통로였다"[39]고 적었다.

주로 여성인 소설의 인물들은 대체로 갈망하던 세상과 소통하려다가 어긋나고 상처를 입는다. 그는 이 시기부터 짓눌린 여성의 목소리를 표현하려는 경향을 보이는 여성주의 작가로 인식되기 시작한다.

같은 세대 작가들과 달리 고전적 작품 세계를 형성했던 그는 언제, 어떤 계기로, 그리고 왜 고전적 서사에서 여성성과 몸, 환상성을 특징으로 하는 작품 세계로 바뀌어 갔던 것일까. 그 변화는 과연 어디에서 비롯된 것일까. 혹시 그의 삶이나 감정이나 의식에 중대한 변화가 있었던 것은 아닐까. 이 시기 전후에 있었던 결혼이나 임신 및 출산이 그의 작품 세계에 변화를 준 것은 아닐까 조심스럽게 추측한다.

"세상에 맛있는 게 얼마나 많아. 여름엔 수박도 달고, 봄에는 참외도 있고, 목마를 땐 물도 달지 않나. 그런 거, 다 맛보게 해주고 싶지 않아? 빗소리도 듣게 하고, 눈 오는 것도 보게 해주고 싶지 않아?"[40]

아이에게 어떻게 이 삭막한 세계를 또다시 겪게 할 수 있느냐며 자녀 계획에 반대한 그에게, 그래도 세상은 살아갈 만도 하지 않느냐고 전 남편 A 씨가 말했다. 자전소설 「침묵」에 따르면, 결혼한 지 이태가 됐을 무렵 그는 A 씨와 자녀 계획 이야기를 나눴다.

수박의 맛을 돌연 거론한 남편의 말에, 그는 "다른 건 몰라도 여름에 수박이 달다는 건 분명한 진실로 느껴"져 느닷없이 웃음이 터져 나왔다. "설탕처럼 부스러지는" 붉은 수박의 맛을 생각하며, 그는 웃음 끝에 말을 잃었다. 그리하여 일 년 뒤인 비가 내리던 8월 어느 날, 그는 아들 효를 낳았다.

임신과 출산을 경험하면서 그는 이전에 미처 깨닫지 못한 여성성을 깨닫게 된 것으로 보인다. 자전적 단편 「침묵」을 보면, 아들 효를 임신하는 과정과 임신 이후 겪게 되는 신체 및 일상의 변화, 이에 따른 인식의 전환 등이 엿보인다. 즉, 그는 임신 직후 입덧을 비롯해 여러 변화와 고통을 겪으면서 이미 임신과 출산의 고통을 겪어온 모든 여성을 동지로 생각하게 된다.

"셀 수 없이 오랜 동안, 셀 수 없이 많은 여자들이 소화불량과 구토에 여위어갔을 것이다. 숙면을 이루지 못하고 몇 번씩 깨어 화장실에 가는 괴로움을 겪었을 것이다. 한없이 피로하고 잠이 쏟아지는 시절을 지나, 돌아누울 때마다 신음이 나올 것 같은 요통을 겪었을 것이다. 그 모든 것들을 다만 말없이, 알처럼 품어내었을 것이다. 그 여인들이 모두, 내 동지가 되었다."[41]

더구나 아들 효를 낳은 뒤에, 그는 많이 아팠다. 키보드를 칠 수 없을 정도로. 한동안 병원에 입원해 치료를 받을 정도로. 그해 가을, 그는 입원한 병실에서 '오늘의 젊은 예술가상' 수상 소식을 들어야 했다.[42]

이듬해에도 건강은 좋아지지 않았다. 이 해 역시 그에겐 "시험의 해"였고 "살아 있는 것의 기적"을 가르쳐준 시기였다고, 그는 2002년 출간한 동화 『내 이름은 태양꽃』의 「작가의 말」에서 말했다.

"지난 일 년은 나에게 시험의 해였다. 모든 것을 다 내주고 건강만을 받으라 한다 해도 그것이 충분히 공정한 교환이라는 것을 깨닫게 했다. 나는 그다지 강한 인간이 못 되므로, 이따금 절망했다. 그 시간들은, 스스로 의식하지 못하고 지냈던 나 자신의 숱한, 덧없는 어리석음과 오만 같은 것들을 힘겹게 깨우치게 만들었다. 그리고, 끈질긴 설득력으로, 살아 있다는 것의 기적을 나에게 가르쳐주었다."[43]

아들 효를 출산한 이후 크게 아픈 시기를 전후로, 그는 불교적 사상에도 거리를 두기 시작했다. 불교사상이 빠진 의식의 빈자리에는 물리학을 비롯한 과학책과 과학적 지식이 들어오기 시작한다.

"깊이 빠졌던 불교와 제가 얼마간 거리를 두게 된 건 서른 한 살 때(2000년), 몸이 많이 아팠을 때였어요. 보통은 몸이 아프면 종교를 찾게 된다고 하는데 저는 반대였어요. 아무것도 믿거나 의지하지 않고, 어떤 방패도 없이 맨눈으로 모든 걸 다시 보고 싶었어요. 그 후 물리학 책들을 읽었던 것도 비슷한 마음에서였어요. 처음부터 다시 이 실재하는 세계를 이해하고 싶어서. 불교에서는 실재를 한칼에 베어 버리잖아요."[44]

바뀐 것은 그의 삶과 경험, 사상만이 아니었다. 더욱 중요하게는 그의 문장, 문체, 글쓰기가 바뀌기 시작했다. 마치 "누가 잘라내 버린 것처럼" 문장이 짧아졌다고, 그는 기억한다.

"제 문체는 서른 살을 기점으로 바뀌었다고 생각해요. 가장 큰 이유는 개인적인 것이었는데, 그때 몸이 아팠어요. 이후 누가 잘라내 버린 것처럼 문장이 짧아졌어요. '소멸해 가는 것에 대한 안타까움'이 이십 대에 쓴 소설들에 들어 있다는 말은 아마 맞을 텐데, 그 무렵 저는 그 소멸을 실감하기보다는 바라보거나 지켜봤던 것 같아요. 하지만 2000년을 통과한 뒤로는 이전의 방식으로 '소멸을 바라보고 아름다움을 열망하는' 일은 할 수 없게 됐고, 하고 싶지도 않게 됐어요."[45]

한강이 여성성과 환상성의 세계로 서서히 나아가고 있던 시기, 한반도에서도 변화의 새바람이 불고 있었다. 그러니까 2000년 6월 평양에서 남한 김대중 대통령과 북한 김정일 군사위원장이 처음으로 만나서 남북 정상회담을 가졌다. 세계의 이목이 집중되었다. 실질적인 변화와 제도 개선으로 이어지지는 못했지만, 그럼에도 남북 정상 간 대화가 가능하다는 것을 보여줌으로써 남북한 사람들에게 많은 영감을 주었다. 남북 대화와 평화 공존, 경제 교류, 나아가 남북 통일에 이르기까지.

제**4**장

여성성과 몸의 탐구…
『채식주의자』

『그대의 차가운 손』… "가면의 인간성 묘파"

"모든 것들의 안쪽을 꿰뚫어 보기 위해"[1] 사람들의 신체 부위에 집요하게 눈길을 보내는 문제적 조각가. 그 앞에 독특한 사연을 가진 두 가지 손이 차례로 등장한다. 폭식증과 비만증에 시달리고 있는 여성 L의 희고 섬세한 손과, 세련된 삶과 겉모습에 가려진 E의 차갑고 예쁘지 않은 손….

2002년 1월, 그는 두 번째 장편소설 『그대의 차가운 손』을 발표했다. 소설은 실종된 조각가 운형이 여성의 신체 석고 모형 제작에 집착하며 남긴 원고를 재현한 작품으로, 일종의 액자 소설 형식을 취한다. 액자의 안쪽에는 조각가 운형과 그가 만나는 여성 L과 E의 이야기가 자리하고 있다.

어린 시절 어머니를 여의고 계모와 재혼한 아버지와 의절한 채 미대에 진학해 조각가가 된 운형은 석고로 인체의 본을 떠내서 작품을 만드는 '라이프캐스팅'을 전문으로 한다. 그는 우연히 비만하지만 아름다운 손을 가진 L를 만나서 석고로 본을 뜨게 되고, 유년 시절 의붓아버지로부터 지속적인 성적 학대를 당한 L의 상처를 마주하게 된다. 하지만 L은 다른 남자에 반해 떠나갔다가 혹독한 다

이어트와 그 실패의 후유증으로 사라진다.

운형은 선배로부터 아름다운 외모에 깔끔한 태도를 겸비한 전문 여성 E를 소개받고 그녀의 전신을 석고로 본을 뜨게 되면서, 하얀 가면과 내면의 공허함 속에 숨겨진 가난한 촌부의 딸이자 육손이로 태어나 놀림과 차별을 받았던 E의 상처를 만나게 된다.

운형은 두 여성과의 관계 속에서 어린 시절 가식적 미소로 두려움을 숨겼던 어머니와, 삼촌의 잘린 손에 대한 기억을 치유해 가는 한편, 삶의 껍데기 위에서 곡예하듯 탈을 쓰고 살아가는 인간 존재의 본질을 깨닫게 된다.

"나는 구역질을 느꼈다. 내 인생을 관통해 온 그 쓸쓸한 미식거림을, 시큼한 침이 고여오는 혀뿌리 아래로 눌렀다. 삶의 껍데기 위에서, 심연의 껍데기 위에서 우리들은 곡예하듯 탈을 쓰고 살아간다. 때로 증오하고 분노하며 사랑하고 울부짖는다. 이 모든 것이 곡예이며, 우리는 다만 병들어 가고 죽어가고 있다는 것을 잊은 채."[2]

소설에는 여러 유형의 손들이 나온다. 오발탄에 오른쪽 엄지와 검지 손가락의 윗마디를 잃어 불구가 된 외삼촌의 손부터, 비만한 L의 아름다운 손, 아름다운 외모에도 E의 차갑고 예쁘지 않은 손까지. 이 글을 읽는 당신의 손은 과연 어떤 손인가요.

한강은 「작가의 말」에서 "언제나 그랬듯이, 내 몸에 머물렀던 소설은 가장 먼저 내 존재를 변화시킨다. 눈과 귀를 바꾸고, 당신을 사랑하는 방법을 바꾸고, 아직 걸어보지 못했던 곳으로 내 영혼을 말없이 옮겨다 놓는다"고 적었다. ³ 나중에 인터뷰에서도 "서로의 몸을 석고로 뜬 뒤 껍데기를 부수는 제의 같은 과정을 통해 한 발 더 나아가게"⁴ 되었다고 설명했다.

평론가 장경렬은 인간과 세상에 대한 작가의 이해가 작품 바깥에 머물고 있는 것은 아닌가라고 지적하면서도, 이야기를 엮어가는 작가의 능력이나 유려한 문장이 돋보이고, 특히 "요즈음 발표된 작품들 가운데 유례를 찾기 어려울 만큼 성실하고 진지한 작품"이라고 상찬했다. ⁵

특히 작품은 석고로 인체의 본을 떠내는 라이프캐스팅 작업을 통해 인간의 가면성, 위선의 인간 본성을 파헤쳤다는 평가를 받았다. 안데르스 올손 노벨문학상위원회 위원장은 "인체에 대한 집착과 가면과 경험 사이의 상호작용, 조각가의 작품 속에서 몸이 드러내는 것과 감추는 것 사이의 갈등이 발생한다. '삶의 껍데기 위에서, 심연의 껍데기 위해서 우리들은 곡예하듯 탈을 쓰고 살아간다'는 책 후반부의 문장이 이를 잘 표현하고 있다"며 "가면 쓴 곡예사처럼" 살아가는 인간의 속성을 묘파했다고 평했다. ⁶

같은 해 3월, 그는 해바라기가 자신의 존재 의미와 본질을 깨달아가는 과정을 아름답게 그린 동화 『내 이름은 태양꽃』을 출간했다. 그의 첫 동화였다. 해바라기가 독한 가슴앓이를 통해서 환한 꽃으로 성장하고 마침내 세상을 있는 그대로 맞아들이고 사랑하는 모습

을 통해서, 상처와 절망에서 기적처럼 마주하는 생의 경이로움을
보여준다.

"왜 슬퍼하지 않느냐구요? 이제는 알고 있는걸요. 나에게 꽃이
피기 전에도, 그 꽃이 피어난 뒤에도, 마침내 영원히 꽃을 잃은 뒤라
해도, 내 이름은 언제나 태양꽃이란 걸요."[7]

그는 왜 돌연 동화를 창작한 것일까. 그것은 아마 작가가 한 아이
의 어머니가 된 것과 연관이 깊어 보인다. 좋은 동화를 통해서 상상
력이 풍부한 이야기를 아이들에게 들려주고 싶었기 때문으로 추측
된다. 그의 동화 집필은 아들 효가 여덟 살이 되는 2008년까지 이어
진다.

오 년 뒤 2월에는 두 번째 동화 『천둥 꼬마 선녀 번개 꼬마 선녀』
를 출간했다. 심심하고 지루한 것은 못 견디는, 불편한 것은 참지
않는 두 맹랑한 꼬마 선녀의 흥거운 세상 여행 이야기를 담고 있다.

다시 일 년 뒤인 2008년 5월, 그는 세 번째 동화 『눈물상자』를
출간했다. "아주 오랜 옛날은 아닌 옛날", 갓 돋아난 연둣빛 잎사귀
들이 햇빛에 반짝이는 장면을 보고도 눈물을 흘리는 아이의 이야
기다.

『눈물상자』는 10여 년 전의 봄, 대학로에서 본 덴마크 출신 남성
이 만들고 공연한 어린이극에서 일부 영감을 받은 동화라고, 그는
「작가의 말」에서 밝혔다.[8] 눈물은 투명하지만, 그 눈물이 담고 있
는 사연은 결코 투명하지도 단일하지도 않다. 수많은 색깔로 수천

수만의 이야기로 퍼져가는 눈물의 사연들. 책은 당신에게 물을지도 모른다. 지금 등을 돌리고 눈물을 흘리는 당신의 사연은 무엇인지….

그가 아이와 함께 삶의 강을 힘겹게 건너고 있던 시기 이념과 신념이 사라진 세계에서는 피칠갑의 테러와 보복, 학살의 악순환의 판도라가 열리고 있었다. 2002년 9월 11일, 오사마 빈 라덴이 이끄는 이슬람 과격 테러단체 알카에다 요원들에게 의해 납치된 비행기 넉 대가 미국 뉴욕 맨해튼의 세계무역센터와 워싱턴D.C.의 국방부 청사 펜타곤을 향해 돌진했다. 납치한 비행기를 동원한 연쇄 자살 테러 공격으로 3,000명 가까운 미국 시민이 사망하고, 많은 이들이 부상을 입었다. 이른바 '9·11테러'였다. 미국과 조지 W. 부시 대통령은 '테러와의 전쟁'을 선포하고 아프가니스탄과 이라크를 차례로 침공해 정권을 교체했고, 2011년 오바마 대통령 때에는 파키스탄에 은신해 있던 오사마 빈 라덴을 사살하기도 했다.

나무가 되려는 '팜므 프래질'

"번들거리는 짐승의 눈, 피의 형상, 파헤쳐진 두개골, 그리고 다시 맹수의 눈."[9] 이미지는 생생하고 강렬했고, 끔찍한 삶의 피비린내였다.

소설에서 군더더기 같은 살을 모조리 발라내고 싶었다. 따뜻한 침묵과 절제 속에서 마치 자작나무 같은 정갈한 아름다움으로 가는 글을 쓰고 싶었다. 그런데 소박하면서도 야심적인 그의 발걸음을 돌려세운 건 이런 악몽들이었다.

그러니까 그해 겨울, 그는 여러 이유로 몸과 마음이 극도로 지쳐서 잠을 제대로 잘 수 없었다. 처음엔 삼십 분 정도 잠들었다가 악몽에 놀라서 눈을 뜨는 일을 반복했다. 차츰 그 주기가 짧아졌다. 종내에는 몇 분, 몇 초 동안 깜박 의식을 놓았다가 바로 생시로 돌아오곤 했다. 그 긴 밤에 꾸었던 악몽들이 그의 생각을 돌려세우고 있었다.[10]

두 번째 장편 『그대의 차가운 손』을 출간한 뒤, 몇 해 전 썼던 단편소설 「내 여자의 열매」의 변주로서 『채식주의자』의 연작이 되는 중편소설들을 2002년 겨울부터 쓰기 시작했다.

집필 과정은 악전고투의 연속이었다. 아들을 낳은 뒤부터 손가락 관절이 마디마디 아팠기 때문이다. 손가락에서 시작된 통증은 손목으로 번져갔다. 평소에는 전혀 어려움을 느끼지 못한 컴퓨터 자판조차 두드릴 수 없었다.

그래서 연작의 앞부분을 차지하는 「채식주의자」와 「몽고반점」의 경우 컴퓨터 대신 손으로 써야 했다. 이 과정에서 눈 밝은 여학생의 타이핑 아르바이트 도움을 받았다. 즉, 여학생이 타이핑한 글을 출력해오면 그는 그 여백을 이용해 고치고 그것을 다시 타이핑해

달라고 부탁하곤 했다.[11]

나중에는 손으로 글도 쓸 수 없었다. 한동안은 아예 작업 자체를 할 수 없었다. 심지어 너무 아파서 백지 한 장을 채울 수 없었다고, 당시를 그는 회고했다.

"그나마 손으로 쓸 수 있을 때가 좋았다는 것을 곧 알게 되었다. 백지 한 장을 채우기 전에 손목이 아파 계속할 수 없게 되자, 더 이상 할 수 있는 일이 없었다. 음성인식 컴퓨터? 손끝에 대면 전기 자극으로 작동되는 키보드를 주문 제작하는 일? 눈물도 나오지 않을 만큼 나는 지쳐버렸다."[12]

혹시 양손에 볼펜을 거꾸로 잡고 자판을 두드릴 수는 있지 않을까. 상당 기간의 자포자기 시간을 보내던 어느 날, 그는 문득 한 생각이 떠올랐다. 이상한 자세였지만 타이핑을 할 수 있었다. 볼펜을 잡고 자판을 두드리는 일이 익숙해지자 비로소 다시 혼자 힘으로 집필할 수 있었다. 마지막 중편 「나무 불꽃」은 이렇게 쓸 수 있었다. 그가 중편의 파일 명으로 새겨 넣은 것은 '고통 3부작'! 이때 그의 모습을 옆에서 지켜본 동생이 말했다. "〈진기명기〉 같은 프로에 나가도 되겠다"고.

등단 초기만 해도 첫 소설집을 일 년여 만에 써낼 정도로 부지런 했는데…. 어느 새 작품을 쓰는 속도가 달라져 있었다. 작품을 붙들고 있는 시간이 길어졌기 때문이다. 썼던 것도 다시 보게 되었다. 오죽했으면 "그 시기는 돌아보기도 싫을 정도로 힘든 시간이었다"

며 "그걸 다시 소설로 써보면 어떠냐고 하는데, 못 쓸 것 같다"[13]고 말했을까.

그는 긴 악전고투 끝에 폭력성과 육식성에 저항하는 방식으로 채식을 하고 나무 되기를 택한 영혜의 이야기를 그린 중편소설 「채식주의자」를 《창작과비평》 2004년 여름호에, 몽고반점에 사로잡힌 비디오 아티스트 형부의 욕망과 파국을 그린 중편소설 「몽고반점」을 《문학과사회》 같은 해 가을호에 차례로 발표할 수 있었다. 언니 인혜의 시각으로 인간의 영성을 탐구한 마지막 중편 「나무 불꽃」은 이듬해 《문학 판》 겨울호에 발표했다. 그는 수정과 보완을 거듭한 끝에 2007년 10월 연작소설 『채식주의자』를 출간했다.

連작의 첫 중편 「채식주의자」는 영혜의 남편인 '나'의 시선으로 서술된 영혜 부부에 관한 이야기이고, 「몽고반점」은 언니 인혜의 남편이자 영혜의 형부인 비디오 아티스트 '나'의 시선으로 전개되는 인혜 부부에 대한 이야기다. 마지막 「나무 불꽃」은 인혜의 시선으로 펼쳐지는 인혜와 영혜 자매의 이야기다. 이야기들은 서로 꼬리에 꼬리를 무는 연쇄 구조로 연결되어 있다.

영혜의 남편 시각으로 풀어가는 「채식주의자」에서 영혜는 꿈에 나타난 끔찍한 영상에 사로잡혀 육식을 거부하고 나무로 변해간다고 믿는다. 월급쟁이 남편은 영혜의 행동을 이해하지 못하고 처가 사람들을 동원해 영혜를 말리고자 한다. 언니의 집들이에서 육식을 거부하는 영혜에 못마땅한 장인이 강제로 고기를 입에 넣으려 하자 영혜는 손목을 긋는다.

한강은 「채식주의자」에서 본격적으로 이탤릭체를 사용해 고립되고 소외된 인물의 심리, 마음을 드러낸다. 그는 "이탤릭체가 기울어 있고 불안해 보이기 때문에 인물의 심리적인 정황을 반영하고 싶어 이 서체를 선택"했다고 설명했다.[14] 이후 여러 작품에서 인물의 불안한 심리를 드러내기 위해서 이탤릭체를 사용한다.

두 번째 중편 「몽고반점」에서 인혜의 남편이자 영혜의 형부인 비디오 아티스트 '나'는 처제 영혜의 엉덩이에 아직도 몽고반점이 남아 있다는 이야기를 전해 듣고, 영혜의 몸을 욕망하게 된다. 정신병원에서 퇴원한 처제에게 찾아가 비디오 작품의 모델이 되어줄 것을 부탁하고, 처제의 몸에 보디페인팅을 한 뒤 자신의 몸에도 그림을 그리고 영혜와 교합한 뒤 작품을 촬영한다.

「나무 불꽃」에서 언니 인혜는 정신병원에서 식음을 전폐하고 링거조차 받아들이지 않는 동생 영혜를 만난다. 영혜는 규범을 거부하며 나뭇가지처럼 말라가면서 나무가 되려 한다. 인혜는 영혜를 보면서 반성적 성찰을 하게 되고 동생이 걸어간 길에 마침내 자신을 일체화시켜 나아가려 한다.

"꿈속에선, 꿈이 전부인 것 같잖아. 하지만 깨고 나면 그게 전부가 아니란 걸 알지… 그러니까, 언젠가 우리가 깨어나면, 그때는…

조용히, 그녀는 숨을 들이마신다. 활활 타오르는 도로변의 나무들을, 무수한 짐승들처럼 몸을 일으켜 일렁이는 초록빛의 불꽃들을 쏘아본다. 대답을 기다리듯, 아니, 무엇인가에 항의하듯 그녀의 눈길은 어둡고 끈질기다."[15]

"극단 서사 통해 인간성 질문 던지고 싶었다"

"주인공 영혜는 인간의 어두운 본성에서 스스로를 보호하고자 식물이 되려고 합니다. 이 극단적인 서사를 통해 저는 인간성에 대한 질문을 던져보려고 했습니다. 어려운 질문이지요. 인간에 대한 질문은 저에게 중요한 것이라서 앞으로도 계속 질문하면서 써나가고 싶습니다."[16]

한강은 먼저 채식주의자란 "'거부하는 사람'의 다른 이름"이라며 결국 "이 소설은 그 거부하는 사람의 결행에 대한 이야기"라고 말했다.[17] '거부하는 사람'의 결행 이야기라는 점에서, "그렇게 안 하고 싶습니다"라고 말하며 선택할 수 없는 자본주의 사회를 죽음으로써 비판한 허먼 멜빌의 단편 「필경사 바틀비」가 떠오르기도 한다.

작품은 "삶을 껴안는 걸 어려워하는 자매의 이야기", "그토록 인간인 게 싫고, 그토록 삶을 껴안는 게 힘든 자매의 이야기"[18]이자, "그럼에도 삶을 껴안고자 몸부림치는 여자들의 이야기", "극도로 고립된 상태에서 인간의 폭력성을 밀어내기 위해 목숨을 거는 사람, 인간의 일원이길 거부하고자 하는 사람의 이야기"[19]라고, 그는 강조했다.

그는 각종 인터뷰와 대담에서 『채식주의자』의 문제의식을 들려줬다. 그러니까 인간과 세계의 폭력을 응시하려 했으며, 그 결과 '인간은 폭력과 아름다움이 뒤섞인 세계를 견딜 수 있을까, 껴안을 수 있을까' 하는 질문으로 끝나게 되었다고.

"『채식주의자』에서는 육식을 거부하고 자신이 식물이 되어가고 있다고 믿고자 하는 여자의 투쟁(구원을 위한 것이지만 사실은 파멸의 길인)을 통해 인간과 세계의 폭력을 응시하려 해보고,"[20] "이토록 폭력과 아름다움이 뒤섞인 세계에서 견딜 수 있는가, 껴안을 수 있는가라는 질문으로 끝나는 소설이에요. 소설 끝 장면은 앰뷸런스 안에서 차창 밖을 내다보는 시선으로 끝나거든요."[21]

특히, 이전 소설에서도 다루긴 했지만, 그는 『채식주의자』를 쓰면서 폭력 문제를 본격적으로 직시했다는 자각을 갖기 시작했다고, 폭력은 이후 매우 중요한 화두의 하나가 되었다고 말했다.[22]

영혜에게 가해지는 폭력은 다양하지만 가부장제에서 비롯한 폭력이 가장 두드러진다. 물리적 폭력도 마다하지 않는 집안의 폭군 아버지, 영혜를 인생의 장식품 정도로 여기는 남편, 자신의 예술 세계를 위해 영혜를 이용하는 형부…. 온갖 폭력을 온몸으로 겪는 영혜는 근원적인 폭력성에 저항하고 동물성의 세계에서 탈주하기 위

해 처음에는 채식을 하고, 다시 꽃을 희망하며, 이어서 '식물-되기'를 시도한다. [23]

소설의 주인공 영혜는 자신의 목소리를 가지지 못하고 남편과 형부, 언니의 관찰과 목소리로만 존재한다. 어린 시절 폭력의 기억 때문에 육식을 거부하고 나무가 되기를 꿈꾸는 영혜. 때로는 불안하거나 병약해 보이기도 하고, 때론 섬세하거나 상처받기 쉬워 보이기도 하고, 때론 무해한 존재를 꿈꾸는 것처럼 보인다. 영혜의 이 같은 모습은 '팜므 파탈(Femme Fatale)'과 대비되는 '팜므 프래질(Femme Fragile)'로 설명되기도 한다. 정서희는 "한없이 연약해 보이지만, 그 안에서 배어나오는 부러질 듯 단단한 의지, 어딘지 모르게 병적인 아우라, 불안, 이런 여성의 초상을 적절히 설명할 수 있는 한 단어가 있다"며 팜므 프래질 개념을 제시한 뒤, 한강 소설의 여성 인물 가운데에는 팜므 프래질 유형이 적지 않다고 분석한다. [24] 단편 「여수의 사랑」의 자흔, 장편 『검은 사슴』의 의선, 단편 「내 여자의 열매」의 '나', 연작 소설 『채식주의자』의 영혜….

연작소설 『채식주의자』는 인간이 되기를 거부하는 여성의 강렬한 서사 이외에도, 극단적 채식이 불러오는 그로테스크한 이미지와, 형부와 처제의 근친이라는 금기 서사를 바탕으로 한다는 점에서 큰 화제를 모았다. 이듬해 언론사 신춘문예나 문예지 공모 등의 등단작으로 뽑힌 평론 가운데 최소 네 편이 『채식주의자』를 비롯해 한강의 작품이 분석 대상이었을 정도로 압도적인 주목을 받았다. [25]

"…왜 이렇게 불편한 소설을 쓴 것이냐. 나무가 되려는 이 여자의 심리를 좀 설명해 달라. 정말 화가 난다."

『채식주의자』가 출간된 뒤, 그는 화가 난 듯한 독자로부터 항의이메일을 받았다. 그는 항의 메일에 답신을 보내지 않았다. "계속답을 하지 않으면 당신의 심리 상태도 이 여자와 다를 바 없다고 간주하겠다"는 분노가 담긴 메일을 다시 받아야 했다. 한강은 책 출간이후 다양한 반응을 접했다.[26]

일각에서는 '여성을 너무 수동적으로 그린 것이 아니냐'는 비판도 나왔고, 반대편에선 '여자가 피해자인 것 같지만 사실은 남편을 비롯해 주변 사람들을 심하게 괴롭힌 것 아니냐'는 지적을 했다. '영혜가 채식을 하게 된 계기가 꿈밖에 없는 것 아니냐며 너무 불분명하다'고 볼멘소리를 내는 이도 있었고, 반대편에선 '가부장제와 개의 죽음, 아버지의 폭력 등의 연결고리가 너무 단순하고 단선적이지 않느냐'는 목소리를 내는 사람도 있었다. 가톨릭 문화권에서는 '영혜의 행위를 종교적 고행과 같은 것'으로 이해하기도 했고, 일본의 독자는 '진심을 다해 식물이 되려고 했던 사람의 진심이 느껴진다'고 반응했으며, 영미권 독자들은 '가부장제에 저항하는 페미니즘'의 시선으로 읽기도 했다.[27]

작품은 나중에 수많은 나라에 번역 출간된 가운데, 번역가 데버라 스미스에 의해 출간된 영어판은 부커상 수상작에 선정된다. 올손 노벨문학상위원회 위원장은 국제적으로 큰 반향을 일으켰다며 작품 분석과 평가를 덧붙였다.

"총 3부로 쓰인 이 책은 주인공 영혜가 음식 섭취에 관한 규범을 거부할 때 발생하는 폭력적인 결과를 묘사한다. 고기를 먹지 않기로 한 그녀의 결정은 전혀 다른 다양한 반응을 불러일으킨다. 그녀의 행동은 남편과 권위적인 아버지 모두에게 거부당하고, 신체에 집착하는 비디오 아티스트인 형부에게 성적, 미학적으로 착취당한다. 결국 그녀는 정신병원에 입원하게 되고, 언니는 그녀를 그곳에서 구출해 '정상적인' 삶으로 되돌리려 시도한다. 하지만 영혜는 '나무 불꽃'의 상징으로 표현되는, 매혹적이면서도 위험한 식물계의 정신병적 상태에 점점 더 깊이 빠져든다."[28]

『채식주의자』를 쓴 그는 이전의 한강이 아니었다. 온몸으로 『채식주의자』의 강을 건너자, 그에게는 이미 새로운 질문이 당도해 있었다.

"저는 소설이 극도로 고립된 상태에서 인간의 폭력성을 밀어내기 위해 목숨을 거는 사람, 인간의 일원이길 거부하고자 하는 사람의 이야기라고 생각했어요. 막상 그 소설을 완성하고 나니까 계속 그 자리에 머물 수는 없다는 걸 깨닫게 됐어요. '결국 우리는 이 세계에서, 결국 인간으로서 살아가야 하지 않나' 하는 질문이 생겼어요."[29]

이상문학상 수상… 차세대 선두 주자로

손의 재생이 불가능할지도 모른다는 비관적인 이야기를 듣기도 했던 어느 날, 그는 백과사전을 들쳐보다가 우연히 몇 장의 사진을 보게 되었다. 사진 가운데 도마뱀도 있었다. 꼬리나 다리가 떨어져 나가더라도 다시 재생된다는 도마뱀. 사진 옆에 적힌 학명은 '노랑무늬영원.' 그에게 단편소설이 들어온 순간이었다. [30]

『채식주의자』 연작을 쓰기 위해서 악전고투하는 도중 단편소설이나 시가 비어져 나오기도 했다. 아픈 손을 가지고 힘겹게 노력한 끝에 그는 먼저 2003년 초 단편소설 「노랑무늬영원」을 ≪문학동네≫ 봄호에 발표했다. 작품은 당시 그의 어려움과 기억을 제법 담고 있고, 이후 쓴 여러 단편들과 묶여서 구 년 뒤 소설집 『노랑무늬영원』의 표제작으로 출간된다.

이 년 전 봄날, 차를 끌고 작업실에 가려던 현영은 도로에 뛰어든 검은 개를 피하려다가 사고를 당해서 후유증으로 두 손을 자유롭게 쓸 수 없게 된다. 그림도 그릴 수 없게 되면서 화가라는 직업도, 물컵조차 제자리에 놓을 수 없게 되면서 남편의 사랑도 잃을 처지에 놓인다.

현영은 동네 사진관에서 자신의 사진이 걸려 있는 것을 봤다는 친구 소진의 이야기를 듣고 친구 집으로 가게 된다. 대학 시절 자주 북한산에 올랐는데 그때 우연히 만난 남자가 찍은 사진이었다. 그녀는 먼저 사진관에서 사진을 찾은 뒤, 소진의 집에서 소진의 아들이 기르는 도마뱀을 보게 된다. 사고로 잘려나간 도마뱀의 앞발에 작지만 새 발이 돋아나고 있었다. 언젠가 노랑색으로 작업을 하던 작고한 노화가의 인터뷰를 읽는다.

"노랑은 태양입니다. 아침이나 어스름 저녁의 태양이 아니라, 대낮의 태양이에요. 신비도 그윽함도 벗어던져 버린, 가장 생생한 빛의 입자로 이뤄진, 가장 가벼운 덩어리입니다. 그것을 보려면 대낮 안에 있어야지요. 그것을 겪으려면. 그것을 견디려면. 그것으로 들어 올려지려면…. 그것이, 되려면 말입니다."[31]

특히 영혜를 지켜보는 언니 인혜가 잠을 제대로 이루지 못하고 반복해 꿈을 꾸는 장면을 비롯해 세 번째 중편 「나무 불꽃」을 쓰는 과정에선 연작시 「피 흐르는 눈」을 비롯해 유난히 많은 시들이 흘러나왔다.[32]

그는 "그해, 그 고독한 자매들을 생각하며 쓴 시들의 제목을 나는 「피 흐르는 눈」이라고 붙여 일곱 편의 연작을 만들었다. 그 외에도 식물의 이미지가 등장하는 시들을 여러 편 썼다"[33]고 나중에 회고했다.

이미 한국소설문학상과 '오늘의 젊은 예술가상'을 받았던 그는 연작소설을 차례로 발표하던 2005년 초, 중편 「몽고반점」으로 이상문학상을 거머쥐었다. 심사위원 만장일치의 평결이었다. 심사위원회는 "이제는 퇴화되어 사라진, 태고의 '순수성'과 원초적 미를 되찾고 싶어 하는 현대인의 정신적 집착과 탐색을 다룬 뛰어난 예술 소설"이라며 "특히 탐미와 관능의 세계를 고도의 미적 감각으로 정치하게 묘사함으로써 '예술가 소설'의 뛰어난 전범을 잘 보여주고 있다"[34]고 상찬했다. 특히 문학평론가 이어령은 "기이한 소재와 특이한 인물 설정, 그리고 난(亂)한 이야기의 전개가 어색할 수도 있었지만, 차원 높은 상징성과 뛰어난 작법으로 또 다른 소설 읽기의 재미를 보여주고 있다"[35]고 평했다.

1970년대생 작가로서 처음으로 이상문학상을 수상하면서, 한강은 차세대 한국문학의 기수로 떠올랐다. 이후 황순원문학상과 김유정문학상, 대산문학상 등 국내 각종 문학상을 휩쓸며 작가로서의 입지를 분명히 했다.

특히 아버지 한승원도 이미 1988년 이상문학상을 수상했기에 부녀가 같은 상을 수상한 것으로 화제를 모으기도 했다. 그럼에도 이 무렵 한승원과 한강 부녀의 작품 세계는 이미 서로 멀리 떨어져 있었다.

한강은 「내 여자의 열매」 이후 전통적 서사와 문법에서 벗어나 있었다. 시야는 여성과 몸으로 크게 확대되었고, 환상성을 도입해 서사 효과도 높였다. 견고한 문장 대신, 단문이나 이탤릭체 문장 등으로 파편화되고 다양한 형식과 시적인 문장을 통해 억압된 여성의 목소리를 내거나 인간의 내면을 밝히는 데 주력하고 있었다.[36] 한강은 어느새 한국문학의 새로운 격류가 되고 있었다.

아버지 한승원은 작가와의 인터뷰에서 "저의 작품 세계가 리얼리즘 쪽에 더 뿌리를 두고, 불교적이고 신화적이며 전설적인 원형의 세계에 맞닿아 있다"면, 딸 한강의 그것은 "환상적인 쪽에 가깝고, 세계 작가적 감성을 얻고 있다"고 대비했다.

그는 2005년 10월 프랑크푸르트에서 열린 국제도서전의 한국 측 작가로 참가해 '담론과 목소리, 한국문학과의 만남' 프로그램에서 활동했다. 잡지에 공개된 여러 장의 사진 가운데, 행사장에서 시선을 약간 아래로 내린 채 오른손으로 머리를 매만지고 있는 그의 모습을 볼 수 있다. 그는 이때 무슨 생각을 하고 무슨 말을 했을까.

10월부터 한국문화예술위원회가 운영하는 문학포털 '사이버 문학광장'의 대표 콘텐츠인 라디오방송 〈문장의 소리〉에서 진행자(DJ)로도 활동했다. 그는 이때 자신의 문학세계를 설명하기도 하고, 여러 소설가를 초대해 대담을 갖기도 했다. 특히 자신이 직접 만든 노래를 들려줘 청취자들에게 호응을 얻기도 했다. 라디오방송 진행은 이듬해 5월까지 이어졌다.

···나의 과거는 어두웠지만, 나의 과거는 힘이 들었지만, 그러나 나의 과거를 사랑할 수 있다면, 내가 추억의 그림을 그릴 수만 있다면, 행진 행진 행진 하는 거야···.

풍문여고 2학년 때 짝꿍을 통해 알게 된 들국화의 노래 「행진」, 시골에서 보낸 유년을 생각나게 하는 「엄마야 누나야」, 젊은 어머니가 수줍게 부르던 「짝사랑」, 옹이 박힌 나무 등걸 같은 아버지의 음성과 어울리는 「황성옛터」, 몸과 마음이 지쳐 있던 사회 초년병 시절을 버티게 해준 「You needed me」, 들을 때마다 마음이 두근거리는 동물원의 「혜화동」, 방황하던 청년들이 목이 터져라 부르던 김현식의 「내 사랑 내 곁에」, 우울함으로 곤두박질치던 시절을 구해준 비틀즈의 「Let it be」….

2007년 1월, 한강은 자신의 삶을 가로지른 노래 스물두 곡과, 이들 노래에 스민 기억이나 몰래 감춰둔 불빛 같은 이야기를 펼쳐놓은 산문집 『가만가만 부르는 노래』를 출간했다. 다채로운 노래 스물두 곡에 새겨진 이야기는 정갈하고 섬세한 문장에 실려 공명을 일으킬지도. 고요하고, 잔잔하게, 그리고 때론 격렬하게.

…안녕이라 말해본 사람, 모든 걸 버려본 사람, 위로받지 못한 사람, 당신은 그런 사람, 그러나 살아야 할 시간, 살아야 할 시간….

조용하면서도 감미로운 표제곡 「안녕이라 말했다 해도」를 비롯해, 자신이 직접 작사 및 작곡하고 노래까지 부른 CD 〈안녕이라 말했다 해도〉를 첨부하기도 했다. 첨부된 CD에는 나무에 대한 경외감을 표현한 「나무는 언제나 내 곁에」, 밤과 낮이 바뀌는 경계의 떨림을 노래한 「새벽의 노래」, 아픔을 누르며 눈물을 감추며 살아가는 삶을 담담히 묘사한 「가만가만, 노래」 등의 노래가 담겨 있다.

소설가 한강의 노래는 어디에서 온 것일까. 『채식주의자』의 세 번째 연작 「나무 불꽃」을 한창 쓰던 2005년 5월 어느 날, 그는 꿈에

서 어떤 음악이 들렸고, 잠에서 깬 아침에도 그 음감과 잔상이 선명
했다. 그는 기억에서 사라지기 전에 그 내용을 적었다. …네가 떠나
버린 걸 이제 어쩌나, 가버린 걸 어쩌나. [37]

꿈속에서 떠오른 노래를 소리 내어 흥얼거려 보았다. 노래 가사
를 만들고 음계 이름을 적곤 노래를 통째로 외웠다. 기억에서 사라
질까 봐 테이프에 녹음까지 해두었다. 이렇게 노래를 만들어갔다.
두 곡, 세 곡, 네 곡….

스무 곡 가까이 노래를 만든 그는 피아니스트이자 작곡가 친구
의 도움을 받아서 음반까지 내게 되었다. "햄릿처럼 망설"이는 그
에게, 친구는 정색을 하고 "돈키호테처럼" 단호하게 말했다. "곡과
가사를 전달하면 되는 거예요. 기교는 중요하지 않아요. 이 노래들
의 감정에 대해서 가장 잘 아는 사람이 불러야 해요."[38]

"식량 있어요?" 식사 시간을 놓친 그가 서울예대 행정실에 들어서
면서 말했다. 그는 순두부집에서 밥을 시켜서 시간을 놓친 이들과
함께 식사를 했다. 2007년 3월 서울예술대학 문예창작과 전임교수
로 임용되어 소설 창작을 가르쳤다. 학생들은 그의 말과 강의를 신
뢰했다고 한다. 그가 강의에서 학생들에게 가장 강조하는 말은 "너
무 조급해하지 마라"는 것. 왜 학생들에게 조급해하지 말라고 했을
까. 한강의 설명이다.

"좋은 욕심이긴 한데, 조급하면 힘이 드니까요. 좋은 작품으로

바로 등단하기보다는, 그런 작품을 서너 편 갖고 있을 때 등단하는 게 더 좋을 것 같아요. 그보다 재미있게 쓰는 게 좋은 거라고 얘기해 줘요. 아이들에게 최대한 부정적인 얘기는 하지 않으려고 해요. 영향을 미치니까요."[39]

소설이나 시를 쓰려는 학생들이 그를 자주 찾아왔다. 강의실에서 면담을 하기도 했고, 연구실에서 그들을 맞기도 했다. '눈물의 의자'에 앉아서 그들의 말에 공감하며 눈물을 흘리기도 했다. "나는 저 의자를 눈물의 의자라고 불렀어요." 비가 많이 오던 어느 날, 그는 새로 소설 창작을 가르치게 된 정용준에게 연구실 의자를 가리키며 말했다.[40]

"**저**거 광주잖아!" 텔레비전을 통해서 용산 참사 속보를 지켜보고 있었다. 방송에서는 망루에서 시뻘건 불길이 치솟고, 철거민들이 곳곳에서 사람을 살려내라고 아우성치고, 경찰 특공대가 들이닥쳐 철거민을 제압하는 영상이 반복적으로 나오고 있었다. 갑자기 그의 입에서 자신도 모르게 소리가 터져 나왔다.

그러니까 2009년 1월 20일 새벽, 서울 용산구 한강로 2가 남일당 건물에서 농성 중인 철거민들을 경찰이 강제로 해산하는 과정에서 주민 다섯 명과 경찰 한 명 등 여섯 명이 숨지고 수십 명이 부상당하는 사고가 발생했다. 철거민들은 용산 제4구역 도심 재개발을 둘러싸고 시행사와 지방자치단체, 관계 당국과 갈등을 빚다가 전격적으로 남일당 건물 옥상으로 올라가 농성 중이었다. 경찰은 이날 새벽 특공대를 비롯해 대규모 경찰 병력을 투입해 이들의 해산에 나섰고, 철거민들 역시 강력하게 저항하면서 참사가 발생했다.

용산 참사를 보다가 그의 입에서 터져 나온 말은 '광주'였다. 광주! 그 순간, 그는 스스로 놀란 뒤 생각했다. 언젠가 광주가 일화로 들어 있는 소설을 쓰고 쓸 거야![41] 장편 『소년이 온다』의 씨 하나가 뿌려진 순간이었다.

"광주는 더 이상 한 도시의 이름이 아니라, 인간의 폭력과 존엄이 함께하는 모든 시공간의 보편적인 이름이라고. 광주는 결코 끝난 것이 아니라, 끊임없이 우리에게 되돌아오는 무엇이라고."[42]

제5장

삶과 회복의
방향으로

『바람이 분다, 가라』… "폭력성에도 살아내야 한다"

하나의 장편소설이 완성되어 몸과 마음에서 빠져나가고 새 장편이 다시 몸과 마음으로 들어오기 전까지가 늘 위기였다. 보통 글을 쓰지 않을 때에는 무엇을 써야 할지 모르는 괴로움이 있는데, 하나의 장편소설을 다 쓰고 새 장편이 아직 들어오지 않은 자리에선 이것이 "더 크게 느껴질 수 있"기 때문이다.[1] 새 장편을 몸과 마음으로 맞이하기 위해, 그는 부지런히 책을 찾아 읽고 사람도 만나야 했다.

어느 날, 우연히 한 의사로부터 숨을 제대로 쉴 수 없는 사람을 위한 인공호흡기가 때로는 환자에게 오히려 위험할 수 있다는 이야기를 들었다. 이른바 '호흡 충돌(breath fighting) 현상'. 의사의 이야기를 들었을 때 문득 숨과 숨이 싸우는 이야기를 쓰고 싶다는 생각이 들었다고, 그는 나중에 회고했다.

"숨을 쉴 수 없었던 사람이 인공호흡기가 넣어주는 바람에 의지하다가 갑자기 숨을 쉬게 되고, 그의 호흡이 인공호흡기의 숨과 싸우게 되는 경우가 있다는 거예요. 환자는 숨을 마시는데 인공호흡기는 공기를 빨아들이면 오히려 환자의 생명이 위태로워지니까 잘 살펴서 호흡기를 떼어줘야 한다는 건데, 그 이야기를 들은 순간 숨과 싸우고 있는 어떤 사람이 떠올랐어요."[2]

장편을 시작해 일 년 정도 쓰다가, 거의 자포자기 상태에 빠졌다. 그는 이때 서울 양재천에서 자전거를 타며 시간을 보내기도 했다. 이제 정말 못 쓰게 되었구나. 다시 못 볼 사람을 생각하는 것처럼 애틋한 생각도 들었다. 이때 극심한 슬럼프를 겪었다고, 그는 『바람이 분다, 가라』의 「작가의 말」에 적었다.

"네 번의 겨울을 이 소설과 함께 보냈다. 바람과 얼음, 붉게 튼 주먹의 계절. 이 소설 때문에, 여름에도 몸 여기저기 살얼음이 박힌 느낌이었다. 때로 이 소설을 내려놓고 서성였던 시간, 뒤척였던 시간, 어떻게든 부숴야 할 것을 부수며 나아가려던 시간들을 이제는 돌아보지 말아야겠다."[3]

어느 순간 문득 생각이 떠올랐다. 무엇을 써야지 하고 쓰는 게 아니었다. 마지막 장면 정도만 생각하면서 써나갔다. 상념을 담아내려고 하지 않았다. 자신의 의지와 감정이 덧그려져 소설이 조금씩 만들어져 갔다.[4]

슬럼프를 가까스로 통과한 뒤, 일 년 반 동안 계간지 ≪문학과사회≫에 소설 중반까지 연재했다. 그 후 다시 일 년 반쯤 고치며 다시 썼다. 예정보다 더디게 2010년 2월에야 네 번째 장편 『바람이 분다, 가라』를 발표할 수 있었다. 책을 출간하고 나서 "다시 못 볼 줄 알았던 사람을 만난 것처럼 반"[5]가웠다고, 그는 기억했다.

소설은 화가 인주의 의문스러운 죽음 이후 서울 수유리에서 함께 중고등학교를 다닌 친구 정희가 죽음의 진실을 밝히기 위해서 조사하는 과정을 따라간다.

인주는 유일한 혈육인 외삼촌 동주를 잃은 뒤 삶의 여러 불운을 딛고서 그림을 그리며 아들 민서와 함께 생활하던 중 폭설이 내리던 일 년 전 겨울 미시령에서 의문의 사고로 죽음을 맞는다. 인주를 사랑했고 그녀의 그림을 세상에 알리는 데 결정적 역할을 한 평론가 석원은 인주의 죽음을 자살로 결론을 내림으로써 그녀의 죽음을 신화화하려 한다.

결혼한 뒤 뱃속의 세 아이를 지우고 극단적 선택을 시도하기도 했던 정희는, 친구 인주가 삶에 대한 열정과 아들 민서에 대한 지극한 사랑으로 결코 생을 포기할 사람이 아니라며 인주의 삶과 죽음의 진실을 탐문하기 시작한다. 정희는 인주의 삶과 죽음의 진실을 밝혀 석원이 쓰고 있는 인주의 평전과 다른 내용의 평전을 쓰고자 한다.

친구 인주의 삶과 죽음의 진실을 밝히고자 하는 정희와, 인주를 아름답게 신화화하려는 석원. 정희가 석원이 인주의 차를 고의로 들이받은 사실을 밝히게 되자 석원은 불을 질러서 정희마저 죽이려 한다. 무릎이 짓이겨진 정희는 화염과 연기 속에서 끝까지 포기하지 않고 배를 밀면서 기어 나오는데.

"나는 숨을 토한다. 쐬엑 쐬엑, 거친 숨이 허파를 찢으며 울린다.

두 눈을 흡뜬다. 고개를 비튼다. 빗소리가 멈추지 않는다. 울부짖는 사이렌이 멈추지 않는다. 누군가가 부풀어 오른 팔로 물속에서 파란 돌을 건져 올린다. 누군가가 무릎이 짓이겨진 채 뜨거운 배로 바닥을 밀고 간다."[6]

추리적 서사 형식을 갖는 소설 『바람이 분다, 가라』를 통해서 그는 무엇을 묻고 말하고 싶었던 것일까. 소설에서 가장 그리고 싶었던 장면은 무엇이었을까. 그는 인간은 삶을 살아내야 하는가, 그것이 과연 가능한가에 대해 묻고 싶었다고 답한다.

"『바람이 분다, 가라』는 우리는 삶을 살아내야 하는가, 그것이 과연 가능한가라는 질문을 던지고 싶었고요. 소설의 끝에서는 불속에서 기어서 빠져나오는 어떤 여자의 모습이 나오는데, 그 장면을 쓰면서 내가 살아야 한다는, 애쓰면서 쓰고 있다는 것을 느꼈습니다."[7] 설명은 이어진다. "자연과학 책을 읽으면서, 오랜 의문이었던 인간의 폭력성과 함께 신성에 대해 생각하게 됐어요. 소설의 마지막에 주인공이 불 속을 기어 나오면서 깨끗한 공기 쪽으로 배를 밀고 가는 장면이 있는데, '살아내야 한다'는 대답을 그렇게 쓰고 싶었던 것 같아요."[8]

그가 간절히 하고 싶었던 이야기는 고통을 극한으로 밀고 가려는 게 아니라 죽음에서 삶으로 건너가는 생에의 의지였다. 이미 그 자체가 의미이자 진실인 생에의 의지!

"『바람이 분다, 가라』는 고통의 극점에 다다르려는 이야기가 아니라, 죽음에서 삶으로 건너가는 사람의 이야기라고 저는 믿고 있어요. 정희가 끝끝내 죽지 않고 살아서, 불길을 등지고 깨끗한 공기 쪽으로 배를 밀고 나와 얼굴을 내민 것, 마침내 스스로 숨을 쉬면서 인공호흡기가 넣어주는 숨과 싸우게 된 것, 그것이 저에게는 중요했어요. 어떻게 보면 제가 어떤 대답을, 온 힘을 다해서 그 장면에 써넣고 싶었던 것 같아요."[9]

소설에는 현대 과학 이론인 '빅뱅 이론'을 비롯해 과학 내용이 자주, 적잖이 나온다. 그는 "자연과학 얘기들에 매료되었다. 인간이 모든 것의 처음과 끝을 생각할 수 있다는 것 자체도 흥미로웠다. 내가 인간인 것에 대한 다행스러움, 경외감, 전율을 딛고 갈 필요가 있다"며 빅뱅 이론을 단순히 소도구로 보지 않고 소설의 본질적인 요소로 간주했다.[10] 작가 스스로 이십 대 후반에 불교에 깊이 빠졌지만 크게 앓은 뒤 삼십 대 후반에 한동안 천체물리학 책을 읽었다고, 나중에 인터뷰에서 고백하기도 했다.[11]

문학평론가 우찬제는 "『채식주의자』에서 주인공(영혜)은 한없이 응시하기만 했다. 그럴 수밖에 없었다. 그런데 『바람이 분다, 가라』에서는 고통 속에서도 격렬하게 기어 나간다"며 "격렬한 생에의 의지가 이전의 소설 『채식주의자』와 변별되는 지점"이라고 '생에의 의지'를 중심으로 『채식주의자』와 『바람이 분다, 가라』를 대비하기도 했다.[12]

올손 노벨문학상위원회 위원장은 "좀 더 서사에 기반한 소설"이라며 "우정과 예술성에 관한 크고 복잡한 이야기로, 슬픔과 변화에 대한 갈망이 강하게 나타난다"[13]고 평가했다.

그는 그해 겨울 『바람이 분다, 가라』로 동리문학상을 수상했다. 아버지 한승원 역시 이미 2006년 장편소설 『원효』로 동리문학상을 받았기 때문에 또다시 부녀가 같은 상을 수상한 것으로 화제가 되었다. 그는 이때 「한강 작가연보」를 작성해 계간지 ≪동리목월≫에 게재했다.

"제가 써서 완성되면 드릴게요." 잡지사로부터 원고 청탁을 받으면, 그는 마감이 없는 기고를 약속했다. 그래서 육 개월이고 일 년이고 글을 다 쓰면 그때 청탁한 곳에 전화를 해서 원고를 보내곤 했다. 2010년 전후부터 그는 마감 없이 글을 썼다. 마감이 너무 힘에 부쳤고, 현실적으로 마감을 지키기 어려웠기 때문이다.

"제가 글을 쓰는 것은 처음 떠올랐던 그 이미지와 리듬에 근접해 가는 과정이에요. 그래서 마감이 있으면 너무 힘들어요. 마감 없이 서두르지 않고 계속해서 쓰고 쓰다 보면, 사실은 그게 불가능한 거지만, 닿을 수 없는 거지만, 어쩌면 근접하고 있는 거라고 느껴지는 순간이 찾아와요."[14]

"사랑은 연한 부문에서"…『희랍어 시간』

지금 글을 쓰기 어려운 상황인데, 좀 더 크게 생각해서 말을 잃은 사람에 대해 쓰면 어떨까? 결국 우리는 모두 다 세계를 잃어가는 사람 아닐까…. 빛을 잃어가는 남자와 말을 잃어가는 여자. 그래, 두 사람의 이야기를 써보자…. 계속 살아야 하는 거라면, 그 삶은 어떤 것이어야 할까.

전작『바람이 분다, 가라』를 쓰는 동안 극심한 슬럼프를 겪었던 그는, 문득 지금까지 인간과 세계에 대한 질문을 글쓰기를 통해서 뚫고 나왔던 자신의 모습을 떠올렸다. 그러다가 말을 잃어가는 사람을 떠올리게 되었다. 이때 갑자기 여러 상상으로 뻗어나갔다. 맞다, 몇 년 전 희랍어 철학하는 분도 만났었지….[15]

2011년 11월, 한강은 말을 잃은 여자의 침묵과 시각을 잃어가는 남자의 빛이 만나는 순간을 감동적으로 그린 장편『희랍어 시간』을 발표했다. 소설은 고립된 삶을 살아가는 두 사람의 본격적인 사랑 이야기라기보다는 사랑의 기적이 막 만나는 순간의 이야기다.

희랍어를 배우는 여자는 이혼 과정에서 아이의 양육권을 빼앗겼고 갑작스러운 실어증으로 말을 하지 못하게 된다. 어린 시절 겪던 실어증을 고등학교 때 불어를 배우다가 극복한 경험을 가진 여자는 실어증을 이기기 위해서 이번에는 희랍어를 배우게 된 것이다.

열일곱 살에 가족과 함께 독일로 이민을 갔던 남자 '나'는, 서른이 넘어 가족을 모두 독일에 두고서 혼자 한국으로 돌아와 희랍어를 가르친다. 대학에서 철학을 공부하게 되면서 고대 그리스 희랍어를 배우게 되었고, 청력을 잃은 독일 여자와 사귀다가 실연을 당한 아픔도 있었다. 그는 이제 점점 눈이 멀고 있고 종래에 실명될 것을 안다. 그럼에도 두 사람은 거대한 불행 앞에서 삶을 포기하거나 좌절하지 않는다.

"하지만 믿을 수 있겠니. 매일 밤 내가 절망하지 않은 채 불을 끈다는 걸. 동이 트기 전에 새로 눈을 떠야 하니까. 더듬더듬 커튼을 걷고, 유리창을 열고, 방충망 너머로 어두운 하늘을 봐야 하니까, 오직 상상 속에서 얇은 점퍼를 걸쳐 입고 문 밖으로 걸어 나갈 테니까. 캄캄한 보도블록들을 한 발 한 발 디디며 나아갈 테니까."[16]

어느 날, 여자는 건물 안에 들어와 갇힌 작은 박새를 발견하고 밖으로 나가게 돕다가 남자가 오는 것을 본다. 건물 지하로 내려가던 남자는 새를 발견하고 플래시를 켜고 접근하다가 계단 아래로 굴러떨어지고 안경이 깨진다. 여자는 안경이 깨져 앞을 제대로 보지 못하는 남자를 도와주고, 병원에 갔다가 안경을 새로 구하지 못한 남자는 여자에게 그간의 삶을 토로한다. 기척과 손 글씨로 호응했던 여자는 비가 오는 다음 날 아침, 안경 처방전을 주면 자신이 안경을 새로 사 오겠다고 한다.

그가 『희랍어 시간』에서 한 질문은 무엇이었을까. 각종 인터뷰와 대담 등에서 '인간이 이 세계를 살아내야 한다면, 정말 살아낼 수

있다면, 그것은 무엇으로 가능한 것인가'를 묻고 싶었다고 그는 말한다.[17]

"『바람이 분다, 가라』를 끝내고 나니 비로소 우리가 정말 살아낼 수 있다면, 살아내야 한다면, 우리가 인간의 어떤 것, 삶의 어떤 것을 들여다볼 때 그것이 가능할까, 하는 의문이 생기게 된 거예요. 『희랍어 시간』은 그 질문을 가능한 한 조용하고 느리게 어루만져 보려고 한 소설이에요."[18]

그는 과연 『희랍어 시간』을 통해서 그 답을 찾았을까. 그는 존재의 연한 부문을 서로 바라볼 수 있다면 그 가능성이 있을 수 있다고 직감적으로 사유하고 소설적으로 제시한다.[19] 그의 이야기다.

"인간의 연한 부분에 대한 신뢰를 확인했다고 할까요. 두 인물이 구원 없는 세상을 살았잖아요. 서로 마주치는 순간, 소통할 때 자신의 가장 연한 부분을 꺼내잖아요. 손바닥에 글씨를 써준다든지, 서로 침묵하는 순간. 그런 것들이 인간 안에 있는 것이었는데, 그 연한 부분에서 삶을 시작되어야 하는구나, 이런 생각을 했어요."[20] 이야기는 이어진다. "소설 속 두 사람이 손바닥에 글씨를 그려 대화하는 장면을 쓰면서, 인간은 인간을 껴안아야 한다고, 그것이 인간을 살게 한다고 느꼈어요. 그러니까 인간에게 다른 인간이란, 어렵지만 껴안아야 하는 것, 자신을 뚫고 나가 껴안아야 하는 것이라고, 『희랍어 시간』을 쓰면서 생각했어요."[21]

그는 특히 인물과 이야기의 분위기와 감정을 최대한 살리기 위해서 행간을 띄우거나, 이탤릭체로 기울이는 등의 실험적인 시도를 마다하지 않았다. 아울러 소설 문장을 최대한 희랍어와 닮도록 하기 위해서 군더더기 없이 간명하고 정확하게 쓰려고 노력했다.[22]

나보령은 "타인의 취약성과 나의 취약성이 다를지라도, 타인의 고통을 완전히 이해하고 나눌 수 없을지라도, 그럼에도 그와 같은 고통과 취약성이 역으로 불완전한 언어의 한계를 넘어 서로 다른 존재들을 결속시키는 장면들을 한강은 공들여 서사화한다. 그 과정에서 펼쳐지는 시와 소설의 장르를 넘나드는 아름다운 언어적 실험 역시 주목할 만하다"[23]고 평했다.

올손 노벨문학상위원회 위원장은 "취약한 두 개인 사이의 특별한 관계를 매력적으로 묘사한 작품"이라며 "이 책은 상실과 친밀감, 그리고 언어의 궁극적 조건에 대한 아름다운 명상"이라고 평가했다.[24]

『노랑무늬영원』… "노랑은 대낮의 태양"

뜸을 뜨다가 몸에 화상을 입었다. 화상 입은 자리를 한동안 방치했더니 옅은 회색으로 조직이 상했다. 한 달 남짓이나 치료를 했다. 어느 날 갑자기 다시 피부가 회복되기 시작하면서 피가 흐르고 통증이 느껴지는 게 아닌가. 아, 회복이란 이런 것인가.[25] 그의 가슴에 갑자기 불이 확 일었고, 그는 그 불을 꽉 잡아당겼다. 가슴에서 불이 다 꺼질 때까지, 온 힘으로.

한강은 2011년 초 자신의 경험을 바탕으로 언니를 잃은 여성의 화상 회복 과정을 아름답게 그린 단편 「회복하는 인간」을 ≪작가세계≫ 봄호에 발표했다.

방송작가로 일하고 있는 '당신'은 일주일 전 언니 '그녀'를 잃는다. 당신은 언니의 장지에서 발목을 삐끗하고 다친 부위에 뜸을 뜨다가 화상을 입지만 한동안 회복 불능 상태로 방치한다. 사랑하는 언니를 잃고 자기를 놓아버린 것이다.

당신과 언니는 어릴 때 사이가 좋은 자매였지만 성장하면서 언니가 투병 중임에도 마지막까지 동생을 보려 하지 않을 만큼 어긋나 버렸다. 잘생긴 외모의 남편과 결혼해 좋은 아파트에 사는 언니는 통념 속에 숨으려고 한 반면, 평범한 외모의 동생은 원룸 월세에 살지만 통념 속에 살지 않으려 하면서 엇갈렸기 때문이다.

당신은 더 이상 방치하지 말고 병원을 가라는 직장 동료의 조언에 따라 치료를 받으면서 발목 화상에서 조금씩 회복해 간다. 그러던 어느 날 자전거를 타고 가다가 넘어진 당신은 "지금 겪는 어떤 것으로부터도 회복되지 않게 해달라고, 차가운 흙이 더 차가워져 얼굴과 온몸이 딱딱하게 얼어붙게 해달라고, 제발 다시 이곳에서 몸을 일으키지 않게 해달라고"[26] 기도한다.

당신은 소설의 마지막에서 지금 겪고 있는 상처에서 회복되지 않게 해달라고 기도한 것일까. 한강의 설명이다.

"회복이라는 것에는 결별과 배반이 숨어 있다고 생각해요. 회복되기 전의 고통에서 벗어나야 가능한 것이니까요. 그러니까 '당신'은 자신이 회복되는 게, 회복되지 않은 채로 죽었고 이제 다시 만날 수 없게 된 언니에 대한 결별이자 배반이라고 느껴요. 그런 의미에서, 영원히 회복되지 않게 해달라고 하는 마지막 기도는 죽은 언니와 함께하고자 하는, 자신의 과오와 고통과 슬픔에서 영원히 등을 돌리지 않고자 하는 기도이기도 해요. 그런데 그 기도가 역설적으로 회복을 향하는 기도가 돼요. 자신을 허물고 자신 밖으로 간절하게 빠져나가고자 하는 자의 기도라는 점에서요."[27]

인간이 상처를 입거나 이 상처를 회복하는 과정에서, 그러니까 인간의 구체적인 삶과 인생에서 신은 없는 것일까. 그는 "지금까지 살아오면서 신을 믿어본 적이 없다. 믿고 의지하려고 애써본 적도 있는데, 잘 안됐다"며 "신적인 것, 신성에 대한 생각은 지금도 가지고 있지만, 저의 세계에 우리를 구원해 줄 신은 없다. 인간은 스스로 병들고 스스로 회복하는 존재라고 믿는다"[28]고 말한다.

올손 노벨문학상위원회 위원장은 「회복하는 인간」에 대해 "치유되지 않는 다리 궤양과 주인공과 죽은 언니 사이의 고통스러운 관계를 다룬다"며 "진정한 회복은 실제로 일어나지 않으며, 고통은 일시적인 고통으로 환원될 수 없는 근본적인 실존적 경험으로 나타난다"[29]고 말했다.

그는 이듬해 초에는 한 여성에 대해 친구와 이성의 감성을 동시에 느끼는 여성성 가득한 남자 '나'의 이야기를 그린 단편 「에우로파」를 ≪문예중앙≫ 봄호에 발표했다. 에우로파의 뜻은 '목성의 달.'

여성성이 가득한 직장 남성인 '나'는 의사와 결혼했다가 이혼한 인아와 십 년 넘게 친구로 지내왔다. "어떤 경우에도 덤덤하고 차분"하고 "무정하고 무기력한 자세"를 유지하려는 나는 밤이면 화장을 하고 "위대함이 결핍돼 있다"는 인아와 함께 거리를 산책한다.

나의 속에 있는 여성성은 인아처럼 되고 싶다고 동경하지만, 또 다른 나의 남성성은 이성으로서 인아를 사랑한다. 인아는 나에게 자매일까 아니면 연인일까. 남녀 모두의 성적 감각을 가진 나와 인아의 사랑은 과연 어디로 가고 있는 것일까.

"복종하듯 나는 스위치를 내린다. 인아의 단단하고 창백한 얼굴이 순식간에 어둠에 잠긴다. 다시 스위치를 올려 날카로운 불빛을 불러들이거나, 저 불분명한 어둠을 향해 비명을 지르고 싶은 충동을 나는 침착하게 억누른다."[30]

올손 노벨문학상위원회 위원장은 "여성으로 가장한 남성 화자는 불가능한 결혼 생활에서 벗어난 수수께끼 같은 여인에게 이끌린다. 화자는 연인이 '만약 네가 원하는 대로 태어났다면 뭘 했을 것 같아?'라고 물었을 때 침묵을 지킨다. 여기에는 성취나 속죄의 여지가 없다"[31]고 말했다.

그는 2012년 10월 「회복하는 인간」과 「에우로파」를 비롯해 그동안 쓰고 발표한 중단편을 묶어 세 번째 소설집 『노랑무늬영원』을 출간했다. 12년 만의 소설집. 소설집에는 표제작 「노랑무늬영원」과 「회복하는 인간」, 「에우로파」를 비롯해 「밝아지기 전에」, 「훈자」, 「파란 돌」, 「왼손」 일곱 편이 담겨 있다.

세 번째 소설집을 출간하기 직전인 8월, 그는 모교인 연세대 대학원 국문과에서 천재 작가 이상의 그림과 문학작품과의 상관관계를 분석한 논문 「이상의 회화와 문학세계」로 석사학위를 받았다. "대담하고 독보적으로 미적 자율성을 실험했던 작가"인 이상은, 그에게도 「내 여자의 열매」와 『채식주의자』의 창작에 적지 않은 자극을 준 작가였다.

그는 "이상이 그린 그림들은 그 자체로 빼어난 성취를 이루고 있다고 보기는 어려우나, 그의 근본적 창작 메커니즘을 시각적으로 표상함으로써 문학작품들의 본질에 접근할 수 있게 한다"[32]고 연구 의미와 목적을 밝힌 뒤, 현재 남아 있는 유화 자화상(두 점)과 드로잉 자화상(한 점), 「날개」의 삽화 두 컷 등 이상의 주요 그림 작품에 사용된 창작 기법과 이미지를 분석해 그것들이 이상의 문학작품과의 연관관계를 맺는 양상을 대비했다.

그는 이 같은 연구를 통해 이상이 자화상을 주로 그렸고, 그의 많은 시편 역시 어떻게 보면 언어로 쓴 자화상이라는 성격이 강하다는 점에서 이상의 성찰적 자의식이야말로 그의 창작을 추동하는 힘이었다고 주장한다. 즉, "이상의 문학에서 가장 본질적인 부분은 바로 이 결별의 지점에 있으며, 드로잉 자화상에 사용된 점과 선의 혼용 기법은 그 지점을 시각화하고 있다"며 "투쟁과 통합 사이의 팽팽한 운동성 속에서 이 점들과 선들이 최종적으로 접근하고 있는 불안전한 얼굴의 형상, 의도적으로 불명하게 드러난 비대칭의 응시는, 대담하고 실험적인 시도들을 통해 미적 자율성의 한계를 실험했던 이상의 창작자로서의 자의식이 지극히 성찰적인 것이었음을 보여준다"[33]고 강조한다.

"쓰게 되는 처음 마음은 그리 다르지 않다 해도, 과정은 다를 수밖에 없겠지요. 제 경우엔 시가 문득 어떤 문장이 떠올라 쓰게 되는 거라면, 소설은 하나의 장면이 떠오르는 게 시작이 되곤 해요."[34]

그는 하나의 장면이나 이미지를 떠올리면서 소설 쓰기를 시작한다면, 시의 경우 문장에서 시작한다고 말한다. 그렇다면 시의 문장이나 단어는 언제 어떻게 오는 것일까. 그는 자신의 삶이 흔들릴 때 어떤 시적이고 직관적인 상태가 찾아온다고 말한다. 즉, "대체로 갑자기 몸이 좋지 않거나, 이사를 하거나, 소소하거나 중요하게 삶이 흔들리는 경험을 할 때 직관적인 상태가 찾아온다. 내가 가장 시를 많이 썼던 해는 개인적으로 가장 불안정했던 해였다"며 "소설에는 전혀 집중할 수 없었고, 계속해서 시의 문장들이 떠올라 깊이 잠을 잘 수 없었다"[35]고 말했다.

아마 어느 날 늦은 저녁을 먹었을 것이다. 냉장고에서 김치를 꺼내놓고, 새롭게 한 요리도 올려놓는다. 마지막 흰 공기에 밥을 담는다. 공깃밥에서 피어오르는 김은 공기 속에서 어느새 사라진다⋯. 그 순간, 그는 각성한다, 무엇인가 영원히 지나가 버렸다고, 지금도 지나가 버리고 있다고.

심지어 어느 날 오후에는 시극 한 편이 온전히 흘러나와서 받아쓰기도 했다. 그는 "머릿속에서 연극이 흘러가기 시작해 그것을 받아 적었다. 한 시간 길이의 연극이지만, 펜을 움직이는 속력에 한계가 있기 때문에 다섯 시간이 걸렸다"며 "천천히 돌린 영상 같은 그 연극이 끝나자 나는 녹초가 됐"[36]다고 기억했다.

보통 소설과 소설을 쓰는 사이에 시를 썼지만, 소설을 집필하는 도중에 잠깐 시가 들어올 때도 있었다. 극한의 고통 속에서 연작소설 『채식주의자』를 쓸 때 「피 흐르는 눈」 연작이, 현대사의 슬픔으로 선회한 장편 『소년이 온다』를 집필하던 중에는 「저녁의 소묘」 연작이 각각 들어왔다. "당신을 잃은 뒤" 온 시간과 공간, 저녁⋯.

시인으로 먼저 데뷔했던 그는 2013년 11월 등단 이후 틈틈이 쓰고 발표한 시들 가운데 60편을 추려서 첫 시집 『서랍에 저녁을 넣어 두었다』를 발표했다. 시집에는 등단작 「서울의 겨울 12」와 이십 대 때에 주로 쓴 시편들(제5부)뿐만 아니라, 생의 고통을 정면으로 응시하면서 발견해 낸 어떤 빛나는 순간을 담아낸 시편들이 적지 않게 담겨 있다.

특히 시집에는 여러 종류의 연작시가 담겨 있다. 「저녁의 소묘」, 「피 흐르는 눈」, 「거울 저편의 겨울」 등. 그 가운데 12편으로 이뤄진 「거울 저편의 겨울」 연작시가 도드라진다. 인류 보편의 고통도, 그 슬픔에 휩싸인 곡진한 공감과 연민도.

많은 시편에서 부조리한 세상에 고통받은 사람들이 울고 있다. 문학평론가 조연정은 해설에서 "그녀의 소설 속 고통받는 인물들의 독백인 듯 곳곳에서 비명 소리가 들려온다"고 말했다.

제6장

현대사로 대선회…
『소년이 온다』

"왜 저에게 양심이 있어서"… 달려오는 소년

인간을 믿을 수 있을까. 인간을 껴안을 수 있을까. 정말? 자주 의심이 들었다. 무엇인가 그의 앞을 꽉 막아서고 있다는 느낌도 받았다. 왜 이럴까? 처음에는 삶의 눈부신 이야기를 쓰려고 생각했다. 인간의 깨끗하고 연한 지점을 응시하는 밝은 소설을. 유년 시절을 비롯해 살아온 삶 속에 들어가서 찬란했던 경험과 기억들을 끄집어내려고 했다. 앞부분을 50매 정도 썼는데, 이상하게도 더 이상 진척되지 않았다.

소설이 그의 몸과 마음으로 들어오기를 기다렸다. 꽤 오랜 시간을. 어느 순간 어떤 생각이 섬광처럼 스쳐 지나갔다. 의식과 감정의 저류 안에서 무엇인가 보이기 시작했다. 무엇일까. 자세히 들여다보니, 그것은 광주, 광주였다. 광주의 기억이 몸과 의식의 깊은 곳에 웅크리고 있었다.[1]

깊이 잠겨 있던 기억과 경험의 단상이 몰려왔다. 1980년 5월 광주민주화운동이 일어나기 몇 달 전 광주에서 서울로 이사 온 그와 가족들. 명절 때마다 '그 사건'에 대해 수군거리던 친척들. 건장한 사내들이 방으로 들어와 옷장을 열고, 책상 밑을 살피고, 손전등을 들고 다락으로 올라갔던 어느 초여름 새벽의 일. 사건 이 년 뒤에야 보게 된 광주 사진첩. 용산 참사에서 다시 보인 그 사건. 상상할 수 없는, 끔찍한 폭력성을 가진 인간들…. 그의 몸과 기억에 오랫동안 새겨 있던 비의였다.

"긴 시간이 지난 후에 제 안에 아직도 이렇게 풀리지 않는 수수께끼가 있기 때문에, 제가 인간에 대해서 말하려고 할 때 '오월 광주를 결국은 뚫고 나아가야 되는 거구나, 언제나 그랬듯이 글쓰기 외에는 그것을 뚫고 나갈 수가 없구나' 하는 생각이 들어서 쓰게 됐던 거예요."[2]

그에게 "인간과 세계에 대한 근원적인 의문을 새긴 사건"이었음에도 그의 "안에서 해결이 되지 않았"던 오월 광주 문제를, "써서 어떻게든 뚫고 나가지 않으면 다음의 글을 못 쓸 것 같다는 생각"[3]이 든 순간이었다.

2012년 봄, 그는 '오월 광주'를 쓰겠다고 결심한다. 이미 용산 참사 때 광주가 일화로 들어간 소설을 쓰겠다고 생각한 그는, 처음엔 광주 이야기를 전면이 아닌 배경의 소리로만 쓰려고 생각했다. 광주 이야기와 현재 이야기가 겹을 이루는 소설로.

"광주 이야기만 쓰면 힘들 것 같아서, 다른 이야기를 중심에 놓고 배음으로서 광주를 경험한 사람을 등장시키려고 했어요. 광주 이야기와 현재의 이야기가 겹을 이루는 형태로 제목을 짓고 장도 배열해 봤어요."[4]

자료 조사와 현장 답사를 위해 광주를 찾았다. 눈이 쏟아진 날, 그는 광주 망월동 묘지 앞에 섰다. 중흥동 옛집을 찾아가기도 하고, 5·18연구소나 5·18문화재단을 방문했으며, 끝내 졸업하지 못한 소년의 중학교에 찾아가서 기록을 열람한 뒤였다. 수많은 묘지가, 오월의 영령들이 그를 맞는 것 같았다. 너무 늦게 시작했다고 생각했지만, 그럼에도 어쩔 수 없었다.

점퍼의 지퍼를 끝까지 올리고 천천히, 오랫동안 묘지를 둘러보았다. 묘지를 모두 둘러본 뒤 묘지를 등지고 걸어 나오기 시작했다. 그러다가 스무 살 겨울에 이곳을 찾은 뒤 걸어 나오다가 심장에 오른손을 얹었던 자신을 만났다. "심장 언저리에 금이 벌어진 것처럼. 그렇게 해야 무사하게 운반할 수 있는 무엇이 된 것처럼."[5]

망월동 묘지를 등지고 걸어 나오던 그해 12월, 그는 오월 광주가 일화로 들어 있는 소설이 아니라 그것이 전부인 소설을 쓰기로 다짐했다. 광주 이야기만으로 전부 장편을 쓸 거야. 써야 해! 오월 광주를 그들과 같이 느끼겠어. 내가 느낀 것을 문장 안에 넣는 것까지만 할 거야![6]

겨울 여행 일정이나 다른 계획을 모두 취소했다. 증언록부터 읽어나가기 시작했다. 다행히 이미 여러 시민단체에서 다양한 증언을 정리해 놔서 자료를 찾는 것은 어렵지 않았다. 한 달 정도 아침 9시부터 오후 6시까지 증언집을 읽고 또 읽었다. 파편처럼 흩어진 사람들의 경험을 무작정 따라 들어갔다.

…나는 그때 몇 살이었고, 어떤 동네의 천변 길을 걷고 있었는데, 공수부대가 계단으로 내려왔고, 성경책을 든 젊은 부부가 맞은편에서 걸어오고 있었는데, 그들을 둘러싸더니 곤봉으로 때리기 시작했고….[7]

책을 읽으면서 마음이 흔들리는 부분에 포스트잇을 붙였다. 나중에 보니 포스트잇이 붙어 있지 않은 페이지가 거의 없을 정도였다. 어느새 읽고 메모한 증언자도 900명을 넘어섰다. 개개인의 경험과 이야기를 계속 읽고 따라가다 보니 어느 순간 사건의 전체가 드러났다. 이어서 통사와 개론서를 읽어나갔다. 오월 광주가 머리에서 가슴으로, 다시 심장으로 들어오기 시작했다. 임철우의 소설 『봄날』을 비롯해 오월 광주를 다룬 소설도 읽었다. 기록과 소설이 이미 많이 나와 있어서 더 이상 보탤 것이 없어 보였다.

"결국 저에게는 같이 겪자는 마음만 남았어요. 또 하나, 초를 밝히는 것. 이 소설 전체가 초를 밝히는 일이 됐으면 해서 제1장에서 동호가 죽은 사람들을 위해 초를 밝히고, 에필로그에서 '나'가 동호랑 소년들을 위해 초를 밝혔어요. 그러니까 같이 고통을 느끼는 것, 초를 밝히는 것, 그 두 가지만 하자고 생각했어요."[8]

사진첩도 다시 보고, 영상도 다시 켰다. 인간의 폭력이 너무 끔찍했고, 희생자들이 안타까웠다. 취재와 읽기와 정리가 두 달을 넘어서자 악몽을 꾸기 시작했다. 너무 힘들었다. 도저히 뚫고 나갈 수 없을 것 같았다. 이 소설 못 쓸 것 같아.

"『소년이 온다』를 쓰면서부터 수면의 질이 오랫동안 나빴어요. 악몽을 자주 꾸고 몇 분 간격으로 꿈 때문에 깨고, 거의 못 자고, 집 안에 어떤 그림자도 있는 게 싫어서 모든 곳에 불을 켜기도 하고요."[9]

석 달째 희망 없이 증언록과 사진첩, 영상 등의 자료에 파묻혀 살던 그때, 우연히 한 자료를 만나게 되었다. 오월 광주의 마지막 날 새벽, 저항의 보루인 전남도청으로 다시 들어간 야학 교사 박용준의 일기였다. 그는 마지막 일기에 적었다.

…하느님, 왜 저에게는 양심이라는 것이 있어서 이렇게 찌르고 아프게 하는 것입니까. 저는 살고 싶습니다.

양심! 아, 이들도 살고 싶었구나. 죽는다는 것을 알면서도 양심 때문에 다시 들어간 것이었구나. 이들이 그곳을 떠나지 않고 다시 모인 것은 결국 타인의 고통 때문이었구나. 그렇다면 이들이야말로 희생자가 되지 않기 위해서 행위자로 나선 것 아닐까. 희생자가 아닌 존엄한 이들! 이 마음을 가졌던 사람이 결국 가장 중요한 것이 아닐까.[10]

박용준의 마지막 일기를 읽으면서 그는 소년 동호의 모습을 온전히 떠올릴 수 있었다. 참혹한 시신들에게 하얀 천을 덮어주는 동호. 그들의 머리맡에서 애도의 촛불을 밝히는 동호. 양심과 타인의 고통 때문에 도청에 남기로 결심하는 동호. 그리하여 죽음을 피하지 못한 동호…. 그런 동호가 우리에게 걸어오는 소설이면…. 오 년

뒤, 십 년 뒤, 이십 년 뒤, 삼십 년 뒤, 천천히 넋으로라도 동호가 걸어오는 소설이라면… [11]

한 달 정도 고민하면서 배열을 구성했다. 오래 생각해서 그런지 결정은 한 순간에 이루어졌다. 죽은 소년과 살아남은 사람들의 이야기를 쓰자. 먼저 소년의 이야기를 쓰고, 마지막에는 어머니가….

그는 다시 소설을 써 내려갈 수 있었다. 소설을 쓰는 내내 소설 속의 사람들이 되려고 노력했다. 타인의 고통을 감지해 몸을 기울이고 자신의 고통으로 삼는 사람들의 몸과 목소리가 되어… 동호가 정대에게, 정대가 정미에게, 은숙은 동호에게, 진수는 동호와 영재에게, 선주는 동호와 성희에게….

이때 광주에서 살던 동생의 집을 자주 찾았다. 글을 쓰다 잘 안 써지면 찾아갔다. 여러 사람을 만나서 물었고, 묘지 방문도 몇 번. 소설의 제2장을 쓰면서 작고 조용한 작업실을 마련해 글을 썼다. 누구의 시선도 받지 않는 작고 조용한 공간이어서 오히려 일에 몰두할 수 있었다. [12]

참혹한 고통으로 집필하는 동안 울음이 그치지 않았다. 지하철을 타고 가다가도 울고, 횡단보도를 건너다가도 울고, 작업실에서 어떤 대목의 한 줄을 쓰고 세 시간을 울고…. 작업실도 무섭고, 책상도 무서웠다. 고통스러웠다. 마치 벌 받는 것처럼…. 매일 울면서 『소년이 온다』를 썼다고, 그는 나중에 회고했다. [13]

"가장 많이 느꼈던 감정은 '고통'인 것 같아요. 압도적인 고통. 이 소설을 쓰는 동안에는 거의 매일 울었어요. 특히 2장을 쓸 때는 조그마한 작업실을 구했는데, 거기서 한 세 줄 쓰고 한 시간 울고, 아무것도 못 하고 몇 시간 정도 가만히 있다가 돌아오고 그랬죠."[14]

초고 집필을 마친 그는 2013년 11월부터 이듬해 1월까지 창비의 문학블로그 '창문'에 소설을 연재했다. 연재를 마친 뒤에는 다시 고쳐 썼다. 특히 제5장을 완전히 새롭게 썼다. 동호 어머니의 마음에 충분히 다가가지 못했다고 생각했다.[15]

2014년 5월, 그는 소년 동호를 중심으로 오월 광주를 재조명한 장편 『소년이 온다』를 발표했다. 그는 발표 직후 『소년이 온다』를 알리기 위해 "뭐든지 하고 싶다"며 이례적으로 다양한 행사를 소화했다. "지방도 가고, 돈을 안 줘도 가고, 조그만 고등학교 문예반도" 갔다며 "어디서든 부르기만 하면 갔다."[16]

"폭력성의 무서운 뿌리로 다가서려 했다"

"비가 올 것 같아." 소설은 어둠 속에서 이 같은 음성이 들리고, 이어서 '너'를 호명한 뒤 동호의 이야기부터 시작한다. 동호에서 시작된 이야기는 정대의 혼령, 은숙, 진수, 선주를 차례로 거쳐서 동호의 어머니로.

동호는 자신의 집에 세 들어 살던 단짝 친구 정대와 함께 민주화

시위에 참여했다가 정대가 총에 맞았다는 이야기를 듣고 친구를 찾아 나선다. 친구의 시신을 찾기 위해 도청에 들어갔다가 상무관에서 시신 수습을 돕게 된다.

제2장은 죽은 정대의 혼령 이야기다. 혼이 되어 눈을 뜬 정대는 죽어 있는 자신의 모습을 발견하고 부패해 가는 자신의 시신을 바라본다. 며칠 뒤 군인들이 시신을 불태우자, 자유로워졌음을 깨닫고 하늘로 날아간다.

동호와 함께 상무관에서 일했던 은숙은 사건에서 살아남은 뒤 출판사 직원으로 일한다. 어느 날 문제의 희곡 출간을 도왔다는 이유로 경찰에게 일곱 대의 뺨을 맞는 등 치욕스럽게 하루하루를 살아간다.

4장은 시민군 진수가 사건 이후 감옥에 있을 때 밥을 함께 먹었던 감방 동기의 시각으로 전개되는 진수의 이야기다. 진수는 총기를 소지했다는 이유로 심한 고문을 당했고, 칠 년 형을 선고받았다가 석방된 뒤 극심한 스트레스로 자살한다. 동호의 죽음을 둘러싼 비극적 진실이 베일을 벗는다.

상무관에서 일하다가 마지막 날 빠져나온 선주는 경찰에 연행된 뒤 하혈이 멈추지 않는 끔찍한 고문을 당한다. 시간이 흘러 2000년대에 선주는 오월 광주를 증언해 달라는 요청을 받지만 그날의 아픈 기억을 떠올리며 차마 녹음 버튼을 누르지 못한다.

6장은 동호 어머니의 구술이다. 어머니는 동호가 죽기 전 도청으로 가지만 끝내 동호를 데려오지 못한다. 어머니는 이후 유가족들과 함께 시위를 하다가 동호 아버지가 죽은 뒤에는 시위도 그만두고 동호를 그리워하며 죄책감으로 살아간다. 소설은 어린 동호가 삶의 의미를 잃어버린 어머니의 손목을 붙잡고 밝은 쪽으로 꽃이 핀 쪽으로 가는 장면에서 끝난다. 밝은 쪽으로, 꽃 핀 쪽으로.

"네가 여섯 살, 일곱 살 묵었을 적에, 한시도 가만히 안 있을 적에, 느이 형들이 다 학교 가버리면 너는 심심해서 어쩔 줄을 몰랐제. 너하고 나하고 둘이서, 느이 아부지가 있는 가게까지 날마다 천변길로 걸어갔제. …엄마, 저쪽으로 가아, 기왕이면 햇빛 있는 데로, 못 이기는 척 나는 한없이 네 손에 끌려 걸어갔제. 엄마아, 저기 밝은 데는 꽃도 많이 폈네. 왜 캄캄한 데로 가아, 저쪽으로 가, 꽃 핀 쪽으로."[17]

소설은 보통 3인칭이나 1인칭이 아닌 2인칭 '너', 즉 동호를 불러내서 이야기를 시작한다. 그는 왜 '너'라는 2인칭으로 이야기를 풀어가야 했던 것일까.

"3인칭과 달리 2인칭은 오직 한 사람, 내가 부르는 바로 그 사람이잖아요. 이 세상에 오직 한 사람뿐인 그 사람에게 '나'가 집중하고 있는 것인데요. 동호는 죽은 소년이지만, 부르면 거기 어둠으로부터 떠올라서 존재하게 돼요. 호명하고 또 호명하고 현재 속에 가까스로 떠오르는 '너'예요. 그렇게 처음부터 2인칭으로, '너'가 동호여야 한다고 생각했어요. 장들이 바뀌면서 저마다 동호를 '너'라고 불러냄으로써, 동호의 마지막 시간이 파편들처럼 불완전하게 맞춰지도록 하고 싶었어요."[18] 설명은 이어진다. "계속해서 각 장에서 '너'라는 호칭이 나와요. 동호를 부르는 거거든요. 그런 마음에 집중하려고 했어요. 너라는 것은 이미 죽었다고 해도, 너라고 부를 때는 마치 있는 것처럼 부르는 거잖아요. 그러면 어둠 속에서 누군가가 나타나서 앞에 있는 것이죠. 그런 마음? 그래서 계속 부르는 마음? 불러서 살아 있게 하는 마음? 저는 그게, 소설 마지막 부분을 쓸 때 느꼈던 것 같아요."[19]

『소설이 온다』부터 본격적으로 등장하기 시작한 혼(魂)이나 유령도 인상적이다. 『소년이 온다』의 제2장은 정대의 혼이 들려주는 이야기이고, 동호의 경우 계속 호명되고 초혼되지만 끝내 혼으로 돌아오지 않는다. 그의 소설은 혼이나 유령이 등장하면서 전혀 다른 경지에 이르게 된다. 한강의 설명이다.

"왜 혼이냐고 물으신다면, 그럴 수밖에 없었다고 대답해야 할 것 같아요. 혼 말고 다른 이야기를 쓸 수 없었어요. 『소년이 온다』를 쓰면서도 그랬지만 쓴 뒤에도, 아직까지도 그 죽음들이 제 안에 있고 아마 오랫동안 그 흔적을(차츰 희미해지겠지만) 저의 일부로 껴안고 살아가야 할 것 같다고 느껴요. 그러니까 혼의 이야기는, 『소년이 온다』를 쓰고 나서 저에게 가장 가깝게 느껴졌던 어떤 것이었어요."[20]

혼이나 유령에 대한 그의 독특한 생각은 언제, 어떻게 형성된 것일까. 그는 "그 전에도 혼에 대해 이런저런 생각을 하다 보면 언제나 연한 존재로 느껴졌다"며 "가냘프게 어른거리는 그림자 같은 어떤 것일 것 같다"[21]고 말했다.

오랫동안 폭력의 문제를 응시해 온 그는 단편 「내 여자의 열매」나 연작소설 『채식주의자』에서 억압적 가부장제에서 비롯된 폭력을 주로 다뤘다면, 장편 『소년이 온다』와 나중의 장편 『작별하지 않는다』에선 국가 폭력 문제를 정면으로 다룬다.

"저에게 폭력은 중요한 주제예요. 몇 년 전에 『여수의 사랑』 개정판 교정을 보면서, 제가 인간의 폭력에 대해 처음부터 고통스럽게 다루고 있었다는 사실을 깨닫고 놀랐어요. 그때까지 저는 그 주제를 『채식주의자』에서 처음으로 직면했다고 생각했거든요[폭력적인 세계와, 완전한 결백의 (불)가능성에 대해서요]. 조용한 분위기의 『희랍어 시간』에서도 언어를 폭력으로 느끼며 그것을 거부함으로써 가까스로 존엄을 확보하려 하는 사람이 나오는데요. 『희랍어 시간』을 쓰고 난 뒤, 제 내면에 심겨진 인간에 대한 근원적 의문을 찾아 내려가게 되었는데, 그 뿌리에 오월 광주가 있었다는 사실을 깨닫게 되었어요. 그러니까 저에게 『소년이 온다』는 가장 중요한 질문의 무서운 뿌리로 다가서려 했던 소설이에요."[22]

한강은 한국 현대사의 비극과 그 속에 켜켜이 쌓인 고통과 눈물을 정면으로 마주함으로써, 그의 작품 세계는 코페르니쿠스적 선회를 하게 된다. 고전적 서사와 진중한 문장에서, 여성 서사와 환상성의 시기를 거쳐서, 마침내 현대사의 격류 속에 스러진 사람들의 고통 앞에 서게 된 것이다. 오랫동안 한국 현대문학의 자양분이 되어온 한국 현대사의 격류가 마침내 한강 문학의 중심으로 들어선 것이었다. 김명인의 설명이다.

"한강은 두말할 것 없이 뛰어난 작가이지만, 그의 성취는 한국 근현대문학이라는 풍요로운 토대를 떠나서는 존재할 수 없기 때문이다. 물론 여기서 '풍요로운 토양'이라는 것은 반어이다. 한국문학의 풍요로움이란 '식민지-전쟁-분단-냉전-군사독재-압축 성장-민주화-극한 신자유주의, 그리고 그 모든 과정을 관통한 완강한 가부장주의'라는, 근대 세계가 겪을 수 있는 거의 모든 역경을 다 거쳐온 한국 근현대사라는 척박한 흐름 위에서 얻어진 역설적인, 문학적 풍요이기 때문이다."[23]

한국 현대사의 비극 오월 광주의 비극과 슬픔을 정면으로 직시한 소설 『소년이 온다』를 쓴 이후, 그는 그 이전으로 돌아갈 수 없었다. 『소년이 온다』를 거치면서 작품 세계는 이미 바뀌어 있었다고, 그는 회고했다.

"이 책만 내면, 제가 별로 안 중요하다고 생각하면서 살았던 1년이 끝나고 다시 나로 돌아갈 줄 알았던 건데, 내고 나니까 더 힘들고 악몽도 계속 꾸어요. 다음 소설을 쓰고 싶긴 한데, 그게 어떻게 나올지, 원래 내가 쓰던 소설은 무엇인지, 예전의 내가 있다고 한다면 돌아갈 수 있는 것인지 잘 모르겠어요."[24]

오월 광주에서 촉발된 질문 '내가 정말 인간을 믿는가, 이미 인간을 못 믿게 되었는데 이제 와서 어떻게 인간을 믿겠다고 하는 것일까' 하는 질문은 『소년이 온다』를 쓰면서 계속 바뀌어 갔다고 그는 고백했다.

"『소년이 온다』에서는 폭력의 상황에서 인간 존엄을 향해 나아가는 사람들의 모습을 쓸 수밖에 없었는데, 써가는 과정에서 질문들이 변하는 것을 느꼈고요. 소설이 출간된 직후에 아마도 인간이 어떤 밝고 존엄한 지점을 바라보고 싶다고 생각할 수 있었어요."[25]

한강은 연작소설 『채식주의자』로 부커상을 받으면서 글로벌 작가로 부상했지만, 대중과 평단으로부터 가장 돋보이는 소설로 평가받은 작품은 『소년이 온다』였다. 문학평론가 유성호는 "망자들을 불러서 초혼제를 치르고 그분들께 언어를 돌려줌으로써 절절한 증언이 되게 하는 구성을 취하고 있다. 또 그때 참혹하게 돌아가신 분들이 사건의 단순한 피해자가 아니라 항쟁의 위대한 주체였음을 증언하고 있다"며 "이러한 내용을 한강 작가의 아름다운 문장으로 우리에게 전해줌으로써 오월 광주를 증언한, 또 보여준 가장 대표적인 작품"[26]이라고 평했다.

특히 단순히 오월 광주와 이에 따른 분노와 원한 자체의 재현보다는 희생자들을 애도하는 글쓰기라는 점에서 주목을 받기도 했다. 양진영은 질 들뢰즈의 정동(Affect)과 같은 사회적 의미망을 형성하기에 앞서 "피해자들의 애도의 글쓰기"라고 분석했다.[27] 작가

스스로도 오월 광주에 대한 증언 소설이지만 더 중요하게는 "증언
함과 동시에 온 힘을 다해서 애도하고 응시하는 소설"[28]이 되길 희
망했다.

올손 노벨문학상위원회 위원장은 『소년이 온다』에 대해 고대 그
리스 소포클레스의 고전 「안티고네」의 기본 모티브를 떠올리게 된
다고 상찬했다. "역사적 희생자를 위해 목소리를 주고자 하는 이 책
은 이 사건을 잔혹하게 현실화하며, 이를 통해 증언 문학의 장르에
접근한다. 한강의 스타일은 간결하면서도 환상적이지만, 그럼에도
이 장르에 대한 우리의 기대에서 벗어나서, 죽은 자의 영혼이 그들
의 육체와 분리되어 자신들의 소멸을 목격할 수 있도록 하는 독특
한 방법을 사용한다. 특정 순간에 매장할 수 없는 신원 불명의 시신
을 보면, 소포클레스의 「안티고네」 기본 모티브를 떠올리게 된다."[29]

한강은 소설 『소년이 온다』로 여러 문학상을 수상하기도 했다.
먼저 그해 8월 만해문학상을 수상했다. 심사위원회는 "무구한 소년
을 주인공으로 내세워 5·18의 깊은 상처를 핍진하게 그리면서 인간
존엄의 가치를 조명한 치열한 작가적 고투와 그 탁월한 예술적 성
취를 높이 평가해 만장일치로 수상을 결정했다"고 밝혔다.[30] 2017
년 10월에는 이탈리아의 말라파르테문학상을 수상하기도 했다.

하지만 『소년이 온다』는 그해 한국출판문화산업진흥원이 주관
하는 세종도서 지원사업의 마지막 3차 심사에서 탈락했다. 소설의

작품성이 아니라 작품이 다룬 내용인 '오월 광주'가 문제였고, 당시 책에 줄을 쳐가면서 문제가 될 만한 내용을 골라내는 사실상 사전 검열이 이루어졌다는 사실은 나중에 언론에 알려졌고, 문재인 정부 문화체육관광부의 '문화예술계 블랙리스트 진상조사 및 제도개선위원회' 조사에서도 재확인되었다.

『문화예술계 블랙리스트 진상조사 및 제도개선위원회 백서』 등에 따르면, 박근혜 청와대와 문체부는 출판진흥원으로부터 세종도서 사업 신청자 명단을 건네받은 뒤 정치적 성향을 이유로 한강의 『소년이 온다』를 지원 대상에서 탈락시키라고 지시했다.[31] 결국 『소년이 온다』는 그해 세종도서에서 탈락했다.

게다가 한강은 『소년이 온다』로 박근혜 정부의 블랙리스트에 오르기도 했다. 그가 오월 광주를 다룬 소설 『소년이 온다』를 썼다는 이유 등으로 문화체육관광부가 작성한 블랙리스트에 포함되었다는 사실은 박근혜-최순실 게이트를 수사한 특별검사 팀에 의해 처음 확인되었고,[32] '문화예술계 블랙리스트 진상조사 및 제도개선위원회' 조사에서도 거듭 확인되었다.

『문화예술계 블랙리스트 진상조사 및 제도개선위원회 백서』 등에 따르면, 박근혜 청와대와 문체부는 2014년 4월 영국 런던에서 열리는 런던도서전의 한국 주빈국 문학행사 참석과 관련해 그와 황석영, 김영하 등을 행사에서 배제하라고 한국문학번역원에 전화로 지시했다. 하지만 번역원은 "이미 주한 영국문화원과 협의가 완료

됐다"는 등의 사정을 들어서 계획대로 그를 비롯해 작가들을 런던 도서전에 파견했다. [33]

2016년 3월 파리도서전의 한국 주빈국 사업 일환으로 예정된 작가 대담 및 토론회, 낭송회 등의 프로그램 참여를 둘러싸고도 청와대와 문체부는 번역원에 메일을 보내서 그를 비롯한 일부 작가의 배제를 지시했다. 번역원은 "해외 기관 측에서 초청하는 작가들이며 이미 협의가 완료됐다"는 점 등을 들어 행사를 예정대로 진행했다. [34] 박근혜 청와대와 문체부는 그해 9월 베를린 문학축제 및 문학행사 작가 파견 건과 관련해서도 번역원에 메일을 보내서 그의 참석을 배제하라고 지시했다. 하지만 번역원이 해외 정부기관과의 협의가 이미 이뤄졌다고 주장하면서, 그는 행사에 참석할 수 있었다. [35]

그가 『소년이 온다』의 막바지 작업을 하고 있을 때, 한국 현대사의 또 다른 비극 '세월호 참사'가 일어났다. 2014년 4월 16일 오전 진도 병풍도 해상에서 청해진해운 소속의 여객선 세월호가 전복되어 침몰했다. 이 사고로 수학여행을 떠났던 안산시 단원고등학교 교사와 학생을 비롯해 삼 백여 명이 안타깝게 목숨을 잃었다. 검찰 수사와 특별조사위 조사가 있었지만 정확한 진상을 규명하는 데는 성공하지 못했다.

시적 산문 스타일 두드러진 『흰』

"…『소년이 온다』를 쓸 때 넋들이 저에게 아주 가까이 와 있다고 느꼈고, 혼에 대한 생각을 계속 하고 있었어요. 흰 것에 대해 쓰고 싶다는 생각은 늘 하고 있었고요. 그런 넋과 흰 것에 대해 생각할 때, 바르샤바를 가게 된 거예요."[36]

배내옷과 수의의 흰빛, 살아서 펄럭이는 나비이자 죽어서 투명해지고 있는 나비의 흰빛, 삶과 죽음이 서늘하게 함께 들어 있는 근원의 흰빛….[37] 미루나무 두 그루의 우듬지가 내다보이는 바르샤바대학의 조그만 아파트에 짐을 풀었을 때, 그는 혼이나 넋, 흰 것에 대해 생각하고 있었다.

『소년이 온다』를 발표한 그해 팔월 말, 그는 바르샤바대학이 초청하고 한국문화예술위원회가 지원한 레지던스 프로그램의 일환으로 폴란드 바르샤바로 날아갔다. 한 해 전 그의 소설을 폴란드어로 번역한 번역가의 제안으로 시작된 여정으로, 그해 십이월까지 이어졌다.

시월이 끝나갈 무렵, 그는 바르샤바 항쟁박물관에 가서 전쟁으로 완전히 파괴되었다가 복원된 바르샤바의 사진과 영상을 보게 되었다. 집으로 돌아가는 길에 복원된 그 도시를 닮은 한 사람을 떠올렸다. 태어났다가 두 시간 뒤에 죽은 언니라고 부를 수 있는 아기. 그녀가 살아 있었다면…. 상상은 계속 날개를 펴고 날아갔다. 도시에 살았던 어떤 사람, 그 사람이 어쩌면 태어나기 전에 아기로 잠시 머물렀다가 떠난 언니였으면….

"그 도시의 운명을 닮은, 파괴되었으나 끈질기게 재건된 사람을, 그 이가 내 언니라는 것을, 내 삶과 몸을 빌려줌으로써만 그녀를 되살릴 수 있다는 사실을 깨달았을 때 나는 이 책을 쓰기 시작하고 있었다."[38]

그는 파괴된 뒤 재건된 바르샤바에서 가을과 겨울을 보내며 밤마다 조금씩 글을 써나갔다. 초겨울 어느 날엔 문득 한밤에 혼으로 찾아오는 옛 직장 선배의 모습도 떠올랐다. 선배는 삼 년 전에 돌아갔지만, 그는 그 소식을 『소년이 온다』를 쓴 직후에야 뒤늦게 전해 들었다. 애도의 방법으로 무엇인가를 쓰고 싶었지만 잘 진척이 되지 않았다. '맞아, 그렇다면 차를 대접해야지'라고 그는 생각했다.[39] 이때의 경험과 기억은 이듬해 단편소설 「눈 한 송이가 녹는 동안」으로 ≪창비≫ 여름호에 발표되었다. 자정 무렵 옛 직장 선배가 유령이 되어 찾아오는 장면으로 시작하는 단편 「눈 한 송이가 녹는 동안」은 막내 기자였다가 이제 사십 대가 된 여성 K가 유령이 된 옛 직장 선배와 함께 역시 고인이 된 여자 선배 경주 언니를 함께 회상하는 내용을 담고 있다.

그는 2016년 4월 장편소설 『흰』을 발표했다. 그는 「작가의 말」에서 "고독과 고요, 그리고 용기. 이 책이 나에게 숨처럼 불어넣어 준 것은 그것들이었다"며 "나는 신을 믿어본 적이 없으므로, 다만 이런 순간들이 간절한 기도가 된다"⁴⁰고 적었다.

강보와, 죽은 언니의 사연이 담긴 배내옷, 소금, 눈, 얼음, 달…. 작가로부터 불려나온 흰 것 65개의 이야기를 작가인 '나'와, 태어나자마자 두 시간 뒤에 죽은 아기 언니인 '그녀'와, 같은 시간대에 존재할 수 없는 언니와의 작별 의례를 담은 '모든 흰' 세 개의 장에 나눠서 펼쳤다. 소복, 연기, 침묵, 아랫니, 작별….

"자작나무숲의 침묵 속에서 당신을 볼 것이다. 겨울 해가 드는 창의 정적 속에서 볼 것이다. 비스듬히 천장에 비춰진 광선을 따라 흔들리는, 빛나는 먼지 분말들 속에서 볼 것이다. 그 흰, 모든 흰 것들 속에서 당신이 마지막으로 내쉰 숨을 들이마실 것이다."⁴¹

올손 노벨문학상위원회 위원장은 『흰』을 "화자의 언니가 될 수 있었지만 태어난 지 몇 시간 만에 세상을 떠난 이에게 바치는 만가"라면서 "시적 스타일이 다시 한번 두드러진다"고 평가했다. "하얀 물건에 관한 짧은 기록들의 연속으로, 이 슬픔의 색깔을 통해 작품 전체가 연상적으로 구성된다. 이로 인해 소설이라기보다는 일종의 '세속적인 기도서'에 가깝다고 할 수 있다."⁴²

작품 『흰』은 번역가 데버라 스미스에 의해서 영역 출간된 뒤, 2018년 부커상 인터내셔널 부문 최종심에 오르기도 했다.

그는 『흰』을 출간한 지 2개월 뒤인 6월 3일 서울 성북동에 위치한 오뉴월 이주헌의 한옥 공간에서 미술가 차미혜 씨와 2인 전시회 '소실 . 점'을 열었다. 그는 전시회에서 소설 『흰』을 바탕으로 짧은 생을 살다간 누이의 배내옷을 짜고, 돌과 소금, 얼음을 손 위에서 녹이는 등 개인적 제의를 표현한 「배내옷」, 「돌, 소금, 얼음」, 「밀봉」, 「걸음」 네 개의 퍼포먼스 영상을 선보였다. 김정혜 루아아트 대표의 제안으로 기획된 이 전시회는 6월 하순까지 이어졌다. [43]

'소설–살기' 또는 '온몸으로 소설론'

"늘 쓰고 싶은 이야기가 머릿속에 많아요. 빨리 쓰지 못하는 게 늘 아쉬운 점인데. 그런 이야기들이 어떤 이미지로 머릿속에 있어요. 거기에 최대한 근접하려고 노력해요. 거기에 도달하려는 열망이 소설을 쓰는 가장 큰 추동력이에요."[44]

한강의 머릿속은 늘 쓰고 싶은 이야기와 장면으로 가득 차 있다. 늘 마음속으로 두세 권의 소설을 굴린다. 빨리 쓰지 못하는 게 아쉬울 뿐. 어떤 이야기나 이미지가 먼저 있고, 여기에 맞는 형식을 찾아내는 것이야말로 소설의 착상이라고, 그는 말한다.

"먼저 어렴풋한 소설의 형식이 있고, 강렬한 이미지가 있어요. 그러다가 형식이 떠올라요. 저에게는 형식이 중요해요. 예전과 같은 방법으로 쓰려고 하면 한 페이지도 쓸 수가 없어요. 어렴풋이 떠올라 있던 소설과 맞는 형식을 찾아내는 게 저에게는 가장 핵심적인 착상의 순간이에요."[45]

그는 늘 다른 글쓰기, 새로운 형식을 욕망하고 시도한다. 심지어 새로운 형식, 다른 글쓰기가 끌어당기지 않는다면 소설을 쓰지 못할 정도로 다름과 새로움을 추구한다.[46] 아마 새로운 형식과 다른 글쓰기에 대한 그의 강렬한 욕망과 시도 때문에, 안드레스 올손 노벨문학상위원회 위원장으로부터 "현대 산문의 혁신가"라는 상찬을 받았을 것이다.

그에게 소설 쓰기가 하나의 질문하는 방법이라면, 특히 장편소설 쓰기는 중요한 질문을 끝까지 밀고 나가서 완성해 보려는 시도다. 비록 답이 나올 수도, 나오지 않을 수도 있지만. 한강의 이야기다.

"하나의 소설, 특히 장편소설은 그 시기에 저에게 중요한 질문을 끝까지 완성해 보는 그런 거예요. 질문의 끝에 어떻게든 도달을 하면 그다음 질문이 생겨나고요. 그러면 다음 소설에서 그 질문을 이어가고 그래요. 질문을 완성한다고 해서 답이 나오는 건 아닌데요. 그 질문에 끝까지 가보는 것, 그 자체가 답인 것 같아요."[47]

장편 쓰기는 그에게 문제의식의 내적 투쟁이다. 그렇다면 첫 장편소설 『검은 사슴』에서 시작된 질문의 여로는 어떻게 흘러왔을까. 그의 질문은 무엇이었고 어떻게 변해왔을까. 질문에 따라서 그의 삶은 또 어떻게 변해왔을까. 인터뷰와 대담, 간담회 등에서 이루어진 한강의 이야기를 통해서 다시 정리해 본다.

▶『검은 사슴』(1998): 그는 의선을 찾는 탄광촌 황곡으로의 여로 서사를 통해 고통과 어둠을 가진 인간 존재의 본질을 탐색하려 한다. "죽음에 그토록 가까워 보였던 네 사람이 그 모든 일을 겪은 뒤, 결국 한 사람도 죽지 않고 살아서 이 세계를 버티잖아요. 그렇게 제 삶도 한 발 더 앞으로 내디딜 수 있었던 거고요."[48]

▶『그대의 차가운 손』(2002): 가면 뒤에 숨은 진실을 확인하려는 조각가 운형의 모습을 통해 현상과 가면에 가려진 인간 존재의 위선을 파고든다. "서로의 몸을 석고로 뜬 뒤 껍데기를 부수는 제의 같은 과정을 통해 한 발 더 나아가게 되고(바라건대 진실 쪽으로)⋯."[49]

▶『채식주의자』(2007): 그는 폭력성의 상징으로서 육식을 거부하는 채식주의자 영혜를 통해 인간의 폭력성을 응시하고 이를 통해 '폭력과 아름다움이 뒤섞인 세계에서 인간은 과연 견딜 수 있는가'를 묻는다. "육식을 거부하고 자신이 식물이 되어가고 있다고 믿고자 하는 여자의 투쟁(구원을 위한 것이지만 사실은 파멸의 길인)을 통해 인간과 세계의 폭력을 응시하려 해보고,⋯"[50] "이토록 폭력과 아름다움이 뒤섞인 세계에서 견딜 수 있는가, 껴안을 수 있는가라는 질문으로 끝나는 소설이에요. 소설 끝 장면은 앰뷸런스 안에서 차창 밖을 내다보는 시선으로 끝나거든요."[51]

▶『바람이 분다, 가라』(2010): 화가 친구 인주의 죽음의 진실을 파헤치려던 정희가 소설 말미에서 불 속에서 기어 나오는 모습을 통해 인간은 그래도 살아내야 한다는 것을 이야기하려 한다. "『바람이 분다, 가라』는 우리는 삶을 살아내야 하는가, 그것이 과연 가능한가라는 질문을 던지고 싶었고요. 소설의 끝에서는 불 속에서 기어서 빠져나오는 어떤 여자의 모습이 나오는데, 그 장면을 쓰면서 내가 살아야 한다는, 애쓰면서 쓰고 있다는 것을 느꼈습니다."[52] "자연과학 책을 읽으면서, 오랜 의문이었던 인간의 폭력성과 함께 신성에 대해 생각하게 됐어요. 소설의 마지막에 주인공이 불 속을 기어 나오면서 깨끗한 공기 쪽으로 배를 밀고 가는 장면이 있는데, '살아내야 한다'는 대답을 그렇게 쓰고 싶었던 것 같아요."[53]

▶『희랍어 시간』(2011): 그는 말을 잃은 여자와 시각을 잃어가는 남자가 만나는 기적의 순간을 통해서 만약 인간이 세상과 삶을 살아내야 한다면 무엇으로 가능한가를 탐문한다. "『희랍어 시간』은 정말 내가 살아내야 한다면, 인간은 어떤 지점을 바라보면서 살아야 하는가라는 질문을 던지고 싶었어요. 인간의 어떤 연하고 섬세한 자리, 그런 자리를 들여다보고 싶다고 생각했어요."[54] "'우리가 이 세계를 인간으로서 살아낼 수 있다면, 그건 무엇으로써 가능한가' 하는 질문에서 시작했어요. 소설 속 두 사람이 손바닥에 글씨를 그려 대화하는 장면을 쓰면서, 인간은 인간을 껴안아야 한다고, 그

것이 인간을 살게 한다고 느꼈어요. 그러니까 인간에게 다른 인간이란, 어렵지만 껴안아야 하는 것, 자신을 뚫고 나가 껴안아야 하는 것이라고, 『희랍어 시간』을 쓰면서 생각했어요."[55]

▶『소년이 온다』(2014): 국가 폭력에 의해 희생된 소년 동호의 모습을 통해 인간의 폭력성 문제와 함께 인간 존엄의 가능성을 진지하게 묻는다. "『소년이 온다』에서는 폭력의 상황에서 인간 존엄을 향해 나아가는 사람들의 모습을 쓸 수밖에 없었는데, 써가는 과정에서 질문들이 변하는 것을 느꼈고요. 소설이 출간된 직후에 아마도 인간이 어떤 밝고 존엄한 지점을 바라보고 싶다고 생각할 수 있었어요."[56]

그는 장편소설을 쓰기 위해서 소설과 함께, 아니 소설을 살았다. '소설을 산다'는 것은, 늘 소설과 인물을 생각하고 마음으로라도 소설 이야기와 인물의 감정을 느끼고 경험하는 것. 짧게는 1, 2년, 길게는 4, 5년 동안. 이 같은 독특한 소설 창작법에 주목해, 문학평론가 강지희는 그의 작품을 "고통으로 찍어낸 빛의 지문"[57]이라고 은유했다. 한강의 이야기다.

"장면으로 제가 먼저 들어가서 그걸 느끼고, 그걸 문장으로 써요. 소설을 쓸 때, 마지막까지 그걸 더 넣으려고 노력해요. 그 순간의 생생함을 조금이라도 더 넣으려고 탈고할 때는 시도 많이 읽어요. 시들이 그런 일을 하잖아요. 순간의 생생함에 육박하는 일. 시의 상태에 가까워져서 소설 전체를 생생한 감각으로 훑고 지나가고, 쉬었다가 또 지나가고 계속 전류가 통하게 하려고. 그냥 생생하게 쓰려고 노력해요…. 글쓰기로 인해서 고통스러워진다기보다는, 고통으로 인해 그런 글이 나온다는 게 더 맞는 말일 것 같아요."[58]

이야기 속으로, 인물들의 마음속으로 들어가서 쓰기 위해서는 삶에서 소설이 가장 많은 비중을 차지하도록 해야 한다. 소설에 과격하게 기울어져 있지만, 오히려 균형 잡힌 상태라는 듯. 기울어진 중심이 잡혀서 오히려 흔들리지 않는 듯.

"2년여 동안은 이 소설하고 살면 되니까, 그런 상태가 좋아요. 오히려 이 소설에서 다음 소설로 넘어가는 사이가 힘든 것 같아요. (스스로 의지하기보다,) 제 모든 걸 소설에 기울여, 늘 생각하고 있는 그런 상태가 좋아요. 그게 균형 잡힌 상태라는 생각이 들어요. 제 삶에 소설이 많은 비중을 차지하고, 나는 이렇게 기울어져 있는 그런 상태."[59] 그것은 어쩌면 글쓰기 이외의 모든 일을 무(無)나 무에 비슷하게 돌리는 일이다. "글을 쓸 때는 다른 일을 할 수 없다. 움직이지 못한다. 걷지도 먹지도 못한다. 가장 수동적인 자세로, 글쓰기 외에 모든 것을 괄호 속에 넣고 한 단어씩 써간다. 그 외의 다른 방법은 없다."[60]

자연히 힘도 들고 시간이 많이 걸릴 수밖에 없다. 그럼에도 그는 인생의 일정한 시간을 소설 한 편과 맞바꾸는 장편소설 쓰기가, 장편소설을 쓰는 상태가 좋다고 고백한다.

"장편소설을 쓰는 시간이 좋아요. 장편을 쓰는 데 정말 오래 걸리 잖아요. 일 년도 걸리고 삼 년도 걸리고 길게는 사, 오 년…. 인생의 긴 기간을 소설 한 편하고 맞바꾸는 그 상태를 제가 좋아하는 것 같 아요."61

'소설을 산다'거나 '소설 이야기와 인물 속으로 들어가서 온몸으 로 쓴다'는 그의 생각과 개념은 김수영 시인의 '온몸의 시론'이나 철 학자 스피노자(Baruch Spinoza)의 '심신평행론(psychophysical parallelism)' 또는 '심신병행론'을 떠올리게 한다. 김수영은 1968년 "시작(詩作)은 머리로 하는 것이 아니고 심장으로 하는 것도 아니고 몸으로 하는 것이다. 온몸으로 밀고 나가는 것이다. 정확하게 말하 자면, 온몸으로 동시에 밀고 나가는 것"이라고 '온몸의 시론'을 선언 했다.62 스피노자 역시 자연과 신체로부터 정신을 이원론적으로 분 리시켰던 데카르트와 달리, "정신과 신체는 동일한 개별자의 두 측 면"이라며 정신적 현상과 육체적 현상은 동전의 양면처럼 독립적 이면서도 분리될 수 없다고 주장했다. 한강의 이야기다.

"개인적으로 저는 정신적으로 힘들 때 그게 분명하게 신체화되 는 편이에요. 관념적이라고 불리는 것과 신체적인 부분이 결코 분리 되어 있지 않고 붙어 있다고 느낍니다. 그런데 소설이라는 것을 생각 하면, 그것 역시 어떤 살아 있는 육체로, 마음과 결코 분리되지 않는 몸으로 느껴져요. 이 소설이라는 몸속에서 감각적인 것들, 사유, 감정, 언어가 모두 연결되어 있어서, 그것들이 서로 충돌하거나, 어렵게 조율해야 하는 일이 생기거나 하기보다는 함께 움직여요."[63]

그의 소설 쓰기는 심지어 심신병행론보다도 한 발 더 나아간 것처럼 느껴지기도 한다. 즉, 몸과 마음뿐만 아니라, 언어와 감정까지 함께 연동되어 움직이고 나아가는 것이 소설 쓰기라고 생각하고 실제로 밀고 나가고 있기 때문이다. 가히 '온몸으로 소설론'이라고 부를 만하다.

"소설을 써갈수록 무엇보다 가장 중요했던 것은 제가 소설 속의 사람들이 되는 것이었어요. 가장 어렵고 무서운 부분이어서, 쓰는 순간순간에는 거의 그것에만 집중해야 했어요. 쓰는 순간에 제가 그 존재가 될 수 있는가, 저의 언어로써 정말 불가능하지만 근접할 수 있을지, 그것이 관건이었고, 그 집중력을 잃지 않는 것이 가장 중요한 상태가 되었어요. 그러니까 저로서는 이 소설을 쓰는 일이, 관념과 몸과 언어와 감정이 모두 함께 연결되어 나아가는 경험이었어요."[64]

질문을 완성해 가는 소설을 사는 과정을 통해서 그는 이야기와 문제의식 변화, 소설의 변화, 몸의 변화를 동시에, 다양하게 경험하게 된다. 한 편의 장편을 다 쓰고 난 뒤에, 그가 이전으로 결코 다시 돌아갈 수 없는 이유다.

"…소설들을 쓸 때마다 변화를 경험했다고 생각돼요. 특히 장편소설을 쓰고 나면 그 이전으로 돌아갈 수 없게 되었어요. 어떻게 보면 저의 가장 중요한 질문들을 장편소설들을 통해 완성해 보려 애쓰는 식으로 살아왔던 것 같아요…. 그러니까 소설들, 제 질문들, 제 삶, 제 몸이 함께 움직이며 변화하며 아주 천천히 나아가고 있고, 더듬거리고 서성거리고 뒤척이면서 근근이 여기까지 온 것 같아요."[65]

반면 단편 쓰기는 그가 지나가고 있던 자리나 순간의 감각과 감정과 생각을 담고 있다. 즉, 단편소설은 "좀 더 개인적인 것"이라는 말이다.

"단편소설은 좀 더 개인적인 것입니다. 삶이 저라는 인간을 흔들거나 베고 지나가거나 지금 지나가고 있는 그 자리의 감각과 생각과 감정을 씁니다. 인간에 대한 질문들을 끈질기게, 전심전력으로 들여다봐야 하는 게 장편소설이라면, 단편은 개별 장들처럼 전체 구도 속에서 계획된 어떤 게 아니고, 저라는 인간이 여기까지 (때로는 기어서, 때로는 꿋꿋하게 걸어서, 때로는 어둠 속을 겨우 더듬어서) 살아온 기록입니다."[66]

단편소설은 마치 성냥 불꽃처럼 확 댕겨진다고, 그는 『노랑무늬영원』의 「작가의 말」에서 단편의 본질을 비유하기도 했다.

"단편은 성냥 불꽃같은 데가 있다. 먼저 불을 댕기고, 그게 꺼질 때까지 온 힘으로 지켜본다. 그 순간들이 힘껏 내 등을 앞으로 떠밀어 줬다."[67]

그는 등단 이래 시와 단편소설, 장편소설을 동시에 써왔다. 시와 단편소설, 장편소설이 서로 긴밀히 연결되어 있는 것은 자명하더라도, 다른 형식의 글을 쓸 때 어떤 차이를 느끼진 않았을까. 그는 "그 과정들은 매우 직관적이고 개인적인 경험이기 때문에 설명하기 쉽지 않다"면서도 "다만 나에게 실감되는 가장 중요한 차이가 '시간'이라는 것만은 분명하게 말할 수 있다"고 시간의 감각 중심으로 설명한다. 구체적으로 "단편소설을 쓰는 데에는 짧게는 일주일에서 길게 이십 일 정도의 시간이 필요하다. 반면 장편을 쓰려면 최소한 1년 이상의 시간이 필요하다. 가장 오래 썼던 장편은 4년 6개월이 걸렸다"며 "대조적으로 시는 아주 짧은 시간을 요구한다. 오랜 시간 붙잡고 있게 되는 시들이 있기는 하지만, 장편소설처럼 날마다 일상과 팽팽한 균형을 유지하며, 신체를 단련해 가면 작업해야 하는 노동과는 비교할 수 없다"고 말했다.[68]

그렇다면 어떤 기준으로 장편소설과 단편소설, 시라는 개별 형식을 선택하는 것일까. 그는 "형식을 어떻게 선택하는가는 좀 더 복잡한 문제"라며 각 형식별로 쓰게 되는 과정과 그 방법을 들려준다.

"장편소설을 쓸 때 나는 내적인 질문에 집중한다. 질문들은 나의 글쓰기의 가장 큰 동력인데, 그 질문들을 끝까지 완성해 보려면 장편소설이라는 끈질긴 형식이 필요하다. 반면 단편소설은 하나의 장면에서 출발한다. 처음 그 단편소설을 쓰기 시작하게 만들었던 바로 그 어떤 장면에 다다르는 동시에 작업은 끝나게 된다. 한편 시는 언어와 깊은 연관을 맺고 있다. 한 줄의 문장이 떠올라 시를 쓰기 시작한다. 그 문장은 시의 시작에 놓일 때가 많지만, 때로는 중간이나 마지막 문장에 놓이기도 한다."[69]

어느 순간부터 그의 글쓰기 시간은 조금씩 늦어지고 있었다. 2016년 즈음에는 밤 열두 시에 잠자리에 든 뒤 다음 날 여섯 시나 여덟 시에 일어나서 작업하는 식으로 늦어졌다고, 그는 당시 한 대담에서 밝혔다.[70]

그러니까 그는 이전에는 밤 열 시 전후에 잠자리에 든 뒤, 새벽 네다섯 시에 어김없이 일어나서 글을 쓰곤 했다. 누구에게도 방해받지 않고 글쓰기에 집중할 수 있었고, 규칙적으로 글을 쓰는 데에는 더없이 좋았다. 그는 주로 새벽에 글을 쓰는 새벽형 인간이었다. 새벽 글쓰기 루틴은 등단 이래 오래 유지되었다.

특히 새벽 글쓰기는 첫 장편소설 『검은 사슴』을 쓸 때 정점에 달했다. 당시에는 저녁 아홉 시쯤 잠자리에 든 뒤 새벽 세 시에 일어나서 글쓰기를 시작, 오전 여덟 시까지 이루어졌다. 잠에서 덜 깬 해가 창가로 다가와 아침 인사를 할 때까지 온전히 글쓰기에 집중할 수 있었다.

새벽 글쓰기 루틴은 아버지 한승원의 영향이 적지 않았을 것이다. 한승원 역시 늘 새벽 네 시에 일어나 여덟 시까지 집필에 몰두해 왔고, 그런 아버지의 뒷모습을 그는 오랫동안 보고 자랐다.

제7장

부커상 수상…
글로벌 작가로 부상

번역가 데버라의 등장… 한국 작가 첫 수상

"제게 한국이라는 나라는 신비로웠거든요. 당시만 해도 영국인들은 한국에 대해 잘 안다거나 한국을 이야기하는 사람들도 없었어요. 중국문학이나 일본문학은 많이 소개되는 반면, 한국문학은 문학이 중요한 나라이고 경제가 발전한 나라임에도 아직도 베일에 싸인 나라였어요."[1]

더 다양한 문학을 접하고 싶고, 정독이자 창작인 문학번역을 하고 싶었다. 그런데 어느 나라 문학을 번역해야 할지 쉽게 판단하기 어려웠다. 이때 문득 한국이라는 신비한 나라가 눈에 들어왔다. 경제적으로 부유한 동아시아 나라이지만 유럽 사람들 사이에서 거의 이야기되지 않는 나라, 한국!

"그래서 생각했죠. 한국에도 풍부한 한국문학이 존재할 것이고, 그것을 찾아보고 또 알려야겠다고."[2]

당시 영국에는 한국문학을 전문으로 번역하는 사람이 많지 않았다. 한국문학은 그야말로 무궁무진한 가능성이 있지만 아직 열리지 않은 시장처럼 보였다. 데버라 스미스(Deborah Smith)는 한국문학이 문학번역 시장에 새롭게 뛰어들기에 더 없이 좋은 곳이라고 생각했다.

2009년, 케임브리지대학 영문과를 막 졸업한 이십 대의 데버라는 한국문학 번역가가 되기로 결심했다. 영국 북부의 옛 탄광촌 출신으로 독서에 강박관념을 갖고서 매년 수백 권의 책을 읽어왔지만, 대학을 졸업할 때까지 한국문학은커녕, 한식을 먹어본 적도, 한국인을 만난 적도 없던 그였다.

데버라는 한국어를 독학하기 시작했고 곧이어 런던대 동양·아프리카대학(SOAS) 한국문학 석박사 통합과정을 밟았다. 데버라는 이곳에서 작가 황석영과도 인연이 있는 그레이스 고(Grace Koh) 교수로부터 한국어와 한국문학을 배웠다. 데버라는 그레이스 고로부터 "영국 중산층 영어를 잘 구사하고, 무엇보다 문장이 훌륭하다"는 평가를 받았다.

번역가 데버라 스미스의 등장은 김지영과 안톤 허, 김소라 등 제3세대 한국문학 번역가들의 등장과 맥을 같이하는 것이다. 한국문학번역원과 곽효환 전 한국문학번역원장[3] 등에 따르면, 한국문학은 미국에서 한국 민담집이 영어로 번역 출간되거나 프랑스에서 「춘향전」 등이 프랑스어로 번역 출간되는 등 18세기부터 미국과 유럽에서 번역 출판되기 시작했다. 초창기에는 주로 선교사나 한국에 호기심을 가진 사람, 아니면 현지의 한국인이 한국 고전문학을 중심으로 번역·소개하는 수준이었다.

현대적 한국문학 번역은 1968년 일본의 가와바타 야스나리가 노벨문학상을 수상하면서 문학 번역의 중요성을 깨닫고 1974년부터 한국문화예술위원회의 전신인 문예진흥원이 번역 출판 지원을 하면서 시작되었다. 이에 따라 1980년대부터 1990년대 초반까지는 주로 외국 문학을 전공한 한국인에 의해 주로 번역 출간이 이루어졌고, 이때 한국문학 번역을 담당한 이들은 한국문학 번역 제1세대로 분류되었다.

　1990년대 들어서 민간 공익 재단인 대산문화재단과 정부 차원의 한국문학번역원이 잇따라 출범하면서 외국어에 밝은 한국인과 한국 문화에 밝은 외국인이 팀을 이루어 한국문학을 번역하기 시작했다. 이 시기 번역을 주도한 이들이 바로 제2세대 번역가들이었고, 이들에 의해서 황석영과 이청준, 최인훈, 이문열, 이승우, 오정희 등이 미국과 유럽에 알려졌다. 다만 이 시기는 번역자를 모집해 번역을 한 뒤 보따리 장사처럼 책을 출판해 줄 해외 출판사를 찾아다니는 등 공급자 중심으로 번역 출간이 주로 이루어졌다.

　2010년대에 들어서면서 해외 출판사들이 현지 독자들의 요구를 바탕으로 한국 작가나 한국 출판사와 직접 저작권 계약을 맺고 번역 출간하는 수요자 중심의 상업 번역 출간으로 바뀌어갔다. 이때부터 한국문학은 영어권에서 본격적으로 주목받기 시작했고, 특히 2020년에만 무려 100종 이상의 한국문학 작품이 해외 각국에서 번역 출간될 정도로 붐을 형성해 갔다.

바로 이 시기에 영어나 프랑스어, 스페인어 등 '도착어' 표현 능력이 뛰어나고 '출발어'인 한국어와 한국문화에 대해서도 상당한 이해를 가진 제3세대 번역가들이 대거 등장했다. 데버라 스미스를 비롯해 2012년 신경숙의 장편소설 『엄마를 부탁해』를 영역한 김지영, 정보라의 소설집 『저주토끼』을 번역한 안톤 허, 황석영 작품을 번역한 김소라 등이 대표적인 제3세대 번역가로 자리잡게 된다. [4]

데버라는 어느 날 한국 소설을 영역한 번역문 20쪽을 독립출판사 '포르토벨로 북스(Portobello Books)' 수석편집자 맥스 포터(Max Porter)에게 보냈다. 폭력성과 육식성에 저항하기 위해 나무가 되고 싶어 하는 영혜의 이야기를 담은 한강의 연작소설 『채식주의자』였다. 데버라는 왜 한국 작품 가운데 한강의 소설을 택한 것일까.

"한강의 작품은 모든 면에서 매력적이에요. 한 가지를 꼽자면 한강은 인간의 가장 어둡고, 폭력적인 면을 완벽하게 절제된 문체로 표현해 내요. 그건 아마 시인으로 활동했던 경험에서 영향을 받은 것 같아요." [5]

나중에 작가가 되는 포터는 데버라를 통해서 한강의 『채식주의자』를 처음 접하게 되었다. 포터는 데버라가 보내준 "첫 문장을 읽었을 때 완벽하게 설득당했다. 100% 출판을 결심했다" [6]고 말했다. 포터는 『채식주의자』를 영역 출판할 기회를 조심스럽게 살피기 시작했다.

마침 2014년 런던도서전의 주빈국이 한국으로 결정되면서 영국에서 활동 중인 한국문학 번역가를 찾던 한국문학계와 데버라가 연결이 되었다. 박근혜 정부의 블랙리스트에 올랐음에도 런던도서전 행사에 참여한 한강은 이때 데버라와 접촉할 수 있었고, 대산문화재단의 번역출판지원 사업과 연결되면서『채식주의자』영역판의 현지 출간 길이 열리게 되었다. 대산문화재단은『채식주의자』의 번역 및 출간 비용을 전액 지원했다.

데버라는『채식주의자』번역에 본격적으로 돌입했다. 데버라는 일어나자마자 번역을 시작해, 특별한 일이 없으면 하루 종일 번역했으며, 잠자리에 들어서야 멈췄다. 번역이 막힐 때면 한 구절을 두고도 여러 번 생각한 뒤에야 진도가 나갔다. 애매한 부문은 표시해 놓고 계속 번역해 나갔다. 개별 단어보다 글의 흐름을 따라가되, 문맥을 쉽게 잊어버릴 수 있는 특정한 것에 사로잡히지 않으려 했다고 기억했다.[7]

특히 데버라는 여러 개의 노트와 메모, 질문을 곁들인 번역본을 서울의 한강에게 이메일로 보냈고, 아침에 일어나선 밤에 들어온 이메일 가운데 한강의 이메일을 확인했다. 이 같은 방식으로 서울과 런던 사이에 이메일이 여러 번 왔다 갔다 하면서 영역을 완성했다.

데버라는 이 과정에서 작가 한강의 의도를 존중하고자 최대한 노력했다며 "『채식주의자』의 경우는 영어와 한국어의 거리 때문에도 원문의 효과를 영어 번역문에 재현하고자 적확한 문장 구조와 어휘를 찾기 위해 공을 들여야 했다"고 회고했다. 다만 "이때 원문과 번역문이 일대일로 대응하는 것은 아니다"[8]고 덧붙였다.

한강 역시 데버라가 자신의 의도를 최대한 살려주기 위해서 무엇보다 소설의 톤과 질감, 스타일을 중시하는 번역을 했다고 기억한다.

"소설은 톤이 중요합니다. 목소리의 질감 같은 게 중요하지요. 데버라는 (『채식주의자』) 제1장에서 영혜가 악몽에 대해 이야기하는 부분에서의 내 감정을, 그 톤을 정확하게 옮겼어요. 데버라의 번역은 톤을 중요하게 생각하는 번역이었습니다."[9]

2015년 1월, 한강의 연작소설 『채식주의자』가 데버라 스미스의 영역으로 영국에서 출간되었다. 『채식주의자』의 영역판 출간은 그에게 국제적인 성공의 계기가 되었다. 한강의 소설 두 편을 스웨덴어로 공동 번역했던 안드레스 칼손 런던대학 소아스 한국학과 교수는 "데버라 스미스의 영어판이 출판되면서 많은 사람들이 한강 작품을 읽는 즐거움을 느꼈다. 영어판 출판은 국제적인 무대에서의 성공 계기가 되었다"[10]고 평가했다. 데버라는 그해 런던대학에서 한국학으로 박사학위를 받았고, 번역 문학에 특화된 출판사를 설립했다. 이듬해에는 한강의 또 다른 장편 『소년이 온다』를 영역 출간했다.

"혹시 수상을 기대하고 있느냐." 아버지 한승원이 무심하게 물었다. 한 해 전 영국에서 번역 출간된 『채식주의자』가 최종 후보에 오르면서 영국 부커상 시상식에 참석하기 위해 출국하기 하루 전날이었다. 수화기 너머에서 한강의 목소리가 잔잔하게 들려왔다. "마음 비우고 떠나니, 아버지도 마음 비우고 계세요."[11]

2016년 5월, 한강은 큰 기대보다는 가벼운 마음으로 부커상 시상식에 참석하기 위해서 영국으로 출국했다. 이듬해 포르토벨로 북스에서 번역 출간될 책 『흰』의 편집자를 만날 수 있는 기회도 될 것이라고 생각한 그였다.

시차 때문에 매우 졸렸다. 눈은 자꾸 감기려 했다. 다행히 많은 사람들 속에 있는데다가, 발표가 있기 전에 마셨던 커피 덕분에 크게 티는 나지 않았다. 그저 앉아서 새로운 경험을 즐기면 될 줄 알았는데….

5월 16일 밤, 영국 런던 빅토리아앤알버트 박물관에서 열린 부커상 공식 만찬 겸 시상식에서 부커상 인터내셔널 부문 수상작으로 한강의 연작소설 『채식주의자』가 호명되었다. 그는 소설을 영어로 번역한 데버라 스미스와 함께 부커상 수상자로 연단 위에 섰다.

부커상 5인 심사위원회 심사위원장을 맡은 인디펜던트 문학 선임기자인 보이드 턴킨은 수상작 『채식주의자』에 대해 "부커상 인터내셔널을 수상할 충분한 가치가 있는, 잊히지 않는 강력하고 근원적인 소설"이라며 "압축적이고 정교하고 충격적인 이야기로 아름다움과 공포의 기묘한 조화를 보여줬다"고 상찬했다.[12]

턴킨은 이어서 "데버라 스미스가 아름다움과 공포가 기이하게 혼재된 이 책을 정확한 판단력으로 잘 번역했다"고 데버라의 번역 역시 극찬했다.

한강은 이날 "책을 쓰는 것은 내 의문에 질문하고 그 답을 찾는 과정이었다. 때로는 고통스러웠고 힘들기도 했지만, 가능한 한 계속해서 질문 안에 머물고자 노력했다"며 "나의 질문을 공유해 줘서 감사하다"고 수상 소감을 밝혔다.

데버라는 이날 기쁨의 울음을 터뜨렸지만, 한강은 따뜻한 미소를 지으며 차분하게 그를 다독였다. 부커상 수상식 내내 가벼운 미소를 짓는 등 담담한 모습이었다. 그는 "이 책을 쓴 지 오래돼서 그런 것 같다"며 "그렇게 많은 시간을 건너서, 이렇게 먼 곳에서 사랑해 주는 게 좋은 의미로 이상하게 느껴졌다"[13]고 나중에 회고했다.

부커상 수상 일주일이 지난 5월 24일, 그는 서울 마포구 한 카페에서 기자간담회를 가졌다. 기자간담회에는 50여 개 언론사 기자들이 몰려서 한 시간 전부터 발 디딜 틈이 없을 정도로 붐볐다. 그는 "그냥 글 쓰는 사람은 글을 쓰라고 하면 좋겠다"며 "최대한 빨리 내 방에 숨어 글을 쓰고 싶다"고 소망을 밝혔다.

"오늘 이 자리가 끝나면 현재 쓰고 있는 작업으로 얼른 돌아가고 싶습니다. 결국 내가 할 수 있는 말은 지금까지 그랬던 것처럼 책의 형태로 드리는 것이죠. 최대한 빨리 제 방에 숨어서 글을 쓰고 싶습니다."[14]

한강은 부커상을 수상하면서 아시아를 대표하는 글로벌 작가로 급부상했다. 영국 BBC가 한강의 노벨문학상 수상 직후 "한강의 경력에 전환점이 된 건 2016년 『채식주의자』로 인터내셔널 부커상을 수상하면서였다"[15]며 영어권 세계에 막강한 영향력을 가진 부커상 수상 경력을 부각한 이유이기도 했다.

국제 학술연구 분야에서도 부커상 수상 직후부터 그의 작품에 대한 주목도가 급상승했다. 학술출판기업 스프링거 네이처의 인공지능 연구 분석 시스템 '네이처 내비게이션'에 따르면, 그의 작품과 관련한 국제 학술 출판물은 2015년 3건, 2016년 2건에 불과했지만 부커상을 수상한 이후인 2017년에는 10건을 기록하는 등 눈에 띄게 늘어난 것으로 나타났다.[16]

한강은 이후 2017년 『소년이 온다』로 이탈리아 말라파르테 문학상을, 2019년 다시 『채식주의자』로 스페인 산클레멘테 문학상을, 2023년에는 『작별하지 않는다』로 프랑스 메디치 외국문학상 등을 차례로 수상했다. 국제 무대에서의 잇단 성취를 바탕으로 마침내 2024년 노벨문학상을 거머쥐게 된다.

다만, 한강의 부커상 수상 이후 데버라 스미스의 『채식주의자』 영역을 둘러싸고 국내에서 오역 논쟁이 불거지기도 했다. 처음에는 번역 전문가들 사이에서 그녀의 오역이 지적되었다가, 시간이 흐르면서 점점 문학평론가들이 가세했다. 조재룡 고려대 교수는 영역본과 불역본을 비교한 뒤 "한국어 특성인 주어 생략을 제대로 파악하지 못해 자주 오역을 했거나, 원작의 인물과 텍스트의 특성을 바꿔버렸다"고 지적했고, 문학평론가 정과리 역시 "원작을 훼손한 작품 창작 수준"의 번역이라고 목소리를 높였다.[17]

촛불시위 참여… 보수진영 공격 받기도

"지난겨울의 촛불이 생각난다. 매주 토요일, 남한 전역에서, 수십만 명의 시민들이 모여 서로 노래 부르며 부패한 정부에 대항했고, 종이컵 속에 담긴 촛불을 들며, 대통령의 사임을 외쳤다. 나 역시, 그 거리에서, 촛불을 들고 있었다."[18]

2016년 겨울부터 2017년 봄 사이 매주 토요일마다 한국 전역에서 불타올랐던 촛불 혁명에 그는 한 사람의 시민으로 참여했다고, ≪뉴욕타임스≫ 기고에서 밝혔다. 그러면서 "우리는 단지 조용하고 평화로운 촛불이라는 도구를 이용해 사회를 바꾸고 싶었다"[19]고 이유를 덧붙였다. 최태민 목사의 딸 최순실 씨의 국정 농단과 박근혜 전 대통령의 무능으로 촉발된 촛불시위는 결국 박근혜 전 대통령의 탄핵과 두 사람의 구속으로 막을 내렸다.

"언제든 전쟁이 날 수 있는 상황인데, 한국 사람들은 아무렇지도 않다면서요?" 2017년 9월, 그는 외국에서 열리는 행사에 참석했다가 사석에서 한 작가로부터 질문을 받았다. "두려워하지 않고, 전혀 상관하지 않는다면서요?"

"그럴 리 있나요. 당연히 핵폭탄이 두렵고 전쟁이 두렵지요." 그는 순간 당황하면서 대답했다. 그 작가 역시 놀라워하는 표정을 지으며 말을 이었다. "그래요? 여러 보도들을 접하며 정말 한국 사람들은 개의치 않은 줄 알았어요."[20]

그 순간, 한강은 생각했다. 우리가 어떤 감각으로 분단의 긴장 위에서 살아가고 있는지 밖에서는 전혀 상상하지 못하는구나. 우리가 감정을 가진 인간들이라는 실감 자체가 없구나. 숙소에 돌아가서 이전에 자신에게 청탁 메일을 보냈던 편집자의 이메일을 찾아보았다. 3개월 전 원고 청탁을 받았지만, 민감한 이슈를 발 빠르게 다룰 수 없어 조심스럽게 사양했던 그였다. 그는 편집자에게 이메일을 보냈다. 쓰고 싶은 말이 생겼다고. 행사 사이사이에 숙소에서 원고를 썼다.[21]

"이 평온함이 과연 한국 사람들의 진정한 무관심의 증거일까? 모두가 정말 전쟁을 두려워하지 않으며 둔감하고 초연할까? 아니, 그렇지 않다. 수십 년 동안 누적된 긴장과 공포는 오히려 내면 깊숙이 파고들어, 무심한 대화 속에서도 언뜻언뜻 농담처럼 모습을 드러낸다. '정말 전쟁 나는 것 아니야?' '하지만 전쟁이 일어나면, 이런 노력은 다 소용없겠지?' 마치 우리가 종교적이지 않다 하더라도 불교적 사고방식이 내면화되어 '우리는 전생에 어떤 사이였을까?' '다시 태어나면 나는 새가 되고 싶어'라고 가볍게 농담하곤 하는 것처럼."[22]

2017년 10월 7일 자 미국 ≪뉴욕타임스≫에 한반도에서 전쟁 시나리오를 들먹이는 도널드 트럼프 미국 대통령을 비판하는 한편, 한국인들은 평화가 아닌 다른 어떤 시나리오도 생각할 수 없다는 그의 기고 「미국이 전쟁을 말할 때, 한국은 몸서리친다(While the U.S. Talks of War, South Korea Shudders)」가 실렸다. 원고는 한강이 한글로 썼고, 이를 번역가 데버라 스미스가 영어로 옮겼으며, 신문사에 의해서 최종적으로 삼분의 일 정도가 줄여서 공개되었다.²³

"이 날카로운 대치 상황에서 오직 대화와 평화의 해법만을 말하는 남한 정부를 향해 미국의 대통령은 이렇게 불평한 바 있다. '그들은 하나밖에 모르는 사람들이다.' 그건 정확한 지적이다. 한국 사람들은 진실로 하나만을 안다. 평화가 아닌 어떤 다른 해법도 무의미하다고 믿으며, '승리'라는 부조리하고 불가능한 구호를 믿지 않는다."²⁴

그는 기고에서 서로 '인간 이하의 사람들'로 상정하면서 벌인 한국전쟁의 참상을 적시한 뒤, "날카로운 대치 상황에서 오직 대화와 평화의 해법만을 말하는 남한 정부를 향해" 불평을 터뜨리며 전쟁 시나리오를 쉽게 거론하는 트럼프 미 대통령을 날카롭게 비판했다.

"결코 또 한 번의 대리전을 원하지 않는 사람들이 지금 여기, 한반도에서 살아가고 있다. 오직 촛불이라는 고요하고 평화로운 도구로 사회를 바꾸기를 원했고 마침내 그것을 실현한 사람들, 아니 그저 연약하고 깨끗한 생명을 지닌 아기의 몸으로 이 세상에 태어났다는 그 단순한 사실만으로 이미 존엄한 낱낱의 인간들 수천 명이, 날마다 카페와 찻집과 병원과 학교의 문을 열며, 샘처럼 순간 솟아나는 가능성으로서의 미래를 위한 한 걸음씩, 우리들 인류의 시간 속에서 함께 앞으로 나아가고 있다. 누가 그들을 향해, 평화가 아닌 다른 시나리오에 대해 말하는가?"[25]

그의 기고와 트럼프에 대한 비판은 이념적이거나 정치적인 색채에서 비롯된 것이 아닌, 기본적으로 보편적이고 인간적 관점의 비판이었다. 하지만 일부 보수 언론과 인사들은 한반도 위기 상황에서 평화를 호소하는 그의 기고문 속 일부 표현을 문제 삼아서 공격했다. 특히 그가 한국전쟁이 주변 강대국들에 의해 한반도에서 실행된 "일종의 이념적 대리전이었다"는 대목을 겨냥해 "북한과 김일성의 남침으로 수많은 생명이 희생된 한국전쟁"이라는 성격을 명확히 하지 않았다고 비판했다.

"한국인 최초로 부커상을 수상해 화제를 모았던 소설가 한강이 뉴욕타임스 선데이리뷰에 기고한 글이 한국과 미국에서 논란을 불러일으키고 있다. 한반도 위기 상황이 전쟁 없이 평화적으로 해결돼야 한다고 강조하면서도 한국전쟁을 강대국 간의 '대리전(proxy war)'으로 표현하고 한국전쟁 당시의 노근리 학살 사건을 언급하며 미국의 전쟁 책임을 묻는 듯한 논지를 보이고 있기 때문이다."[26]

이와 함께 이 글을 청와대가 SNS에 소개했다는 점을 거론하면서 청와대를 겨냥하기 위해서 그의 해외 언론 기고를 연결하기도 했다. 보수논객 조갑제는 "최근 한강이란 소설가는 ≪뉴욕타임스≫에 쓴 글에서 한국전을 '대리전'이라고 했는데, 이는 반만 맞는다. 김일성은 스탈린의 대리전을 수행했지만 이승만은 아니었다"[27]고 '대리전' 인식을 비판한 뒤, 한강이 당시 문재인 대통령과 함께 이승만과 해리 트루먼의 전쟁 인식과 정반대라고 싸잡아 비판했다.

한강은 이에 ≪문학동네≫ 겨울호 기고를 통해서 신문에 의해 잘리지 않은 기고문 원문을 공개한 뒤, "이 글은 기본적으로 ≪뉴욕타임스≫를 읽는 현지의 독자들을 향해, 평화를 믿는 사람들이 연대하여 전쟁의 가능성에 맞서기를 침착하게 제안하고자 한 것이었다"며 "그 과정에서, 나약하고 무력하게 구원을 기다리는 사람들이 아니라, 적극적으로 평화를 옹호하는 존엄한 사람들로서 한국인들을 묘사하려고 노력했다"[28]고 설명했다. 보수 진영이 공격한 기고문의 "일종의 이념적 대리전"이라는 표현에 대해서는 "북한의 독재 권력의 부당성은 모두가 당연하게 공유하는 상식적인 전제로 깔려 있으며, 한국전쟁의 성격에 대한 거시적이고 복합적인 인식은 북한이라는 구체적 전쟁 발발자에 대한 지극히 상식적인 비판적 인식과 모순되지 않는다"[29]고 물러서지 않았다.

"난처한 일이 그녀에게 생겼다. 벤치에 앉아 깜박 잠들었다가 깨어났는데, 그녀의 몸이 눈사람이 되어 있었다."[30]

2017년 겨울, 그는 어느 날 벤치에서 잠시 잠에 들었다가 깨어나고 보니 눈사람이 되어버린 여성의 이야기를 담은 단편소설 「작별」을 《문학과사회》 겨울호에 발표했다. 자고 일어났더니 갑충이 된 남자 이야기를 그린 카프카의 「변신」을 떠올리게 한다.

그는 「작별」로 이듬해 제12회 김유정문학상을 수상했다. 심사위원단은 "단순히 눈사람이 되어버린 어느 여성에 관한 황망한 이야기가 아니라, 인간과 인간 아닌 것의 경계를 한 꺼풀씩 벗겨나가며 인간과 사물(눈사람)의 경계, 삶과 죽음의 경계, 존재와 소멸의 경계를 소설의 서사적 육체를 통해서 슬프도록 아름답게 재현해 놓은 작품"[31]이라고 호평했다.

"4·3의 기억과 애도"…『작별하지 않는다』

"시간이 없었다. 이미 물에 잠긴 무덤들은 어쩔 수 없더라도, 위쪽에 묻힌 뼈들을 옮겨야 했다. 바다가 더 들어오기 전에, 바로 지금… 어쩔 줄 모르는 채 검은 나무들 사이를, 어느새 무릎까지 차오른 물을 가르며 달렸다."[32]

『소년이 온다』를 발표한 직후인 2014년 유월, 이상한 꿈을 꿨다. 작품을 쓸 동안에는 직접적인 폭력이 나오던 꿈을 꾸다가, 시간이 흐르면서 상징적인 꿈으로 바뀌어가더니, 결국 다다른 꿈이었다. 그는 언젠가 소설이 될지도 모르겠다고 생각하고 꿈을 기록

했다.

장편 『흰』을 쓴 뒤, 다음 작품은 이미 발표한 단편 「눈 한 송이가 녹는 동안」과 「작별」을 잇는 '눈 3부작'의 될 것 같다는 생각이 들었다. 「눈 한 송이가 녹는 동안」은 사십 대 여성이 유령이 된 옛 직장 선배와 함께 역시 고인이 된 여자 선배를 함께 회상하는 내용을, 「작별」은 어느 겨울날 벤치에서 선잠에 들었다가 눈사람이 되어버린 여성의 이별을 각각 그린 작품이었다. 두 작품 모두 눈이라는 이미지가 다양한 방식으로 역할을 했고, 새 작품 역시 눈이 중요한 역할을 할 것으로 보였기 때문이다.

여러 차례 글쓰기를 시도했지만 잘 되지 않았다. 시간은 무심하게 흘렀다. 그러다가 1990년대 후반 장편소설을 쓰기 위해서 제주 세화리 바닷가에서 잠시 월세 생활을 할 때 방을 내주었던 주인 할머니의 기억이 포개졌다.

"어느 날, 주인 할머니가 짐을 들고 가야될 곳이 있다며 도와달라고 해서 함께 걸었지요. 지름길로 가는 골목길을 걷는데, 할머니가 별안간 멈춰서더니, 이 담이 4·3 때 사람들이 총을 맞아서 죽었던 곳이야라고 설명하더라고요. 눈부신 청명한 오전이었는데, 무서울 정도로 생생한 실감으로 다가왔어요."[33]

제주 4·3이 그의 몸과 마음에 들어온 순간이었다. 2018년 겨울, 그는 들고 다니던 노트에 메모를 적었다. 소설의 방향이나 주제, 분위기, 감각, 감정 같은.

…악몽 같은 현실에서 구원을 원하는 인간의 이야기. 공포와 폭력. 기도의 이야기. / 바람. 해류. 전 세계에 이어지는 바다의 순환. 우리는 연결되어 있다. 연결되어 있다. 부디. / 눈이 내렸다. 작별하지 않는다. / 역사 속에서의 인간. 우주 속에서의 인간….[34]

『소년이 온다』를 쓸 때처럼, 다양한 구술 증언집을 읽어나갔다. 구술 증언을 통해서 몸으로 직접 그들의 기억과 고통을 감각하고 싶었다. 많은 증언집을 읽고 느낀 다음, 「4·3 조사보고서」를 읽어나갔다. 조사보고서는 전체적인 사건의 개요와 역사, 경과를 파악하는 데는 도움을 주었지만, 사람들의 고통이 삭제된 듯 보였다.[35]

전업 작가로서 글쓰기에만 전념하기 위해서 2017년 2학기 강의를 마친 뒤 서울예대 교수직을 그만두었다. 하지만 그는 한동안 소설을 쓰지 못했다. 문학 이전의 삶에서 '인생의 가장 밑바닥'을 먼저 헤엄쳐 통과해야 했다.

어느 날, 그는 집에서 자신이 쓴 책들을 전부 보이지 않도록 치워버렸다. 자신의 소설들이 눈에 보이는 게 싫었다. 마치 소설이 자신의 인생을 망치기라도 한 것처럼. 대신 다른 책들만 보이도록 했다. 그것은 자신의 인생 전체를 부정하는 것이기도 했다. 세상도 삶도 너무 힘들었다. 2018년, 그는 인생의 힘든 시기를 통과하고 있었다. 스스로 이때를 "인생의 가장 밑바닥"이라고 표현했다.[36] 그의 시야에서 보이지 않게 치워진 소설들은, 나중에『작별하지 않는다

』를 다 쓴 뒤에야 다시 책장으로 돌아올 수 있었다.

'인생의 가장 밑바닥'을 헤엄쳐 통과하던 그해, 그는 서울 양재천 주변에 독립 서점을 오픈해 운영하기 시작했다. 진열된 책에 손수 안내 메모를 써 붙이기도 했다. 부커상 수상 이전에도, 이후에도 "글쓰기를 못한다면 생계를 위해 작은 독립 서점을 열고 싶다"고 말한 그였다.

하지만 2020년 팬데믹이 닥치면서 한동안 책방의 문을 닫아야 했고, 이 년 뒤 서울 통의동 서촌으로 옮겨서 운영을 이어갔다. 베스트셀러가 아닌, 의미가 있다고 느낀 책들을 좋은 자리에 배치했다. 책방을 열기 전에 문학 서점 '고요서사' 등을 견학하기도 했다.

지금 무슨 소설을 쓰고 있느냐고 사람들이 물으면 대답하는 게 늘 곤욕이었다. 어떨 때에는 지극한 사랑에 대한 소설이라고 말했고, 어떨 때엔 죽음에서 삶으로 건너가는 소설이라고 설명했으며, 어떨 때에는 제주 4·3을 그린 소설이라고 답했다.

'인생의 가장 밑바닥'을 헤엄쳐 온 2018년의 세밑, 그는 다시 소설을 쓰기 시작했다. 물론 소설을 꾸준히 쓰려고 했지만, 잘 써지지 않았다. 며칠을 쉴 때도 있었고, 한 달을 쉴 때도 있었다. 천천히 써 나갔다.

"그 소설 언제 나오나요?" 후배 작가 황정은이 물었다. 더 이상 쓰지 못하겠다고 거의 자포자기 상태가 된 지 한 달쯤 지난 뒤였다.

"≪문학동네≫에 연재했던 전반부 다 읽었어요. 기다리고 있어요."

"그거 그냥 안 쓰기로 했어." 그는 낮은 목소리로 대답했다. 이미 편집자에게도 소설을 포기할 거라고 이야기한 그였다.

"얼마나 썼는데요?" 황정은이 물었다. "900매인데 다 버릴까 해." 그는 말했다. "그건 말도 안 되는 거예요. 900매를 다 버려요?" 황정은은 놀라는 표정을 지으며 목소리를 높여 말했다. "선배, 제정신이에요?" 계속 되묻는 후배 앞에서 그는 한발 물러섰다. "그럼 버리진 않고 1년쯤 놔두면 나중에 써지지 않을까."

"놔둔다고 되겠어요? 빨리 써서 마무리를 해야죠." 황정은은 계속 그를 몰아세웠다. "쓰기만 하면, 완성해서 책만 내주면 내가 정말 잘 읽을 테니 완성을 꼭 하세요."

어떻게 되든 다 쓰기만 하면 잘 읽어주겠다는 후배 작가 황정은의 말이 그의 마음에 깊이 박혔다고, 그는 나중에 인터뷰에서 밝혔다.[37]

다시 소설을 열심히 쓰기 시작했다. 한참 쓸 때는 일주일에 칠일을 쓰기도 했다. 소설은 『소년이 온다』의 에필로그와 연결되고 있었다. 여러 음악을 들으면서 작품을 쓰고 다듬었다. 필립 글래스의 음반, 아르보 패르트의 〈거울 속의 거울〉, 좋아하던 클래식 음반, 제주가 느껴지는 조동익의 신보 〈푸른 베개〉, 바람 소리가 들어오는 「Lullaby」와 장필순의 노래…. 글을 쓸 때, 단계에 따라 음악을 들어왔다. 소설의 제2부를 쓸 때에는 집이 떠나가게 음악을 틀

어놓기도 했다. 김광석이 기타를 치고 하모니카를 불면서 부른 「나의 노래」를.

…흔들리고 넘어져도 이 세상 속에는 마지막 한 방울의 물이 있는 한 나는 마시고 노래하리.

어느 순간 감정이 일어나면서 음악에 감전이 된다. 모든 피부마다, 모든 세포마다 육박해 오는 감정과 음악에 몸을 맡긴다. 몸이 저절로 음악에 맞춰 움직인다. 아마 사람들이 보면 춤을 춘다고 할 것이고, 빙그르르 도는 그를 보면 스파이럴 동작이라고도 부를 것이다. 하지만 이름이야 상관없었다. 어느 순간 눈물이 터진다. 엉엉 소리까지 내면서 운다. 그리고 다시 책상 앞으로, 앉아서 쓴다. 울면서 쓴다. 쓰고, 또 쓴다. "흐름을 끊기 싫어 부엌에 선 채로 요기를 했다. 화장실에 뛰어갔다가 돌아오기도 했다." 소설을 살면서 소설 속에서, 그는 다시 태어나고 있었다. 온몸으로, 온 힘으로.[38]

어느 날 해가 진 직후, 그는 마침내 소설을 완성했다. 창밖에는 이미 어둠이 어슬렁거리고 있었다. 기진맥진한 상태에서 원고가 담긴 USB를 집어 주머니에 넣었다. 혹시 집이 불이 나도 이것만 있으면 돼. 집 주위를 조금 걷다가 돌아왔다. 잠들기 직전 결국 다 써냈다는 마음이 피어올랐다. 소설을 살아오면서 자신 역시 다시 살아온 것이다. 지금 이 마음만으로 나는 보상을 다 받았구나.[39]

2021년 9월, 그는 장편소설 『작별하지 않는다』를 발표했다. 그는 기자간담회에서 "이 소설은 쓰는 데 너무 오랜 시간이 걸렸다"며 "하나의 물성을 가진 책으로 손에 쥐어져서 감사하고 뭉클하다"고 말했다.

이야기는 한 도시에서 벌어진 학살을 다룬 소설을 발표한 이후 한동안 악몽에 시달리는 경하의 시선에서 시작한다. 사 년이 흐른 뒤, 그는 손가락을 다친 친구 인선의 부탁으로 새를 돌보기 위해 제주도로 향한다. 쉼 없이 이어지는 폭설과 강풍, 여기에 발작적으로 찾아오는 고질적인 두통, 집까지 이어지는 어둠….

천신만고 끝에 인선의 집에 도착한 경하는 제주 4·3에 쓰러진 인선의 가족사를 마주하게 된다. 온 가족을 잃고 십 수 년을 감옥에서 보내야 했던 아버지의 눈물을, 부모와 동생을 한날한시에 잃고 오빠마저 생사를 알지 못하게 된 어머니 정심의 슬픔을, 오빠의 행적을 찾아 수십 년을 포기하지 않고 견뎌온 정심의 고요의 싸움을….

"이렇게 눈이 내리면 생각나. 내가 직접 본 것도 아닌데, 그 학교 운동장을 저녁까지 헤매 다녔다는 여자애가. 열일곱 살 먹은 언니가 어른인 줄 알고 소맷자락에, 눈을 뜨지도 감지 못하고 그 팔에 매달려 걸었다는 열세 살 아이가."[40]

야야기는 경하의 시점으로 시작했다가, 퍼포먼스를 계획하는 친구 인선으로 들어갔다가, 다시 4·3에서 오빠와 여동생을 잃은 정심의 마음으로 몰입한다. 간절하기에 때로 무서운 고통이 되는 정심의 지극한 사랑으로. 점점 강해지고 짙어지는 사랑의 밀도!

『작별하지 않는다』는 눈이 나오는 「눈 한 송이가 녹는 동안」과 「작별」의 '눈 3부작'처럼 눈과 함께 유령이 중요한 역할을 한다. 소설 후반부에서 경하에게 인선은 유령의 양상으로 관측되고, 정심 역시 유령적으로 등장한다. 이는 거대한 국가 폭력에 대한 저항으로 이어지기도 하고, 4·3 희생자들의 흔적을 찾고 기억하고 함께 '애도의 길'로 가는 길이기도 하다. [41]

올손 위원장은 『작별하지 않는다』에 대해 한강의 또 다른 하이라이트라고 평가한 뒤 작품을 구체적으로 분석한다. "고통의 이미지 측면에서 『흰』과 긴밀하게 연결되어 있다. … 이 책은 오랜 시간이 지난 후에도 친척들에게 닥친 재난과 관련된 트라우마를 안고 살아가는 화자와 그녀의 친구 인선이 겪은 공동 애도 과정을 그린다. 한강은 압축적이면서도 정확한 이미지로 과거의 힘이 현재에 미치는 영향을 전달할 뿐만 아니라, 집단적으로 망각된 것을 밝히고 그들의 트라우마를 책의 제목으로도 이어지는 공동 예술 프로젝트로 바꾸려는 노력을 생생하게 그려낸다. 이 책은 깊은 우정과 물려받은 고통에 대한 것으로, 악몽 같은 이미지와 진실을 말하려는 증언 문학의 진실성 사이를 독창적으로 오간다." [42]

그는 『작별하지 않는다』로 2023년 프랑스 메디치 외국문학상을 수상했고, 이듬해 다시 에밀 기메 아시아문학상을 수상했다.

『작별하지 않는다』를 다 쓴 뒤에야, 그는 치워놓았던 자신의 소설책들을 책장 한 칸에 다시 꽂아서 일렬로 놓을 수 있었다. 첫 소설집 『여수의 사랑』부터 최근 장편소설 『작별하지 않는다』까지. 소설을 살아냄으로써 삶 역시 살려낸 것이다. 책장 속에서 정렬한 자신의 책들을 보자 연둣빛 같은 상념이 일어난다. 지난 인생에서 이걸 해서 얼마나 다행이었나. 책에서, 책 사이에서 삶이 주마등처럼 비어져 나오기도 한다. 맞아, 이런 일이 있어서 이 책을 썼었지. 언젠가 그는 처음으로 자신에게 말해준다. 참 열심히 살았구나. 매일 아침에 일어나면 그는 자신의 책이 꽂힌 책장 앞에 설 것이다. 그래, 내가 이걸 했어![43]

노벨문학상 심사의 끝

전쟁은 상대에 대한 공감이나 연민의 감정이 없다. 팬데믹이 한창이던 2022년 2월, 러시아군이 유럽의 곡창지대로 불리는 우크라이나 영토를 전면 침공했다. 이미 팔 년 전부터 시작된 우크라이나와 러시아 및 우크라이나 내 친러 분리주의 세력 간 다툼이 러시아군의 전면 침공으로 마침내 러시아 우크라이나 간 전면전으로 심화했다.

러시아가 야수의 발톱을 드러내던 그해 10월 29일 밤, 서울 용산구 이태원동의 해밀턴호텔 앞 좁은 골목길 경사로에서 핼러윈 데이를 앞두고 인파가 밀리면서 무려 159명이 사망했다. 이른바 '이태원 참사'였다. 경찰을 비롯한 관계 당국과 지방자치단체, 윤석열 정부는 사고 직전 예방적 관리도, 사고 대응도, 사후 조치와 책임에서도 무능력과 무책임, 무도의 극치를 보여주었다.

이듬해 10월에는 이슬람 과격단체 하마스가 이스라엘에 대해 로켓까지 이용한 공격을 감행하자 이스라엘이 곧바로 하마스에 전쟁을 선포하고 대규모 군사 작전에 나서면서 이스라엘-하마스 전쟁이 발발했다. 이스라엘군은 압도적인 무력으로 많은 팔레스타인과 레바논 시민들의 목숨을 앗아갔다. 그것은 전쟁의 가면을 쓴 또 하나의 학살극이었다.

"나에게 시와 단편소설, 장편소설은 내적으로 연결되어 있습니다. 첫 시집을 낼 당시, 가지고 있던 100여 편의 시 중 60편을 추려 5부로 배열했는데, 각 장편소설을 쓰던 시기에 쓴 시들이 비슷한 느낌으로 묶이는 것을 확인할 수 있었지요. 물론 이 시들은 소설과 독립적인 것들이지만, 하나의 장편을 쓰면서 내가 품었던 질문들과 감정의 움직임, 몰두했던 이미지들이 시들과 영향을 주고받은 것입니다."[44]

한강은 2023년 11월 15일 광주 김대중컨벤션센터에서 열린 제9회 세계한글작가대회의 특별강연을 통해서 시와 단편소설, 장편소설을 함께 쓴다는 것에 대해 이야기를 들려주었다. 그는 시와 단편소설, 장편소설이 각자 독립적으로 존재하지만 매 순간 비어져 나오는 공기와 감각, 감정들에 의해서 서로 자극하고 영향을 주고받으며 내적으로 연결되어 있다고 강조했다.

그는 특별강연과 공개된 강연 원고에서 단편소설「내 여자의 열매」를 다 쓴 직후 긴 변주를 쓰고 싶다는 생각이 든 뒤, 10년 만에 장편소설『채식주의자』로 이어지고, 이어서『채식주의자』의 세 번째 중편「나무 불꽃」을 쓰는 과정에서 연작시「피 흐르는 눈」을 비롯해 여러 편의 시가 나오게 된 과정을 차분히 들려주기도 했다.

"20년 넘게 흐른 지금, 여전히 나는 일상과 글쓰기 사이에서 아슬아슬한 균형을 잡으며 조금씩 나아가고 있다. 곧 출간할 장편소설을 손보거나, 그 사이 떠오른 단편소설을 쓰거나, 다음 장편소설을 위해 메모를 하곤 한다. 가끔 시가 써질 때에는 작업을 잠시 멈추고 시를 쓴다."[45]

인간의 존엄을 마치 쓰레기 버리듯 내팽개치는 전쟁과 학살의 포성 속에서도, 지난해 9월 스웨덴의 노벨상위원회는 새해 수상자를 선정하기 위한 조용하지만 의미 있는 움직임에 돌입하고 있었다.

"2024년 노벨문학상의 후보자를 추천해 주십시오." 노벨문학상 수상자 선정을 위한 노벨문학상 분과위원회(the Nobel Committee for Literature)는 전 세계 수백 개의 개인과 단체에 노벨문학상 후보자를 추천해 달라고 요청과 함께 추천서를 발송하는 것으로 수상자 선정 작업의 스타트를 끊었다. 후보자 추천권자는 스웨덴 한림원 회원, 대학 문학·언어학 교수, 역대 노벨문학상 수상자, 각 국가의 문단을 대표하는 작가협회 대표 등이었다.

노벨문학상 분과위는 이들의 추천 절차를 통해 2024년 1월 말까지 200명 이상의 후보자를 추천받았다. 노벨문학상 심사위원인 엘렌 마트손은 CNN 인터뷰에서 "우리는 220개 이름으로 구성된 매우 긴 목록으로 시작했다"고 말했다. [46]

추천자 명단을 정리한 분과위는 4월 추천된 후보자 220명 가운데 추가 심사를 거쳐서 후보군을 15~20명 선으로 압축했고, 다시 추가적인 검토 및 검증을 진행해 5월에 다시 5명으로 압축해서, 한림원 심사위원들에게 최종 후보자 명단을 제출했다.

스웨덴 한림원 심사위원들은 6월에서 8월까지 최종 후보 5명의 주요 작품들을 읽고 여러 측면을 검토해 각 후보별 개별 보고서를 작성한 뒤, 9월 한자리에 모여서 각 후보의 작품 세계와 문학적 기여 등을 놓고 진지한 토론을 벌였다. 의견은 다양했지만 방향성이나 지향은 윤곽이 드러나고 있었다. 심사위원들은 이때 논의된 견해 등을 바탕으로 10월 초 투표를 통해서 노벨문학상 수상자를 최종 선정했다. [47]

이 같은 심사 과정은 철통같은 보안 속에 비공개로 이루어졌다. 후보자 심사와 검토 의견 등 관련 정보는 앞으로도 50년간 봉인될 예정. 그럼에도 노벨상 발표 시즌이 다가오자, 노벨문학상 수상자를 둘러싼 다양한 관측이 쏟아졌다. 대체로 중국의 전위적 작가 찬쉐나 호주의 저명한 소설가 제럴드 머네인, 카리브해 영연방 국가 출신 자메이카 킨케이드, 캐나다 시인 앤 카슨 등이 온라인 베팅사이트를 중심으로 수상 가능성이 높게 점쳐지고 있었다.

아마도, 습관처럼 시간을 다시 한 번 확인한 뒤 휴대폰의 통화 앱을 눌렀을 것이다. 연락처 리스트가 차례로 떴을 것이고, 스크롤 끝에 한 사람의 이름 앞에서 멈췄을 것이다. 화면에는 수상자의 이름과 함께, 수상자와 바로 연결되는 휴대전화 번호가 적혀 있다. 수신자의 이름은 Han Kang.

여하한 상황에서도 바로 통화할 수 있도록 요로를 통해서 그의 휴대폰 번호를 몇 번이나 확인했던 위원회가 아닌가. 수상자 선정을 위한 분투했던 지난 시간 역시 주마등처럼 관자놀이를 스쳐 지나가기도 했다. 그의 옆에는 수상을 통보한 직후 곧바로 전화 인터뷰를 진행할 노벨상위원회의 웹사이트 콘텐츠 매니저 제니 리디안이 앉아 있다. 마침내 마츠 말름 스웨덴 한림원 상임 사무국장이 송신 버튼을 천천히 누르기 시작한다.

한강의 미래,
구십 년의 기도

…작고한 노벨문학상 수상 작가 한강 씨의 소설이 그의 사후 수십 년 만인 올해 2114년 정식 출간돼 화제가 되고 있습니다. 구십여 년 전 숲에 묻어두었던 한강 작가의 책이 마침내 출간돼 무려 구십여 년을 기다려 온 독자를 만나게 된 것입니다….

90년 뒤. 그러니까 현재의 시각에서는 언제 올지 제대로 가늠조차 되지 않는 2114년, 우리는 이 같은 뉴스와 함께 한강의 신간 소설을 찾아서 읽게 될 가능성이 높다. 그리고 오랫동안 불리지 않던 그의 노래를 다시 부르거나, 그의 여윈 손을 다시 잡으러 나설지도 모른다. …누가 내 손을 잡아주오, 이제 일어나 걸을 시간, 이제 내 손을 잡고 가요….

지구인들이 이때 자신의 새 소설을 읽도록 하기 위해서 그는 이미 오래전 지구온난화에서 멀리 떨어진 노르웨이 오슬로 외곽 숲에 소설 한 편을 흰 강보로 묶어서 묻어뒀었다. 백 년 동안의 기도의 심정으로, 그는 2019년 5월 '퓨처 라이브러리' 행사에 참여했다. 퓨처 라이브러리는 백 년간 매년 한 명씩 작가 백 명의 작품을 백 년간 심어둔 나무 일천 그루를 사용해 2114년에 출간하는 공공예술 프로젝트. 당시 행사에서, 그는 사람들에게 이야기했다.

"모든 불확실성에도 우리가 빛을 향해 한 발을 내디뎌야만 하는 순간을 기도라고 부를 수 있다면, 아마 이 프로젝트는 백 년 동안의 긴 기도에 가까운 어떤 것이라고 이 순간 나는 느끼고 있습니다."[1]

유장하게 흘러갈 구십 년의 그 긴 밤과 낮에, 그는 과연 무엇을 기도하고 어떻게 살아가고 있을까.

5년 뒤. 마음속에서 오래 굴리고 있었던 세 권의 책 가운데 이미 두 권을 펴낸 그는 마지막 세 번째 작품을 쓰기 위해서 온몸, 온 힘으로 소설을 살고 있을 것이다. 노벨문학상 수상 발표 직후 "일단 앞으로 육 년 동안은 지금 마음속에서 굴리고 있는 책 세 권을 쓰는 일에 몰두하고 싶다"고 말한 그였다. 글이 잘 써질 때에는 춤도 출 것이고, 잘 써지지 않을 때에는 무거운 육신을 끌고 거리를 천천히 오래 걸을 것이다. 가끔은 노래도 들을 것이고. 당신은 지금 여기, 이제는 살아야 할 시간, 살아야 할 시간, 이제 일어나 걸을 시간….

유장하게 흘러갈 구십 년의 그 긴 밤과 낮에, 그는 과연 무엇을 기도하고 어떻게 살아가고 있을까.

10년 뒤. 여전히 삶의 연둣빛 자락에서라면, 또다시 어떤 문학적 변신을 시도하지 않을까. 그는 늘 혁신과 갱신을 시도한 '현대 산문의 혁신가'이니까. 그의 각종 인터뷰나 대담, 간담회에서 행한 발언을 통해서 유추해 볼 수도 있다.

혹시 새롭게 희곡을 창작하고 있을지도 모르겠다. 어릴 때부터 연극에 끌리기도 했거니와, 단편 「눈 한 송이가 녹는 동안」에는 희곡을 쓰는 화자가 등장하기도 한다. "희곡을 언젠가 쓰고 싶어요. 어릴 때부터 연극에도 끌렸는데, 혼자 작업하는 게 더 편한 제 성향 때문에 시와 소설을 쓰게 되었지요."[2]

아니면, 톤과 정서를 중시하는 시집 번역을 하고 있을지도 모른다. 그것도 앤 카슨이나 조지 시르테스의 시집을. 글쓰기의 일환으로 번역을 시도해 볼 생각이 없느냐는 질문에, 그는 언젠가 다음과 같이 대답했으니까.

"번역이 무척 매력적인 작업이란 생각은 가끔 해요. 어떤 시들을 시험 삼아 번역해 본 적도 있고요. 그런데 지금은 마음의 여유가 없어서, 시간이 많이 흐른 뒤에 제대로 시도해 보고 싶어요. 한국에 소개되지 않은 작품이면 더 의미 있고 좋을 것 같아요. 몇 년 전에 읽은 앤 카슨이나, 최근에 우연히 읽은 조지 시르테스 같은 사람들의 시집이면 좋겠습니다."[3]

유장하게 흘러갈 구십 년의 그 긴 밤과 낮에, 그는 과연 무엇을 기도하고 어떻게 살아가고 있을까.

20년 뒤. 혹시 어느 순간 좌절의 감정을 맞을지도 모르겠다. 그러면 언젠가 글을 안 쓰고 오랜 시간을 보냈던 어느 늦여름의 자신의 모습을 떠올릴지도 모른다. 누군가에게 선물할 일이 있어서 서울 광화문 교보문고 소설 코너를 찾았다가 수천 권의 소설들이 꽂힌 벽면 앞에 섰을 때 눈이 뜨거워졌던 순간을.[4] 불난 곳에서 공기가 있는 곳으로 배를 밀고 나오고, 혼령이라도 돼서 살아야 한다고 절박하게 말하려고 하고, 가장 연한 부분을 응시함으로서 기적을 내려고 분투했던 자신의 연둣빛 작가 시절을. 단순한 언어, 부호 같은 언어라는 구멍을 통해서 노래했던 자신을. 들립니까, 나는 지금 온 힘을 다해서 말하고 있습니다.

유장하게 흘러갈 구십 년의 그 긴 밤과 낮에, 그는 과연 무엇을 기도하고 어떻게 살아가고 있을까.

50년 뒤. 인생의 마무리를 서서히 염두에 두고 있을 가능성도 있지만, 그럼에도 몇 십 년 뒤의 그의 모습은 잘 예측이 되지 않는다. 그럼에도 굳이 추측해야 한다면…. 한 가지는 분명하지 않을까. 그것은 그가 마지막 순간까지 '한강다움'을 잃지 않기 위해서 노력하고 기도할 것이라는 점.

예를 들면, 숨을 모으고 힘을 가다듬어서 자판을 두드리려고 할 것이고, 그것도 여의치 않으면 펜이라도 들려고 할 것이다, 아마도. 힘이 없으면 잠시 쉬었다가 다시 시도하면 된다. 그것조차 여의치 않다면….

아마도, 마음속으로 생각하고 쓰고 아니면 노래라도 부르지 않을까. 안녕이라 말해본 사람, 모든 걸 버려본 사람, 위로받지 못하는 사람, 당신은 그런 사람, 그러나 살아야 할 시간, 살아야 할 시간…. 왜냐하면 그에게 가장 "중요한 것은, 어떤 본질이 막 파괴되려는 바로 그 순간의 자세"5이니까.

미래는 그가 계획한 방향으로 혹은 우리가 예상한 대로 갈 수도 있겠지만, 많은 경우 계획이나 예상과는 다르거나 아니면 정반대로 진행될 수도 있다. 그럼에도 분명할, 아니 분명해야 할 간절한 소망 같은 것이 우리에겐 있다.

그가 그 수많은 밤과 낮에 늘 책을 읽고, 가능하다면 단 하나의 문장이라도 매일 쓰기 위해 책상 앞에서 서성거리기를. 그 수많은 밤과 낮에 컴퓨터에 연결된 자판을 두드리기를. 그 수많은 밤과 낮에 창밖에는 스산한 바람이 불지라도, 그의 머리에는 연둣빛 생명의 기운이 가득하기를. 그 수많은 밤과 낮에 그의 심장과 마음에는 전류처럼 강렬한 생명의 감각이 타오르기를.

그리하여 그 수많은 밤과 낮에 한강의 문학이 계속되고 문학의 한강이 계속 흐르기를…. 그렇게 그 수많은 밤과 낮에 흐르고 또 흐르기를…. 때론 세계문학의 바다를 향한 한국문학의 뜨거운 격류로….

2024년 노벨문학상

한강

2024년 노벨문학상은 " *역사적 트라우마에 맞서고 인간 삶의 연약함을 폭로하는 강렬한 시적 산문*"으로 한국 작가 한강에게 수여됩니다.

The Nobel Prize in Literature 2024

Han Kang

The Nobel Prize in Literature for 2024 is awarded to
the South Korean author Han Kang,

*"for her intense poetic prose that confronts historical traumas
and exposes the fragility of human life".*

노벨상위원회의 <작가 생애 및 작품 세계(Biobliography)>

노벨상위원회로부터 허가를 받아서 게재합니다. © The Nobel Foundation 2024

한강은 1970년 대한민국의 도시 광주에서 태어나 아홉 살 때 가족과 함께 서울로 이사했다. 그녀는 문학적 배경을 가지고 있는데, 아버지는 유명한 소설가였다. 그녀는 글쓰기에 대한 관심 외에도 예술과 음악에도 심취했으며, 이는 그녀의 문학 작품 전반에 스며 있다.

한강은 1993년 잡지 ≪문학과사회≫에 여러 편의 시를 발표하며 작가 경력을 시작했다. 그녀의 산문 데뷔는 1995년 단편 소설집 『여수의 사랑』("Love of Yeosu")으로 이어졌고, 그 후 소설과 단편소설을 포함한 여러 작품을 발표했다. 이 가운데 주목할 만한 작품은 소설 『그대의 차가운 손』(2002; "Your Cold Hands")으로, 한강의 예술에 대한 관심을 엿볼 수 있다. 이 작품은 실종된 조각가가 여성 신체의 석고 주형을 만드는 데 집착하며 남긴 원고를 재현한다. 인체에 대한 집착과 가면과 경험 사이의 상호작용, 조각가의 작품 속에서 몸이 드러내는 것과 감추는 것 사이의 갈등이 발생한다. '삶의 껍데기 위에서, 심연의 껍데기 위해서 우리들은 곡예하듯 탈을 쓰고 살아간다'는 책 후반부의 문장이 이를 잘 표현하고 있다.

한강 작가가 국제적으로 주목을 받게 된 작품은 소설 『채식주의자』

(2007; The Vegetarian, 2015)였다. 총 3부로 쓰인 이 책은 주인공 영혜가 음식 섭취에 관한 규범을 거부할 때 발생하는 폭력적인 결과를 묘사한다. 고기를 먹지 않기로 한 그녀의 결정은 전혀 다른 다양한 반응을 불러일으킨다. 그녀의 행동은 남편과 권위적인 아버지 모두에게 거부당하고, 신체에 집착하는 비디오 아티스트인 형부에게 성적, 미학적으로 착취당한다. 결국 그녀는 정신병원에 입원하게 되고, 언니는 그녀를 그곳에서 구출해 '정상적인' 삶으로 되돌리려 시도한다. 하지만 영혜는 '나무 불꽃'의 상징으로 표현되는, 매혹적이면서도 위험한 식물계의 정신병적 상태에 점점 더 깊이 빠져든다.

좀 더 서사에 기반한 소설은 2010년에 출간된 『바람이 분다, 가라』("The Wind Blows, Go")로, 우정과 예술성에 관한 크고 복잡한 이야기로, 슬픔과 변화에 대한 갈망이 강하게 나타난다.

한강의 극단적인 삶의 이야기에 대한 신체적 공감은 점점 더 강렬해지는 은유적 스타일로 강화된다. 2011년작 『희랍어 시간』(Greek Lessons, 2023)은 취약한 두 개인 사이의 특별한 관계를 매력적으로 묘사한 작품이다. 일련의 충격적인 경험을 겪은 뒤 말을 할 수 없게 된 젊은 여성이 시력을 잃고 있는 고대 희랍어 선생과 소통한다. 각자가 가지고 있는 결점으로부터 애틋한 사랑이 싹튼다. 이 책은 상실과 친밀감, 그리고 언어의 궁극적 조건에 대한 아름다운 명상이다.

소설 『소년이 온다』(2014; Human Acts, 2016)에서 한강은 자신이 자란 광주에서 1980년 한국군에 의해 수백 명의 학생들과 비무장 시민들이 학살당한 역사적 사건을 정치적 배경으로 삼는다. 역사적 희생자를 위해 목소리를 주고자 하는 이 책은 이 사건을 잔혹하게 현실화하며, 이를 통해 증언 문학의 장르에 접근한다. 한강의 스타일은 간결하면서도 환상적이지만, 그럼에도 이 장르에 대한 우리의 기대에서 벗어나서, 죽은 자의 영혼이 그들의 육체와 분리되어 자신들의 소멸을 목격할 수 있도록 하는 독특한 방법을 사용한다. 특정 순간에 매장할 수 없는 신원 불명의 시신을 보면, 소포클레스의 「안티고네」 기본 모티브를 떠올리게 된다.

『흰』(2016; The White Book, 2017)에서는 한강의 시적 스타일이 다시 한 번 두드러진다. 이 책은 화자의 언니가 될 수 있었지만 태어난 지 몇 시간 만에 세상을 떠난 이에게 바치는 만가이다. 하얀 물건에 관한 짧은 기록들의 연속으로, 이 슬픔의 색깔을 통해 작품 전체가 연상적으로 구성된다. 이로 인해 소설이라기보다는 일종의 '세속적인 기도서'에 가깝다고 할 수 있다. 화자는 상상 속의 언니가 살 수 있었다면, 그녀 자신이 존재할 수 없었을 것이라고 말한다. 이 책은 죽은 자를 언급하면서 마지막 말을 한다. '그 흰, 모든 흰 것들 속에서 당신이 마지막으로 내쉰 숨을 들이마실 것이다.'

또 다른 주목할 만한 작품은 2021년에 발표된 후기작 『작별하지 않는다』("We Do Not Part")로, 고통의 이미지 측면에서『흰』과 긴밀하게 연결되어 있다. 이야기는 1940년대 후반 제주도에서 일어난 학살 사건을 배경으로 전개되는데, 어린이와 노인들이 포함된 수만 명의 사람들이 (공산당)협력자로 의심을 받아 총살당했다. 이 책은 오랜 시간이 지난 후에도 친척들에게 닥친 재난과 관련된 트라우마를 안고 살아가는 화자와 그녀의 친구 인선이 겪은 공동 애도 과정을 그린다. 한강은 압축적이면서도 정확한 이미지로 과거의 힘이 현재에 미치는 영향을 전달할 뿐만 아니라, 집단적으로 망각된 것을 밝히고 그들의 트라우마를 책의 제목으로도 이어지는 공동 예술 프로젝트로 바꾸려는 노력을 생생하게 그려낸다. 이 책은 깊은 우정과 물려받은 고통에 대한 것으로, 악몽 같은 이미지와 진실을 말하려는 증언 문학의 진실성 사이를 독창적으로 오간다.

한강의 작품은 정신적, 육체적 고통 사이의 상응관계인 이중 노출된 고통으로 특징지어지는데, 이는 동양적 사유와 밀접하게 연결되어 있다. 2013년에 발표한 「회복하는 인간」(Convalescence)에서는 치유되지 않는 다리 궤양(leg ulcer)과 주인공과 죽은 언니 사이의 고통스러운 관계를 다룬다. 진정한 회복은 결코 일어나지 않으며, 고통은 일시적인 고통으로도 축소될 수 없는 근본적인 실존적 경험으로 나타난다.『채식주의자』처럼 소설에서는 간단한 설명이 제공되지 않는다. 여기에서 일탈 행위는 갑자기 폭발적이고 완강한 거부의 형태로 나타나는데, 주인공은 침묵을 지킨다. 단편 소설 「에우로파」
(2012; Europa, 2019)에서도 마찬가지인데, 여기서 여성으로 가장한
남성 화자는 불가능한 결혼 생활에서 벗어난 수수께끼 같은 여인에게
이끌린다. 화자는 연인이 '만약 네가 원하는 대로 태어났다면 뭘 했을
것 같아?'라고 물었을 때 침묵을 지킨다. 여기에는 성취나 속죄의 여
지가 없다.

한강은 자신의 작품 세계에서 역사적 트라우마와 보이지 않는 규
범들에 맞서고, 작품마다 인간 삶의 연약함을 드러낸다. 그녀는 신체
와 영혼, 산 자와 죽은 자 사이의 연결에 대한 독특한 인식을 가지고 있
으며, 시적이고 실험적인 스타일로 현대 산문의 혁신가가 되었다.

노벨문학상위원회 위원장
안데르스 올손

한강의 노벨문학상 수상 기념 강연 <빛과 실(Light and Thread)>

노벨상위원회로부터 허가를 받아서 게재합니다. © The Nobel Foundation 2024

일시 2024년 12월 7일
장소 스웨덴 한림원

지난해 1월, 이사를 위해 창고를 정리하다 낡은 구두 상자 하나가 나왔다. 열어보니 유년 시절에 쓴 일기장 여남은 권이 담겨 있었다. 표지에 '시집'이라는 단어가 연필로 적힌 얇은 중철 제본을 발견한 것은 그 포개어진 일기장들 사이에서였다. A5 크기의 갱지 다섯 장을 절반으로 접고 스테이플러로 중철한 조그만 책자. 제목 아래에는 삐뚤빼뚤한 선 두 개가 나란히 그려져 있었다. 왼쪽에서부터 올라가는 여섯 단의 계단 모양 선 하나와, 오른쪽으로 내려가는 일곱 단의 계단 같은 선 하나. 그건 일종의 표지화였을까? 아니면 그저 낙서였을 뿐일까? 책자의 뒤쪽 표지에는 1979라는 연도와 내 이름이, 내지에는 모두 여덟 편의 시들이 표지 제목과 같은 연필 필적으로 또박또박 적혀 있었다. 페이지의 하단마다에는 각기 다른 날짜들이 시간 순으로 기입되어 있었다. 여덟 살 아이답게 천진하고 서툰 문장들 사이에서, 4월의 날짜가 적힌 시 한 편이 눈에 들어왔다. 다음의 두 행짜리 연들로 시작되는 시였다.

사랑이란 어디 있을까?
팔딱팔딱 뛰는 나의 가슴 속에 있지.

사랑이란 무얼까?
우리의 가슴과 가슴 사이를 연결해주는 금실이지.

사십여 년의 시간을 단박에 건너, 그 책자를 만들던 오후의 기억이 떠오른 건 그 순간이었다. 볼펜 깍지를 끼운 몽당연필과 지우개 가루, 아버지의 방에서 몰래 가져온 커다란 철제 스테이플러. 곧 서울로 이사하게 된다는 것을 알게 된 뒤, 그동안 자투리 종이들과 공책들과 문제집의 여백, 일기장 여기저기에 끄적여 놓았던 시들을 추려 모아두고 싶었던 마음도 이어 생각났다. 그 '시집'을 다 만들고 나자 어째서인지 누구에게도 보여주고 싶지 않아졌던 마음도.

일기장들과 그 책자를 원래대로 구두 상자 안에 포개어 넣고 뚜껑을 덮기 전, 이 시가 적힌 면을 휴대폰으로 찍어두었다. 그 여덟 살 아이가 사용한 단어 몇 개가 지금의 나와 연결되어 있다고 느꼈기 때문이다. 뛰는 가슴 속 내 심장. 우리의 가슴과 가슴 사이. 그걸 잇는 금(金)실 – 빛을 내는 실.

그 후 14년이 흘러 처음으로 시를, 그 이듬해에 단편소설을 발표하며 나는 '쓰는 사람'이 되었다. 다시 5년이 더 흐른 뒤에는 약 3년에 걸쳐 완성한 첫 장편소설을 발표했다. 시를 쓰는 일도, 단편소설을 쓰는 일도 좋아했지만 – 지금도 좋아한다 – 장편소설을 쓰는 일에는 특별한 매혹이 있었다. 완성까지 아무리 짧아도 1년, 길게는 7년까지 걸리는 장편소설은 내 개인적 삶의 상당한 기간들과 맞바꿈된다. 바로 그 점이 나는 좋았다. 그렇게 맞바꿔도 좋다고 결심할 만큼 중요하고 절실한 질문들 속으로 들어가 머물 수 있다는 것이.

하나의 장편소설을 쓸 때마다 나는 질문들을 견디며 그 안에 산다. 그 질문들의 끝에 다다를 때-대답을 찾아낼 때가 아니라- 그 소설을 완성하게 된다. 그 소설을 시작하던 시점과 같은 사람일 수 없는, 그 소설을 쓰는 과정에서 변형된 나는 그 상태에서 다시 출발한다. 다음의 질문들이 사슬처럼, 또는 도미노처럼 포개어지고 이어지며 새로운 소설을 시작하게 된다.

세 번째 장편소설인 『채식주의자』를 쓰던 2003년부터 2005년까지 나는 그렇게 몇 개의 고통스러운 질문들 안에서 머물고 있었다. 한 인간이 완전하게 결백한 존재가 되는 것은 가능한가? 우리는 얼마나 깊게 폭력을 거부할 수 있는가? 그걸 위해 더 이상 인간이라는 종에 속하기를 거부하는 이에게 어떤 일이 일어나는가?

폭력을 거부하기 위해 육식을 거부하고, 종내에는 스스로 식물이
되었다고 믿으며 물 외의 어떤 것도 먹으려 하지 않는 여주인공 영혜
는 자신을 구원하기 위해 매 순간 죽음에 가까워지는 아이러니 안에
있다. 사실상 두 주인공이라고 할 수 있는 영혜와 인혜 자매는 소리 없
이 비명을 지르며, 악몽과 부서짐의 순간들을 통과해 마침내 함께 있
다. 이 소설의 세계 속에서 영혜가 끝까지 살아 있기를 바랐으므로 마
지막 장면은 앰뷸런스 안이다. 타오르는 초록의 불꽃 같은 나무들 사
이로 구급차는 달리고, 깨어 있는 언니는 뚫어지게 창밖을 쏘아본다.
대답을 기다리듯, 무엇인가에 항의하듯. 이 소설 전체가 그렇게 질문
의 상태에 놓여 있다. 응시하고 저항하며. 대답을 기다리며.

그 다음의 소설 『바람이 분다, 가라』는 이 질문들에서 더 나아간다.
폭력을 거부하기 위해 삶과 세계를 거부할 수는 없다. 우리는 결국 식
물이 될 수 없다. 그렇다면 어떻게 나아갈 것인가? 정체와 이탤릭체의
문장들이 충돌하며 흔들리는 미스터리 형식의 이 소설에서, 오랫동
안 죽음의 그림자와 싸워왔던 여주인공은 친구의 돌연한 죽음이 자살
이 아니라는 것을 증명하기 위해 목숨을 걸고 분투한다. 마지막 장면
에서 죽음과 폭력으로부터 온힘을 다해 배로 기어나오는 그녀의 모습
을 쓰며 나는 질문하고 있었다. 마침내 우리는 살아남아야 하지 않는

가? 생명으로 진실을 증거해야 하는 것 아닌가?

다섯 번째 장편소설인 『희랍어 시간』은 그 질문에서 다시 더 나아 간다. 우리가 정말로 이 세계에서 살아나가야 한다면, 어떤 지점에서 그것이 가능한가? 말을 잃은 여자와 서서히 시력을 잃어가는 남자는 각자의 침묵과 어둠 속에서 고독하게 나아가다가 서로를 발견한다. 이 소설을 쓰는 동안 나는 촉각적 순간들에 집중하고 싶었다. 침묵과 어둠 속에서, 손톱을 바짝 깎은 여자의 손이 남자의 손바닥에 몇 개의 단어를 쓰는 장면을 향해 이 소설은 느린 속력으로 전진한다. 영원처 럼 부풀어 오르는 순간의 빛 속에서 두 사람은 서로에게 자신의 연한 부분을 보여준다. 이 소설을 쓰며 나는 묻고 싶었다. 인간의 가장 연한 부분을 들여다보는 것 – 그 부인할 수 없는 온기를 어루만지는 것 – 그 것으로 우리는 마침내 살아갈 수 있는 것 아닐까, 이 덧없고 폭력적인 세계 가운데에서?

그 질문의 끝에서 나는 다음의 소설을 상상했다. 『희랍어 시간』을 출간한 후 찾아온 2012년의 봄이었다. 빛과 따스함의 방향으로 한 걸 음 더 나아가는 소설을 쓰겠다고 나는 생각했다. 마침내 삶을, 세계를 끌어안는 그 소설을 눈부시게 투명한 감각들로 충전하겠다고. 제목 을 짓고 앞의 20페이지 정도까지 쓰다 멈춘 것은, 그 소설을 쓸 수 없 게 하는 무엇인가가 내 안에 있다는 것을 깨닫게 되었기 때문이었다.

그 시점까지 나는 광주에 대해 쓰겠다는 생각을 단 한 번도 해보지 않았다.

1980년 1월 가족과 함께 광주를 떠난 뒤 4개월이 채 지나지 않아 그곳에서 학살이 벌어졌을 때 나는 아홉 살이었다. 이후 몇 해가 흘러 서가에 거꾸로 꽂힌 '광주 사진첩'을 우연히 발견해 어른들 몰래 읽었을 때는 열두 살이었다. 쿠데타를 일으킨 신군부에 저항하다 곤봉과 총검, 총격에 살해된 시민들과 학생들의 사진들이 실려 있는, 당시 정권의 철저한 언론 통제로 인해 왜곡된 진실을 증거하기 위해 유족들과 생존자들이 비밀리에 제작해 유통한 책이었다. 어렸던 나는 그 사진들의 정치적 의미를 정확히 이해할 수 없었으므로, 그 훼손된 얼굴들은 오직 인간에 대한 근원적인 의문으로 내 안에 새겨졌다. 인간은 인간에게 이런 행동을 하는가, 나는 생각했다. 동시에 다른 의문도 있었다. 같은 책에 실려 있는, 총상자들에게 피를 나눠주기 위해 대학병원 앞에서 끝없이 줄을 서 있는 사람들의 사진이었다. 인간은 인간에게 이런 행동을 하는가. 양립할 수 없어 보이는 두 질문이 충돌해 풀 수 없는 수수께끼가 되었다.

그러니까 2012년 봄, '삶을 껴안는 눈부시게 밝은 소설'을 쓰려고 애쓰던 어느 날, 한번도 풀린 적 없는 그 의문들을 내 안에서 다시 만나게 된 것이었다. 오래 전에 이미 나는 인간에 대한 근원적 신뢰를 잃었다. 그런데 어떻게 세계를 껴안을 수 있겠는가? 그 불가능한 수수께끼를 대면하지 않으면 앞으로 갈 수 없다는 것을, 오직 글쓰기로만 그 의문들을 꿰뚫고 나아갈 수 있다는 것을 깨닫게 된 순간이었다.

그 후 1년 가까이 새로 쓸 소설에 대한 스케치를 하며, 1980년 5월 광주가 하나의 겹으로 들어가는 소설을 상상했다. 그러다 망월동 묘지에 찾아간 것은 같은 해 12월, 눈이 몹시 내리고 난 다음날 오후였다. 어두워질 무렵 심장에 손을 얹고 얼어붙은 묘지를 걸어 나오면서 생각했다. 광주가 하나의 겹이 되는 소설이 아니라, 정면으로 광주를 다루는 소설을 쓰겠다고. 900여 명의 증언을 모은 책을 구해, 약 한 달에 걸쳐 매일 아홉 시간씩 읽어 완독했다. 이후 광주뿐 아니라 국가 폭력의 다른 사례들을 다룬 자료들을, 장소와 시간대를 넓혀 인간들이 전 세계에 걸쳐, 긴 역사에 걸쳐 반복해 온 학살들에 대한 책들을 읽었다.

그렇게 자료 작업을 하던 시기에 내가 떠올리곤 했던 두 개의 질문이 있다. 이십 대 중반에 일기장을 바꿀 때마다 맨 앞 페이지에 적었던 문장들이다.

현재가 과거를 도울 수 있는가?

산 자가 죽은 자를 구할 수 있는가?

자료를 읽을수록 이 질문들은 불가능한 것으로 판명되는 듯했다. 인간성의 가장 어두운 부분들을 지속적으로 접하며, 오래 전에 금이 갔다고 생각했던 인간성에 대한 믿음이 마저 깨어지고 부서지는 경험을 했기 때문이다. 이 소설을 쓰는 일을 더 이상 진척할 수 없겠다고 거의 체념했을 때 한 젊은 야학 교사의 일기를 읽었다. 1980년 오월 당시 광주에서 군인들이 잠시 물러간 뒤 열흘 동안 이루어졌던 시민자치의 절대공동체에 참여했으며, 군인들이 되돌아오기로 예고된 새벽까지 도청 옆 YWCA에 남아 있다 살해되었던, 수줍은 성격의 조용한 사람이었다는 박용준은 마지막 밤에 이렇게 썼다. "하느님, 왜 저에게는 양심이 있어 이렇게 저를 찌르고 아프게 하는 것입니까? 저는 살고 싶습니다."

그 문장들을 읽은 순간, 이 소설이 어느 쪽으로 가야 하는지 벼락처럼 알게 되었다. 두 개의 질문을 이렇게 거꾸로 뒤집어야 한다는 것도 깨닫게 되었다.

과거가 현재를 도울 수 있는가?
죽은 자가 산 자를 구할 수 있는가?

이후 이 소설을 쓰는 동안, 실제로 과거가 현재를 돕고 있다고, 죽은 자들이 산 자를 구하고 있다고 느낀 순간들이 있었다. 이따금 그 묘지에 다시 찾아갔는데, 이상하게도 갈 때마다 날이 맑았다. 눈을 감으면 태양의 주황빛이 눈꺼풀 안쪽에 가득 찼다. 그것이 생명의 빛이라고 나는 느꼈다. 말할 수 없이 따스한 빛과 공기가 내 몸을 에워싸고 있다고.

열두 살에 그 사진첩을 본 이후 품게 된 나의 의문들은 이런 것이었다. 인간은 어떻게 이토록 폭력적인가? 동시에 인간은 어떻게 그토록 압도적인 폭력의 반대편에 설 수 있는가? 우리가 인간이라는 종에 속한다는 사실은 대체 무엇을 의미하는가? 인간의 참혹과 존엄 사이에서, 두 벼랑 사이를 잇는 불가능한 허공의 길을 건너려면 죽은 자들의 도움이 필요했다. 이 소설의 주인공인 어린 동호가 어머니의 손을 힘껏 끌고 햇빛이 비치는 쪽으로 걸었던 것처럼.

당연하게도 나는 그 망자들에게, 유족들과 생존자들에게 일어난 어떤 일도 돌이킬 수 없었다. 할 수 있는 것은 내 몸의 감각과 감정과 생명을 빌려드리는 것뿐이었다. 소설의 처음과 끝에 촛불을 밝히고 싶었기에, 당시 시신을 수습하고 장례식을 치르는 곳이었던 상무관에서 첫 장면을 시작했다. 그곳에서 열다섯 살의 소년 동호가 시신들 위로 흰 천을 덮고 촛불을 밝힌다. 파르스름한 심장 같은 불꽃의 중심을 응시한다.

　이 소설의 한국어 제목은『소년이 온다』이다. '온다'는 '오다'라는 동사의 현재형이다. 너라고, 혹은 당신이라고 2인칭으로 불리는 순간 희끄무레한 어둠 속에서 깨어난 소년이 혼의 걸음걸이로 현재를 향해 다가온다. 점점 더 가까이 걸어와 현재가 된다. 인간의 잔혹성과 존엄함이 극한의 형태로 동시에 존재했던 시공간을 광주라고 부를 때, 광주는 더 이상 한 도시를 가리키는 고유명사가 아니라 보통명사가 된다는 것을 나는 이 책을 쓰는 동안 알게 되었다. 시간과 공간을 건너 계속해서 우리에게 되돌아오는 현재형이라는 것을. 바로 지금 이 순간에도.

❋

　그렇게『소년이 온다』를 완성해 마침내 출간한 2014년 봄, 나를 놀라게 한 것은 독자들이 이 소설을 읽으며 느꼈다고 고백해 온 고통이었다. 내가 이 소설을 쓰는 과정에서 느낀 고통과, 그 책을 읽은 사람들이 느꼈다고 말하는 고통이 연결되어 있다는 사실에 대해 나는 생각해야만 했다. 그 고통의 이유는 무엇일까? 우리는 인간성을 믿고자 하기에, 그 믿음이 흔들릴 때 자신이 파괴되는 것을 느끼는 것일까? 우리는 인간을 사랑하고자 하기에, 그 사랑이 부서질 때 고통을 느끼는 것일까? 사랑에서 고통이 생겨나고, 어떤 고통은 사랑의 증거인 것일까?

같은 해 유월에 꿈을 꾸었다. 성근 눈이 내리는 벌판을 걷는 꿈이었다. 벌판 가득 수천 수만 그루의 검은 통나무들이 심겨 있고, 하나하나의 나무 뒤쪽마다 무덤의 봉분들이 있었다. 어느 순간부터 운동화 아래에 물이 밟혀 뒤를 돌아보자, 지평선인 줄 알았던 벌판의 끝에서부터 바다가 밀려들어오고 있었다. 왜 이런 곳에다 이 무덤들을 썼을까, 나는 스스로에게 물었다. 아래쪽 무덤들의 뼈들은 모두 쓸려가 버린 것 아닐까. 위쪽 무덤들의 뼈들이라도 옮겨야 하는 것 아닐까, 더 늦기 전에 지금. 하지만 어떻게 그게 가능할까? 나에게는 삽도 없는데. 벌써 발목까지 물이 차오르고 있는데. 꿈에서 깨어나 아직 어두운 창문을 보면서, 이 꿈이 무엇인가 중요한 것을 말하고 있다고 느꼈다. 꿈을 기록한 뒤에는 이것이 다음 소설의 시작이 될 것 같다는 생각을 했다.

그것이 어떤 소설일지 아직 알지 못한 채 그 꿈에서 뻗어나갈 법한 몇 개의 이야기를 앞머리만 썼다 지우기를 반복하다가, 2017년 12월부터 2년여 동안 제주도에 월세방을 얻어 서울을 오가는 생활을 했다. 바람과 빛과 눈비가 매순간 강렬한 제주의 날씨를 느끼며 숲과 바닷가와 마을길을 걷는 동안 소설의 윤곽이 차츰 또렷해지는 것을 느꼈다. 『소년이 온다』를 쓸 때와 비슷한 방식으로 학살 생존자들의 증언들을 읽고 자료를 공부하며, 언어로 치환하는 것이 거의 불가능하게 느껴지는 잔혹한 세부들을 응시하며 최대한 절제하여 써간 『작별하지 않는다』를 출간한 것은, 검은 나무들과 밀려오는 바다의 꿈을 꾼 아침으로부터 약 7년이 지났을 때였다.

소설을 쓰는 동안 사용했던 몇 권의 공책들에 나는 이런 메모를 했다.

생명은 살고자 한다. 생명은 따뜻하다.
죽는다는 건 차가워지는 것. 얼굴에 쌓인 눈이 녹지 않는 것.
죽인다는 것은 차갑게 만드는 것.
역사 속에서의 인간과 우주 속에서의 인간.
바람과 해류. 전 세계를 잇는 물과 바람의 순환. 우리는 연결되어 있다. 연결되어 있다, 부디.

이 소설은 모두 3부로 이루어져 있다. 1부의 여정이 화자인 경하가 서울에서부터 제주 중산간에 있는 인선의 집까지 한 마리 새를 구하기 위해 폭설을 뚫고 가는 횡의 길이라면, 2부는 그녀와 인선이 함께 인간의 밤 아래로 – 1948년 겨울 제주도에서 벌어졌던 민간인 학살의 시간으로 –, 심해 아래로 내려가는 수직의 길이다. 마지막 3부에서 두 사람이 그 바다 아래에서 촛불을 밝힌다.

친구인 경하와 인선이 촛불을 넘겼다가 다시 건네받듯 함께 끌고 가는 소설이지만, 그들과 연결되어 있는 진짜 주인공은 인선의 어머니인 정심이다. 학살에서 살아남은 뒤, 사랑하는 사람의 뼈 한 조각이라도 찾아내 장례를 치르고자 싸워온 사람. 애도를 종결하지 않는 사람. 고통을 품고 망각에 맞서는 사람. 작별하지 않는 사람. 평생에 걸쳐 고통과 사랑이 같은 밀도와 온도로 끓고 있던 그녀의 삶을 들여다보며 나는 묻고 있었던 것 같다. 우리는 얼마나 사랑할 수 있는가? 어디까지가 우리의 한계인가? 얼마나 사랑해야 우리는 끝내 인간으로 남는 것인가?

※

『작별하지 않는다』를 출간한 뒤 3년이 흐른 지금, 아직 나는 다음의 소설을 완성하지 못하고 있다. 그 책을 완성한 다음에 쓸 다른 소설도 오래 전부터 나를 기다리고 있다. 태어난 지 두 시간 만에 세상을 떠난 언니에게 내 삶을 잠시 빌려주려 했던, 무엇으로도 결코 파괴될 수 없는 우리 안의 어떤 부분을 들여다보고 싶었던 『흰』과 형식적으로 연결되는 소설이다. 완성의 시점들을 예측하는 것은 언제나처럼 불가능하지만, 어쨌든 나는 느린 속도로나마 계속 쓸 것이다. 지금까지 쓴 책들을 뒤로 하고 앞으로 더 나아갈 것이다. 어느 사이 모퉁이를 돌아 더 이상 과거의 책들이 보이지 않을 만큼, 삶이 허락하는 한 가장 멀리.

내가 그렇게 멀리 가는 동안, 비록 내가 썼으나 독자적인 생명을 지니게 된 나의 책들도 자신들의 운명에 따라 여행을 할 것이다. 차창 밖으로 초록의 불꽃들이 타오르는 앰뷸런스 안에서 영원히 함께 있게 된 두 자매도. 어둠과 침묵 속에서 남자의 손바닥에 글씨를 쓰고 있는, 곧 언어를 되찾게 될 여자의 손가락도. 태어난 지 두 시간 만에 세상을 떠난 내 언니와, 끝까지 그 아기에게 '죽지 마, 죽지 마라 제발'이라고 말했던 내 젊은 어머니도. 내 감은 눈꺼풀들 속에 진한 오렌지빛으로 고이던, 말할 수 없이 따스한 빛으로 나를 에워싸던 그 혼들은 얼마나 멀리 가게 될까? 학살이 벌어진 모든 장소에서, 압도적인 폭력이 쓸고 지나간 모든 시간과 공간에서 밝혀지는, 작별하지 않기를 맹세하는 사람들의 촛불은 어디까지 여행하게 될까? 심지에서 심지로, 심장에서 심장으로 이어지는 금(金)실을 타고?

※

지난해 1월 낡은 구두 상자에서 찾아낸 중철 제본에서, 1979년 4월의 나는 두 개의 질문을 스스로에게 하고 있었다.

사랑이란 어디 있을까?
사랑은 무얼까?

한편 <작별하지 않는다>를 출간한 2021년 가을까지, 나는 줄곧 다음의 두 질문이 나의 핵심이라고 생각해 왔었다.

세계는 왜 이토록 폭력적이고 고통스러운가?
동시에 세계는 어떻게 이렇게 아름다운가?

이 두 질문 사이의 긴장과 내적 투쟁이 내 글쓰기를 밀고 온 동력이었다고 오랫동안 믿어왔다. 첫 장편소설부터 최근의 장편소설까지 내 질문들의 국면은 계속해서 변하며 앞으로 나아갔지만, 이 질문들만은 변하지 않은 일관된 것이었다고. 그러나 이삼 년 전부터 그 생각을 의심하게 되었다. 정말 나는 2014년 봄 『소년이 온다』를 출간하고 난 뒤에야 처음으로 사랑에 대해 – 우리를 연결하는 고통에 대해 – 질문했던 것일까? 첫 소설부터 최근의 소설까지, 어쩌면 내 모든 질문들의 가장 깊은 겹은 언제나 사랑을 향하고 있었던 것 아닐까? 그것이 내 삶의 가장 오래고 근원적인 배음이었던 것은 아닐까?

사랑은 '나의 심장'이라는 개인적인 장소에 위치한다고 1979년 4월의 아이는 썼다. (*팔딱팔딱 뛰는 나의 가슴 속에 있지.*) 그 사랑의 정체에 대해서는 이렇게 대답했다. (*우리의 가슴과 가슴 사이를 연결해 주는 금실이지.*)

소설을 쓸 때 나는 신체를 사용한다. 보고 듣고 냄새 맡고 맛보고 부드러움과 온기와 차가움과 통증을 느끼는, 심장이 뛰고 갈증과 허기를 느끼고 걷고 달리고 바람과 눈비를 맞고 손을 맞잡는 모든 감각의 세부들을 사용한다. 필멸하는 존재로서 따뜻한 피가 흐르는 몸을 가진 내가 느끼는 그 생생한 감각들을 전류처럼 문장들에 불어넣으려 하고, 그 전류가 읽는 사람들에게 전달되는 것을 느낄 때면 놀라고 감동한다. 언어가 우리를 잇는 실이라는 것을, 생명의 빛과 전류가 흐르는 그 실에 나의 질문들이 접속하고 있다는 사실을 실감하는 순간에. 그 실에 연결되어 주었고, 연결되어 줄 모든 분들에게 마음 깊은 감사의 인사를 드린다.

한강 작가연보

1970년	11월 27일, 광주 변두리 기찻길 옆집에서 소설가인 아버지 한승원과 어머니 임감오의 2남1녀의 딸로 출생.
1980년(10세)	1월, 가족과 함께 서울 수유리로 이사. 5월 5·18광주민주화운동 발발.
1982년(12세)	2월, 서울 백운초등학교 졸업.
1984년(14세)	임철우의 단편소설 「사평역」 읽고 소설을 쓰고 싶다고 생각.
1985년(15세)	2월, 신경여자중학교 졸업. 아버지 한승원 대표작 『아제아제 바라아제』 발표.
1987년(17세)	6월, 민주화운동 발발.
1988년(18세)	2월, 풍문여자고등학교 졸업. 재수 생활.
1989년(19세)	3월, 연세대학교 국문학과 입학.
1991년(21세)	12월, 사회주의 소련 붕괴.
1992년(22세)	가을, 시 「편지」로 연세문화상 수상.
1993년(23세)	대학 졸업과 함께 샘터사에서 근무. 가을에 시 「서울의 겨울」 외 4편을 계간지 ≪문학과사회≫ 겨울호에 발표하며 시인으로 등단.
1994년(24세)	1월, 단편소설 「붉은 닻」으로 서울신문 신춘문예에 당선되며 소설가로 등단. 이어서 중단편 「진달래 능선」, 「질주」, 「야간열차」, 「여수의 사랑」 차례로 발표.
1995년(25세)	여름, 단편 「어둠의 사육제」 발표. 7월 첫 소설집 『여수의 사랑』

출간. 겨울 초입 장편을 쓰기 위해서 직장 그만둠.

1996년(26세) 2월(~5월), 제주 세화리 사글세방 생활. 봄과 여름에 단편「철길을 흐르는 강」과「흰 꽃」발표. 12월 결혼.

1997년(27세) 봄, 단편「내 여자의 열매」발표. 부모들은 장흥으로 귀향. 12월 'IMF 체제' 시작(~2001년 8월).

1998년(28세) 8월, 첫 장편소설『검은 사슴』발표. 여름 단편「어느 날 그는」발표. 9월(~11월) 미국 아이오와대학교에서 주최하는 국제창작프로그램(IWP) 참가.

1999년(29세) 여름, 단편「해질녘에 개들은 어떤 기분일까」와 중편「아기 부처」발표. 11월 중편소설「아기부처」로 한국소설문학상 수상. 겨울 단편「아홉 개의 이야기」발표.

2000년(30세) 3월, 두 번째 소설집『내 여자의 열매』출간. 봄 단편「붉은 꽃 속에서」발표. 6월 첫 남북정상회담 개최. 여름 자전소설「침묵」발표. 8월 아들 효 낳음. 가을 입원한 병실에서 '오늘의 젊은 예술가상' 수상 소식.

2001년(31세) 건강이 좋지 않았음. '시험의 해'.

2002년(32세) 1월, 두 번째 장편소설『그대의 차가운 손』발표, 3월 첫 동화『내 이름은 태양꽃』(문학동네) 발표, 9월 11일 빈 라덴에 의한 테러 발발.

2003년(33세) 봄, 단편「노랑무늬영원」발표. 8월 미국 아이오와에서의 경험을 담은 산문집『사랑과, 사랑을 둘러싼 것들』출간.

2005년(35세) 1월,『채식주의자』의 두 번째 중편「몽고반점」으로 이상문학상 수상. 10월 프랑크푸르트국제도서전 참가 및 라디오방송〈문장의 소리〉진행(~2006년 5월).

2006년(36세) 8월, 단편「파란 돌」발표. 가을 단편「왼손」발표.

2007년(37세) 1월, 산문집『가만가만 부르는 노래』출간. 2월 두 번째 동화『천둥 꼬마 선녀 번개 꼬마 선녀』출간, 10월 연작소설『채식주의자』출간, 서울예술대 문예창작과 교수 임용.

2008년(38세)	5월, 세 번째 동화 『눈물상자』 출간.
2009년(39세)	1월, 용산참사 발생. 광주가 배경인 소설을 쓰겠다고 생각. 11월 산문 「아버지가 지금, 책상 앞에 앉아 계신다」를 수필집 『아버지, 그리운 당신』에 게재. 겨울 단편 「훈자」 발표. 영국 데버라 스미스, 한국문학 번역을 결심.
2010년(40세)	2월, 네 번째 장편소설 『바람이 분다, 가라』 발표. 겨울에 『바람이 분다, 가라』로 동리문학상 수상. 「한강 작가연보」 작성해 ≪동리목월≫(제2호)에 게재.
2011년(41세)	봄, 단편 「회복하는 인간」과 산문 「기억의 바깥」 발표. 11월 장편소설 『희랍어 시간』 발표.
2012년(42세)	봄, 단편 「에우로파」 발표. 여름 단편 「밝아지기 전에」 발표. 8월 논문 「이상의 회화와 문학세계」로 석사 학위. 10월 세 번째 소설집 『노랑무늬영원』 출간. 12월 광주 망월동 묘지 방문, 광주 이야기를 쓰기로 결심.
2013년(43세)	9월, 최인호 작가 작고. 가을 최인호를 추모하는 글 「아름다운 것에 대하여─최인호 선생님 영전에」를 ≪문학동네≫ 가을호에 기고. 11월 첫 시집 『서랍에 저녁을 넣어 두었다』 출간.
2014년(44세)	4월, 세월호 참사 발발. 5월 『소년이 온다』 발표. 8월 『소년이 온다』 만해문학상 수상 및 아들 효와 함께 바르샤바 방문. 데버라 스미스, 대산문화재단과 연결되면서 『채식주의자』 번역 출간의 길 열림.
2015년(45세)	1월, 데버라 스미스의 번역으로 영역판 『The Vegetarian』 출간. 단편 「눈 한 송이가 녹는 동안」 발표 및 황순원문학상 수상.
2016년(46세)	4월, 장편소설 『흰』 발표. 5월 『채식주의자』로 인터내셔널 부커상 수상. 6월 미술가 차미혜 씨와 2인전 「소실 . 점」 개최. 가을 최순실 씨의 국정농단 사태로 촉발된 촛불시위에 참여.
2017년(47세)	10월, 『소년이 온다』로 이탈리아 말라파르테문학상 수상. 한반도의 평화를 호소하는 글 「미국이 전쟁을 말할 때, 한국은 몸서

리친다」를 ≪뉴욕타임스≫에 기고. 2학기 수업을 끝으로 서울 예대 교수 사임. 겨울 단편 「작별」 발표.

2018년(48세)	『채식주의자』로 스페인 산클레멘테문학상 수상. 단편 「작별」로 김유정문학상 수상. '인생의 밑바닥' 경과. 서울 양재천 부근에 독립책방 운영 시작.
2019년(49세)	5월, 노르웨이의 '퓨처 라이브러리' 프로젝트 참여.
2021년(51세)	2월, 김형영 시인 작고. 9월 장편소설 『작별하지 않는다』 발표.
2022년(52세)	2월, 우크라이나-러시아 전쟁 발발. 10월 이태원 참사 발발. 『작별하지 않는다』로 대산문학상 김만중문학상 수상.
2023년(53세)	6월, 『디 에센셜: 한강』 출간. 10월 이스라엘-하마스 전쟁 발발. 『작별하지 않는다』로 프랑스 메디치외국문학상 수상.
2024년(54세)	12월 10일, 노벨문학상 수상.

감사의 말

"코리안 아더 한강!" 노벨위원회 홈페이지의 유튜브를 통해서 노벨문학상 수상자 발표를 라이브로 지켜보다가 수상자로 그의 이름이 호명됐을 때, 나도 모르게 벌떡 일어서서 양손을 허공으로 쳐들고 그의 이름을 외치고 있었다. "오, 한강!"

누구나 처음 오면 당황하기 마련인 넓은 편집국에서 야근 근무 중인 기자들은 갑작스런 소리가 터져 나온 문화부 쪽으로 일제히 고개를 돌렸고, 중앙에 있던 국장단 역시 빠른 걸음으로 문화부 부스로 다가오기 시작했다. 곧이어 사태를 파악하느라 여기저기에서 웅성거림과 분주한 움직임이 일었다.

기쁨은 기쁨, 일은 일. 편집국장과 데스크, 문학 담당인 내가 함께 편집국의 중앙에 모였을 때에는 격류가 이미 우리 앞에 육박해 있었다. 그날 저녁, 커다란 기쁨만큼이나 일 역시 압도적으로 밀려오고 있었다. 격류처럼, 격류로.

발표 당일 편집국 동료들과 함께 많은 기사를 작성해 보도한 뒤, 그 다음 주부터 한강의 문학 인생을 다루는 논픽션을 3회에 걸쳐 지면에 출고했다. 온라인으론 당초 10회 안팎으로 기획한 대로 출고

하는 것으로 의견을 모았다.

처음에는 연재를 위한 자료도 많지 않았고, 기반도 취약했다. 애초 가지고 있던 한강의 작품도 『채식주의자』, 『작별하지 않는다』 두 편뿐이어서 먼저 그의 모든 책을 온라인으로 주문했다. 주문한 책이 오는 사이, 전문가나 작가들과 인터뷰를 하거나 각종 논문과 단행본, 자료, 기사 등을 참고해 공부하면서 기사를 작성했다. 지면은 지면대로, 온라인은 온라인대로 논픽션 연재를 이어갔다.

모두 열 한 차례에 걸쳐 온라인으로 연재된 논픽션 「한강 격류」에 대한 반응은 나름 은근했다. 기사를 읽은 상당수 사람들이 이메일이나 카카오톡 문자 등을 통해서 의견을 보내왔고, 일부 해외 지인들도 기사를 보고 연락해왔다.

다만 열심히 한다고는 했지만, 신문 지면과 온라인 기사들은 시의성이 무엇보다 중요했기에 서둘러 작성해야 했고, 따라서 아무래도 그의 문학세계와 삶, 진면목을 최대한 넓게, 그리고 깊이 담기에는 역부족이었다. 연재가 거의 끝나갈 때쯤, 좀 더 취재하고 공부해 전면 보강해야 하지 않을까 하는 생각이 들었다. 마침 비슷한 시기에 몇몇 출판사로부터 연재를 보강해 책으로 출간해 보자는 제의를 받았다.

취재하는 동안 한강 작가와의 인연을 자주 떠올렸다. 나는 언제 어떻게 그를 만났던 것일까. 그를 처음 대면한 것은 2021년 장편소설 『작별하지 않는다』 발표 당시 기자간담회를 통해서였다. 하필 팬데믹 시기여서 기자간담회는 줌으로 진행돼 다소 애매모호한 대면이었는데, 줌을 통해서 본 그의 모습은 여리여리한 외모에 말이 아주 느렸지만 그럼에도 생각과 주관이 분명했다.

이듬해 대산문학상 수상자 발표 및 기자간담회 행사에서 비로소 그를 실제로 대면할 수 있었다. 행사가 끝나고 식사를 하면서 자연스럽게 한강 작가를 비롯한 수상 작가들과 어울려 이야기를 나누게 됐다. 그때 언젠가 인터뷰를 할 요량으로 그와 전화번호도 주고받았던 것 같은데, 무슨 이야기를 했는지는 잘 기억나지 않았다. 그럼에도 그는 어떤 강렬한 이미지로 남아 있었는데. 그러니까 여리고 순한 눈빛, 나지막한 목소리, 느린 말투, 눈이 부신 듯 웃는 모습….

잔잔하면서도 어떤 힘을 주는 노래 「안녕이라 말했다 해도」를 들으며 글을 쓰는 내내, 나는 어떤 순간을 떠올렸다. 문학이라는 방식을 통해서 불가해한 인간의 본질과, 그 인간을 비롯한 모든 존재의 눈물과 고통을 온 몸으로, 따뜻하게 직시하려고 일관해온 한강 작가와 마주 앉아서 천천히, 찬찬히, 그리고 허심탄회하게 이야기하는 순간을. 그가 힘겹게 걸어왔고, 지금도 건너고 있으며, 앞으로도 헤쳐 나가게 될 그의 삶과, 온몸으로 풀어낸 문학 이야기를. 그의 삶과 문학이 부딪쳐 만들었고, 지금도 만들고 있는 격류 이야기를. 우주에서 시작돼 우리의 마음속까지 끝없이 이어질 무한대의 이야기를. 아마 그날은 햇볕이 아주 좋은 날일 것이며, 그래서 우리 마음은 다양한 빛깔의 수많은 진실에 한 없이 관대하고 너그러워져 있을 것이다. 아주 멀지는 않는 날에, 꼭!

세상의 모든 책은 거인의 어깨를 딛고서 탄생한다. 이 책 역시 마찬가지다. 이 책이 나오는데 수많은 분들의 도움을 받았음을 밝힌다. 바쁜 와중에도 전화 통화에 응해주시고 연재가 끝난 뒤에는 직접 격려 전화까지 해주신 한승원 작가님을 비롯해 곽효환 전 한국문학번역원장님, 이정화 대산문화재단 사무국장님, 일본출판사 쿠온 김승복 대표님, 정은영 자음과모음 대표님, 윤성희 작가님, 강영숙 작가님, 정현종 시인님, 김주연 평론가님, 유성호 평론가님, 이택광 경희대 교수님 등 음양으로 다양한 도움을 주신 분들에게 감사의 마음을 전하고 싶다. 아울러 자료를 찾는데 도움을 준 박종평 박사님, 연재를 읽고 의견을 주고 오탈자를 모두 잡아주신 김상미 선생님과 심은희 선생님, 늘 격려를 아끼지 않는 친구 동진, 막판 교정 작업을 거들어준 딸 예림 등에게도 역시 고마움을 전하고 싶다. 특히 온라인 연재 글을 대폭 보완해 책으로 출판할 수 있도록 허락해준 세계일보에도 심심한 감사의 마음을 전한다. 부족한 글을 멋진 책으로 만들어 빛나게 해준 김종수 대표와 박행웅 고문을 비롯한 한울엠플러스 임직원들에게도 고마움을 전한다.

한강 작가의 삶과 그의 작품 세계를 더 넓고 깊이 읽고 이해하고 느끼고 싶은 모든 독자들에게 이 책을 보낸다.

2024년 12월 서울 관악산 자락에서
김용출 올림

미주

제1장 노벨문학상의 순간들

1   임지우, 2024. 10. 11, 「일문일답: '놀랐다' 5번 되뇌인 한강… "오늘밤 아들과 차 마시며 조용히 자축"」, 연합뉴스.

2   김유태, 2024. 10. 11, 「한강 단독 인터뷰 ─ "고단한 날, 한 문단이라도 읽고 잠들 어야 마음이 편안해집니다"」, ≪매일경제≫.

3   김용래, 2024. 10. 16, 「한강, 스웨덴 언론과 인터뷰… "조용히 글 쓰고 싶다"」, 연 합뉴스.; 김용출·이강진, 2024. 10. 18, 「한강 "60세 되는 6년 동안 책 3권 쓰는 데 몰두"」, ≪세계일보≫.

4   안드레스 올손, 2024. 10. 10, 「Biobibliography」, 노벨상위원회 홈페이지.

5   임지우, 2024. 10. 11, 「일문일답: '놀랐다' 5번 되뇌인 한강… "오늘밤 아들과 차 마시며 조용히 자축"」, 연합뉴스.

6   이신영, 2024. 10. 10, 「한강 노벨상에 외신도 '서프라이즈'… "K컬처 국제적 영향 력 반영"(종합)」, 연합뉴스.; 이혜원·이윤희, 2024. 10. 11, 「외신들, 한강 노벨문 학상에 "K-컬처 세계적 영향력 커져"(종합)」, 뉴시스.

7   이상훈, 2024. 10. 13, 「"아픔과 회복 주제로 하는 한강 작품엔 신비한 힘"」, ≪동 아일보≫.

8   김수현, 2024. 10. 27, 「"한강의 노벨문학상 수상은 '제비 한 마리', 봄을 부르러 가 야 합니다"」, SBS.

9   이신영, 2024. 10. 10, 「한강 노벨상에 외신도 '서프라이즈'… "K컬처 국제적 영향 력 반영"(종합)」, 연합뉴스.

10 한국작가회의, 2024. 10. 11, 「한국작가회의 회원 한강 작가 2024년 노벨문학상

수상 논평 ─ 한강의 영광은, 여린 생명을 감싸안은 문학언어를 위한 축복이다」.

11 한국작가회의, 2024. 10. 11, 「한국작가회의 회원 한강 작가 2024년 노벨문학상 수상 논평 ─ 한강의 영광은, 여린 생명을 감싸안은 문학언어를 위한 축복이다」.

12 이은정, 2024. 10. 10, 「문학계 "한강의 영예이자, 한국 문화에 대한 세계적 인정"」, 연합뉴스.

13 사지원, 2024. 10. 12, 「"한국문학이 거둔 빛나는 성과… 아! 우리 이제 여기까지 왔구나"」, ≪동아일보≫, 3면.

14 한국출판인회의, 2024. 10. 11, 「한국문학과 출판계의 쾌거! 한강 작가의 2024년 노벨문학상 수상을 축하하며」.

15 한국출판인회의, 2024. 10. 11, 「한국문학과 출판계의 쾌거! 한강 작가의 2024년 노벨문학상 수상을 축하하며」.

16 이강은, 2024. 10. 16, 「제2의 한강, 데버라 스미스 어떻게?… "국내 문학시장·비평·담론 활성화 시급"」, ≪세계일보≫.

17 이강은, 2024. 10. 16, 「제2의 한강, 데버라 스미스 어떻게?… "국내 문학시장·비평·담론 활성화 시급"」, ≪세계일보≫.

18 최윤서, 2024. 10. 13, 「노벨문학상 수상 한강 폄훼 논란… "역사 왜곡… 中이 받았어야"」, 뉴시스.

19 이준범, 2024. 10. 14, 「알고보니 ─ 한강 작가 소설이 역사 왜곡?」, MBC.

20 김용출, 2024. 10. 17, 「기자가 만난 세상 ─ 노벨문학상까지 이념 공세라니…」, ≪세계일보≫.

21 이상훈, 2024. 10. 13, 「"아픔과 회복 주제로 하는 한강 작품엔 신비한 힘"」, ≪동아일보≫.

22 경수현, 2024. 10. 17, 「日번역가 "한강, 최대위기에도 인간존엄 존재할 수 있음 보여줘"」, 연합뉴스.

23 정철환, 2024. 10. 11, 「한강 소설 佛번역자 "수상 소식에 펑펑… 문학 지평 넓힌 대사건"」, ≪조선일보≫.

24 정철환, 2024. 10. 11, 「한강 소설 佛번역자 "수상 소식에 펑펑… 문학 지평 넓힌 대사건"」, ≪조선일보≫.

25 조민선, 2024. 10. 29, 「한강 소설 스웨덴판 번역가 부부, "해골조차 아름답게 묘사하는 한강"」, ≪한국경제신문≫.

26 한국문학번역원, 2024. 10. 11, 「보도자료 ─ 꾸준한 한국문학 해외 소개가 만들어낸 한 최초 노벨문학상 쾌거」. 한글 파일.

27 이신영, 2024. 10. 10, 「한강 노벨상에 외신도 '서프라이즈'… "K컬처 국제적 영향력 반영"(종합)」, 연합뉴스.

28 김혜인, 2024. 10. 11, 「한강 아버지 "노벨문학상, 리얼리즘 속 감수성 빛났다"」, 뉴시스.

29 김명인 문학평론가의 페이스북 게시글.

30 김명인 문학평론가의 페이스북 게시글.

31 김명인 문학평론가의 페이스북 게시글.

32 한강·강수미·신형철, 2016. 9, 「한강 소설의 미학적 층위 ─『채식주의자』에서 『흰』까지」, ≪문학동네≫, 제23권 제3호, 통권 제88호, 34쪽.

33 한강·강수미·신형철, 2016. 9, 「한강 소설의 미학적 층위 ─『채식주의자』에서 『흰』까지」, ≪문학동네≫, 제23권 제3호, 통권 제88호, 34쪽.

34 김기윤, 2024. 10. 21, 「노벨상 선배 르 클레지오 "한강, 내게도 깨달음 줘"」, ≪동아일보≫.

35 사지원, 2024. 10. 17, 「이문열 "한강의 노벨상 수상, '문학 고급화' 상징 봉우리 같은 것"」, ≪동아일보≫.

36 김용래, 2024. 10. 16, 「한강, 스웨덴 언론과 인터뷰… "조용히 글 쓰고 싶다"」, 연합뉴스.

37 김혜인, 2024. 10. 11, 「한강 아버지 "노벨문학상, 리얼리즘 속 감수성 빛났다"」, 뉴시스.; 김용래, 2024. 10. 16, 「한강, 스웨덴 언론과 인터뷰… "조용히 글 쓰고 싶다"」, 연합뉴스.

38 한강, 2024. 10. 17, 「한강 작가 제18회 포니정 혁신상 수상소감 전문」. 한글파일.

39 한강, 2024. 10. 17, 「한강 작가 제18회 포니정 혁신상 수상소감 전문」. 한글파일.

제2장 인연의 연쇄와 '작가 한강'의 탄생

1 한강, 2010, 『바람이 분다, 가라』, 문학과지성사, 45쪽.

2 한강은 자신의 출생을 둘러싼 이야기나 에피소드를 산문인 「문학적 자서전 ─ 기억의 양지」뿐만 아니라 자전소설인 「침묵」이나 장편소설 『희랍어 시간』 등 작품 속에도 다양하게 변주해 담고 있다. 책에서 그의 출생을 둘러싼 부분은 이러한 글을 종합적으로 정리한 것임을 미리 밝힌다. 한강, 2000 여름, 「침묵」, ≪문학동네≫, 제23호, 141쪽.; 한강, 2005, 「문학적 자서전 ─ 기억의 양지」, 『제29회 이상문학상 수상작품집』, 문학사상사, 352쪽.; 한강, 2011, 『희랍어 시

간』, 문학동네, 52쪽.

3   한강, 2000 여름, 「침묵」, ≪문학동네≫, 제23호, 131~132쪽.

4   한강, 2005, 「문학적 자서전 ─ 기억의 양지」, 『제29회 이상문학상 수상작품집』, 문학사상사, 353쪽.

5   한강, 2015, 「수상작가가 쓴 연보」, 『제15회 황순원문학상 수상작품집』, 중앙일보문예중앙, 92쪽.

6   한승원, 2021, 『산돌 키우기』, 문학동네, 359쪽.

7   한강, 2011 봄, 「기억의 바깥」, 『작가세계』, 제23권 제1호, 38쪽.

8   한강, 2014, 『소년이 온다』, 창비, 195쪽.

9   한승원, 2021, 『산돌 키우기』, 문학동네, 359쪽.

10 한강, 2014, 『소년이 온다』, 창비, 194쪽 참고.

11 한강, 2010 겨울, ≪동리목월≫, 통권 제2호.; 한강, 2011 봄, ≪작가세계≫, 제23권 제1호.

12 한승원, 2021, 『산돌 키우기』, 문학동네, 359쪽.

13 한강, 2011 봄, 「기억의 바깥」, ≪작가세계≫, 제23권 제1호, 38쪽.

14 한강, 2010 겨울, ≪동리목월≫, 통권 제2호.; 한강, 2011 봄, ≪작가세계≫, 제23권 제1호.

15 한강, 2009, 「아버지가 지금, 책상 앞에 앉아 계신다」, 『아버지, 그리운 당신』, 서정시학.; 2023, 『디 에센셜: 한강』, 문학동네, 306쪽.

16 네이버, 2014. 6. 30, 「지서재, 지금의 나를 만든 서재 ─ 소설가 한강의 서재」.

17 김재선, 2016. 5. 17, 「한승원 "딸 한강은 나를 넘었다… 어린 시절 책에 묻혀 살아"」, 연합뉴스.

18 한강, 2009, 「아버지가 지금, 책상 앞에 앉아 계신다」, 『아버지, 그리운 당신』, 서정시학.; 2023, 『디 에센셜: 한강』, 문학동네, 305쪽.

19 한강, 2009, 「아버지가 지금, 책상 앞에 앉아 계신다」, 『아버지, 그리운 당신』, 서정시학.; 2023, 『디 에센셜: 한강』, 문학동네, 306쪽.

20 한강, 2021, 「발문 ─ 반짝이는 유리 기둥 사이에서」, 『산돌 키우기』, 문학동네, 501쪽.

21 힌츠페터, 1997, 「카메라에 담은 5·18현장」, 『5·18특파원리포트』, 풀빛, 127쪽.

22 한승원, 2021, 『산돌 키우기』, 문학동네, 391~392쪽.

23 한강, 2014, 『소년이 온다』, 창비, 195쪽 참고.

24 한강, 2010 겨울, 「한강 작가연보」, ≪동리목월≫, 통권 제2호, 71쪽.

25 한승원, 2021, 『산돌 키우기』, 문학동네, 393쪽.

26 한강, 2007, 『가만가만 부르는 노래』, 비채, 16쪽.

27 한강, 2007, 『가만가만 부르는 노래』, 비채, 17쪽.

28 한강, 2007, 『가만가만 부르는 노래』, 비채, 22쪽.

29 네이버, 2014. 6. 30, 「지서재, 지금의 나를 만든 서재 ― 소설가 한강의 서재」.

30 한강, 2005, 「문학적 자서전 ― 기억의 양지」, 『제29회 이상문학상 수상작품집』, 문학사상사, 353쪽.

31 윤경희, 2015, 「수상작가 인터뷰 ― 연하고 깨끗한, 막연하나 이끄는」, 『제15회 황순원문학상 수상작품집』, 중앙일보문예중앙, 110쪽.

32 윤경희, 2015, 「수상작가 인터뷰 ― 연하고 깨끗한, 막연하나 이끄는」, 『제15회 황순원문학상 수상작품집』, 중앙일보문예중앙, 110쪽.

33 한강, 2014, 『소년이 온다』, 창비, 199쪽.

34 정연욱, 2021. 10. 31, 「인터뷰 ―『소년이 온다』한강 "압도적인 고통으로 쓴 작품"」, KBS.

35 한강, 2014, 『소년이 온다』, 창비, 193~198쪽.

36 한강, 2010 겨울, ≪동리목월≫, 통권 제2호.; 한강, 2011 봄, ≪작가세계≫, 제23권 제1호.

37 네이버, 2014. 6. 30, 「지서재, 지금의 나를 만든 서재 ― 소설가 한강의 서재」.

38 한강 작품 세계의 결정적인 첫 전환을 상징하는 소설집 『내 여자의 열매』의 「작가의 말」을 참고해 변형해 작성했음을 밝힌다. 한강, 2000/2018, 「작가의 말」, 『내 여자의 열매』, 문학과지성사, 401쪽.

39 임철우, 1984/1996, 『아버지의 땅』, 문학과지성사, 113쪽.

40 손정숙, 1995. 8. 10, 「첫 소설 「여수의 사랑」 펴낸 한강씨(인터뷰)」, ≪서울신문≫.; 강지희, 2011 봄, 「작가 인터뷰 ― 고통으로 '빛의 지문'을 찍는 작가」, ≪작가세계≫, 제23권 제1호, 53쪽.; 네이버, 2014. 6. 30, 「지서재, 지금의 나를 만든 서재 ― 소설가 한강의 서재」.

41 강지희, 2011 봄, 「작가 인터뷰 ― 고통으로 '빛의 지문'을 찍는 작가」, ≪작가세계≫, 제23권 제1호, 53쪽.

42 임지우, 2024. 10. 11, 「일문일답: '놀랐다' 5번 되뇌인 한강… "오늘밤 아들과 차 마시며 조용히 자축"」, 연합뉴스.

43 채널예스, 2011. 12, 「"우리는 모두 다 세계를 잃어가는 사람들" ― 소설가 한강 『희랍어시간』」, 채널예스.

44 한강, 2007, 『가만가만 부르는 노래』, 비채, 66쪽.

45 강지희, 2011 봄, 「작가 인터뷰 ─ 고통으로 '빛의 지문'을 찍는 작가」, ≪작가세계≫, 제23권 제1호, 53쪽.

46 한강, 2005, 「문학적 자서전 ─ 기억의 양지」, 『제29회 이상문학상 수상작품집』, 문학사상사, 354쪽.

47 한강, 2010 겨울, 「한강 작가연보」, ≪동리목월≫, 통권 제2호, 71쪽.

48 노지운, 2024. 10. 16, 「연세대 국문과 89학번들 "한강은 입학 때부터 언터처블한 존재"」, ≪문화일보≫.

49 한강, 2007, 『가만가만 부르는 노래』, 비채, 125쪽.

50 한강, 2017 겨울, 「그 말을 심장에 받아 적듯이」, ≪창작과비평≫, 제45권 제4호, 통권 178호, 438쪽.

51 한강, 2010 겨울, ≪동리목월≫, 통권 제2호.; 한강, 2011 봄, ≪작가세계≫, 제23권 제1호.

52 강지희, 2011 봄, 「작가 인터뷰 ─ 고통으로 '빛의 지문'을 찍는 작가」, ≪작가세계≫, 제23권 제1호, 48쪽.

53 한강, 2005, 「문학적 자서전 ─ 기억의 양지」, 『제29회 이상문학상 수상작품집』, 문학사상사, 355쪽.

54 신연선·오은, 2021. 9. 23, 「책읽아웃 ─ 질문에 끝까지 가보는 것」, 채널예스.

55 강지희, 2011 봄, 「작가 인터뷰 ─ 고통으로 '빛의 지문'을 찍는 작가」, ≪작가세계≫, 제23권 제1호, 46쪽.

56 한강, 2005, 「문학적 자서전 ─ 기억의 양지」, 『제29회 이상문학상 수상작품집』, 문학사상사, 355쪽.

57 한강, 2007, 『가만가만 부르는 노래』, 비채, 92쪽.

58 한강, 2010 겨울, 「한강 작가연보」, ≪동리목월≫, 통권 제2호, 71쪽.

59 네이버, 2014. 6. 30, 「지서재, 지금의 나를 만든 서재 ─ 소설가 한강의 서재」.

60 김지영, 2009. 9. 26, 「폭압적 동물성 앞에 진저리 차라리 식물로 살고픈 여자」, ≪동아일보≫.

61 강지희, 2011 봄, 「작가 인터뷰 ─ 고통으로 '빛의 지문'을 찍는 작가」, ≪작가세계≫, 제23권 제1호, 53쪽.

62 고나린, 2024. 10. 12, 「대학생 한강 향한 스승의 헌사 "능란한 문장력… 잠재력 꽃피길"」, ≪한겨레신문≫.

63 한강, 2007, 『가만가만 부르는 노래』, 비채, 131쪽.

64   한강, 2007, 『가만가만 부르는 노래』, 비채, 131쪽.

65   한강, 2013 가을, 「아름다운 것에 대하여 — 최인호 선생님 영전에」, ≪문학동네≫. ; 2023, 『디 에센셜: 한강』, 문학동네, 322쪽.

66   한강, 2013 가을, 「아름다운 것에 대하여 — 최인호 선생님 영전에」, ≪문학동네≫. ; 2023, 『디 에센셜: 한강』, 문학동네, 322쪽.

67   한강, 2005, 「문학적 자서전 — 기억의 양지」, 『제29회 이상문학상 수상작품집』, 문학사상사, 355쪽.

68   한강, 2007, 『가만가만 부르는 노래』, 비채, 47~48쪽.

69   정용준, 2022. 1/2. 「한강+정용준 빛이 머물다 간 자리」, ≪악스트≫, 통권 제40호, 78쪽.

70   한강, 2010 겨울, ≪동리목월≫, 통권 제2호. ; 한강, 2011 봄, ≪작가세계≫, 제23권 제1호.

71   한강, 2000/2018, 「작가의 말」, 『내 여자의 열매』, 문학과지성사, 402쪽.

72   한강, 2007, 『가만가만 부르는 노래』, 비채, 48쪽.

73   김연수, 2014. 9, 「사랑이 아닌 다른 말로는 설명할 수 없는 — 한강과의 대화」, ≪창작과비평≫, 통권 제165호, 323쪽.

74   김재선, 2016. 5. 17, 「한승원 "딸 한강은 나를 넘었다… 어린 시절 책에 묻혀 살아"」, 연합뉴스.

75   한강이 이때 봤던 닻의 모습과 주변 풍경을, 그의 등단작 「붉은 닻」의 관련 대목을 바탕으로 추론해볼 수 있다. 「붉은 닻」에선 "해안 모래밭에 처박힌 닻", "잔뜩 녹이 슨 채 두 조각으로 분해된 갈고리는 사람의 키만큼 컸으며, 비스듬히 서로에게 기대어 지탱되고 있었다", "붉은 녹으로 얼룩져 있었다", "철제의 빗줄들 역시 검붉게 녹이 슬어 있었고 대부분 매듭이 끊겨 있었다" 등의 문장으로 묘사했다. 한강, 1995/2018, 『여수의 사랑』, 문학과지성사, 294~295쪽 참고.

76   김유태, 2024. 10. 11, 「한강 단독 인터뷰 — "고단한 날, 한 문단이라도 읽고 잠들어야 마음이 편안해집니다"」, ≪매일경제≫.

77   한강, 2005, 「문학적 자서전 — 기억의 양지」, 『제29회 이상문학상 수상작품집』, 문학사상사, 356쪽.

78   한강, 2005, 「문학적 자서전 — 기억의 양지」, 『제29회 이상문학상 수상작품집』, 문학사상사, 355쪽.

79   한강, 2000/2018, 「작가의 말」, 『내 여자의 열매』, 문학과지성사, 402쪽.

80   한강, 1994. 1. 4, 「붉은 닻」, ≪서울신문≫. ; 1995/2018, 『여수의 사랑』, 문학과지성사, 300쪽.

81 한강, 1994. 1. 4, 「붉은 닻」, ≪서울신문≫. ; 1995/2018, 『여수의 사랑』, 문학과
지성사, 279쪽.

82 윤수경, 2024. 10. 14, 「"이견 없던 한강 등단작 '붉은 닻'… 오랫동안 자신의 세계
넓혀 가길"」, ≪서울신문≫.

83 한강, 2013 가을, 「아름다운 것에 대하여 — 최인호 선생님 영전에」, ≪문학동
네≫. ; 2023, 『디 에센셜: 한강』, 문학동네, 320쪽.

84 한강, 1993 겨울, 「서울의 겨울 12」 외 4편, ≪문학과사회≫, 통권 24호,
1553~1558쪽.

85 한강, 2005, 「문학적 자서전 — 기억의 양지」, 『제29회 이상문학상 수상작품
집』, 문학사상사, 356쪽. ; 한강, 2010 겨울, 「한강 작가연보」, ≪동리목월≫, 통
권 제2호, 71쪽. ; 정용준, 2022. 1/2, 「한강+정용준 빛이 머물다 간 자리」, ≪악스
트≫, 통권 제40호, 69쪽.

86 한강, 2000 여름, 「침묵」, ≪문학동네≫, 제23호, 151쪽.

87 한강, 1994. 1. 4, 「뽑히고 나서」, ≪서울신문≫. ; 윤수경, 2024. 10. 14, 「"이견 없
던 한강 등단작 '붉은 닻'… 오랫동안 자신의 세계 넓혀 가길"」, ≪서울신문≫.

제3장 시작부터 다른 물결을 만들다

1   한강, 1995/2018, 『여수의 사랑』, 문학과지성사, 9쪽.

2   한강, 1995/2018, 『여수의 사랑』, 문학과지성사, 64쪽.

3   진상명, 2024. 10. 16, 「"별로 그때로 돌아가고 싶지 않아요"… 작품 세계 관통하
는 '스물일곱' 한강 작가의 생각들, 다시 들어보니」, SBS 뉴스.

4   손정수, 2011 봄, 「식물이 자라는 속도로 글쓰기—한강론」, ≪작가세계≫, 제23
권 제1호, 59~80쪽.

5   한강, 1995/2018, 『여수의 사랑』, 문학과지성사, 322쪽.

6   한강, 2011 봄, 「기억의 바깥」. ≪작가세계≫, 제23권 제1호, 38~39쪽.

7   김유태, 2024. 10. 11, 「한강 단독 인터뷰 — "고단한 날, 한 문단이라도 읽고 잠들
어야 마음이 편안해집니다"」, ≪매일경제≫.

8   정용준, 2022. 1/2, 「한강+정용준 빛이 머물다 간 자리」, ≪악스트≫, 통권 제40
호, 83쪽.

9   한강, 1995/2018, 『여수의 사랑』, 문학과지성사, 307쪽.

10 손정숙, 1995. 8. 10, 「첫 소설 「여수의 사랑」 펴낸 한강씨」, ≪서울신문≫.

11   한강, 2013 가을, 「아름다운 것에 대하여 ─ 최인호 선생님 영전에」, ≪문학동
      네≫. ; 2023, 『디 에센셜: 한강』, 문학동네, 320쪽.

12   한강, 2007, 『가만가만 부르는 노래』, 비채, 75쪽.

13   한강, 2005, 「문학적 자서전 ─ 기억의 양지」, 『제29회 이상문학상 수상작품
      집』, 문학사상사, 356쪽.

14   김연수, 2005, 「작가론」, 『제29회 이상문학상수상작품집』, 문학사상사, 370쪽.

15   그의 결혼이나 이혼, 출산 등은 작가의 개인적인 경험일 수 있지만, 그의 문학 인
      생과 작품 세계에 적지 않은 영향을 미쳤을 것으로 보여 기록한다. 더구나 그의
      노벨문학상 수상 직후 각종 언론 보도를 통해서 그의 이혼 사실이 공개돼 비공개
      에 따른 실효성이 사라진 점 역시 감안했다. 한강, 2010 겨울, ≪동리목월≫, 통
      권 제2호. ; 한강, 2011 봄, ≪작가세계≫, 제23권 제1호.

16   윤경희, 2015, 「수상작가 인터뷰 ─ 연하고 깨끗한, 막연하나 이끄는」, 『제15회
      황순원문학상 수상작품집』, 중앙일보문예중앙, 109쪽.

17   한강, 2000 여름, 「침묵」, ≪문학동네≫, 제23호, 146쪽.

18   한강, 2010 겨울, ≪동리목월≫, 통권 제2호. ; 한강, 2011 봄, ≪작가세계≫, 제23
      권 제1호.

19   한강, 1998/2017, 『검은 사슴』, 문학동네, 321쪽.

20   윤경희, 2015, 「수상작가 인터뷰 ─ 연하고 깨끗한, 막연하나 이끄는」, 『제15회
      황순원문학상 수상작품집』, 중앙일보문예중앙, 103쪽.

21   한강, 1998/2017, 『검은 사슴』, 문학동네, 17쪽.

22   윤경희, 2015, 「수상작가 인터뷰 ─ 연하고 깨끗한, 막연하나 이끄는」, 『제15회
      황순원문학상 수상작품집』, 중앙일보문예중앙, 114쪽.

23   정서희, 2012, 「한강 소설의 인물 정체성 연구」, 연세대 석사학위 논문.

24   김선희, 2013, 「한강 소설에 나타나는 서사적 특성의 변화 양상」, 명지대 석사학
      위 논문, 41쪽.

25   한강, 2003/2009, 『사랑과, 사랑을 둘러싼 것들』, 열림원, 9쪽.

26   강지희, 2011 봄, 「작가 인터뷰 ─ 고통으로 '빛의 지문'을 찍는 작가」, ≪작가세
      계≫, 제23권 제1호, 47쪽.

27   윤경희, 2015, 「수상작가 인터뷰 ─ 연하고 깨끗한, 막연하나 이끄는」, 『제15회
      황순원문학상 수상작품집』, 중앙일보문예중앙, 117쪽.

28   한강, 2003/2009, 『사랑과, 사랑을 둘러싼 것들』, 열림원, 69~70쪽.

29   김지영, 2009. 9. 26, 「폭압적 동물성 앞에 진저리 차라리 식물로 살고픈 여자」,

≪동아일보≫.

30 한강, 2000/2018, 『내 여자의 열매』, 문학과지성사, 30쪽.

31 김선희, 2013, 「한강 소설에 나타나는 서사적 특성의 변화 양상」, 명지대 석사학
    위 논문, 24쪽.

32 한강, 2007/2022, 『채식주의자』, 창비, 272쪽. 이와 관련, 그는 2023년 11월 제9
    회 세계한글작가대회 특별강연에서 이 과정을 조금 더 부연해 설명하기도 한다.
    "이 단편소설을 쓰고 난 직후, 언젠가 이것을 다시 써보고 싶다는 생각을 했다.
    뒷이야기를 쓰기보다는 어떤 긴 변주를 해보고 싶었다. 그보다 먼저 쓰고 싶었던
    장편소설들을 두 권 출간한 뒤에야 작업을 시작할 수 있었다. 그 결과가 2007년
    에 출간한 세 번째 장편소설 『채식주의자』다." 한강, 2023. 11/12, 「시와 단편소
    설, 그리고 장편소설을 함께 쓴다는 것」, ≪PEN문학≫, 제176호, 18쪽.

33 이현권·윤혜리, 2020, 「무의식적 관점에서 본 소설가 한강의 단편 소설 「내 여자
    의 열매」: 당시의 단편 소설들과 함께」, ≪정신분석≫, 제31권 제3호, 52~61쪽.

34 한강, 2000/2018, 『내 여자의 열매』, 문학과지성사, 148쪽.

35 강지희, 2011 봄, 「작가 인터뷰 – 고통으로 '빛의 지문'을 찍는 작가」, ≪작가세
    계≫, 제23권 제1호, 50쪽.

36 주지영, 2022, 「한강의 「아기부처」에 나타난 혐오의 폭력성과 공거의 윤리」,
    ≪현대소설연구≫, 제86호, 279~311쪽.

37 오정희 외, 1999, 「제25회 한국소설문학상 대상 선정 이유/심사 경위/심사평」,
    『아기 부처 – 제25회 한국소설문학상 수상작품집』, 개미, 11쪽.

38 한강, 2000/2018, 『내 여자의 열매』, 문학과지성사, 300쪽.

39 한강, 2000/2018, 『내 여자의 열매』, 문학과지성사, 404쪽.

40 한강, 2000 여름, 「침묵」, ≪문학동네≫, 제23호, 144~145쪽.

41 한강, 2000 여름, 「침묵」, ≪문학동네≫, 제23호, 149쪽.

42 한강, 2010 겨울, 「한강 작가연보」, ≪동리목월≫, 통권 제2호, 72쪽.

43 한강, 2002, 『내 이름은 태양꽃』, 문학동네, 110쪽.

44 강지희, 2011 봄, 「작가 인터뷰 – 고통으로 '빛의 지문'을 찍는 작가」, ≪작가세
    계≫, 제23권 제1호, 50쪽.

45 김연수, 2014. 9, 「사랑이 아닌 다른 말로는 설명할 수 없는 – 한강과의 대화」,
    ≪창작과비평≫, 통권 제165호, 315쪽.

1   한강, 2002, 『그대의 차가운 손』, 문학과지성사, 83쪽.

2   한강, 2002, 『그대의 차가운 손』, 문학과지성사, 313쪽.

3   한강, 2002, 『그대의 차가운 손』, 문학과지성사, 328쪽.

4   윤경희, 2015, 「수상작가 인터뷰 − 연하고 깨끗한, 막연하나 이끄는」, 『제15회 황순원문학상 수상작품집』, 중앙일보문예중앙, 103쪽.

5   장경렬, 2002 여름, 「환유와 은유의 경계에서: 『그대의 차가운 손』」, ≪서평문화≫, 제46집, 25쪽.

6   안드레스 올손, 2024. 10. 10, 「Biobibliography」, 노벨상위원회 홈페이지.

7   한강, 2002, 『내 이름은 태양꽃』, 문학동네, 103쪽.

8   한강, 2008, 『눈물상자』, 문학동네, 70쪽.

9   한강, 2007/2022, 『채식주의자』, 창비, 50쪽.

10   한강, 2005, 「수상 소감」, 『제29회 이상문학상수상작품집』, 문학사상사, 350쪽 참고.

11   한강, 2007/2022, 『채식주의자』, 창비, 273쪽.

12   한강, 2007/2022, 『채식주의자』, 창비, 273쪽.

13   채널예스, 2010. 6, 「작가와의 만남: 연극 「오늘의 책은 어디로 사라졌을까?」와 함께한 낭독회 − 『바람이 분다, 가라』 한강」.

14   강지희, 2011 봄, 「작가 인터뷰 − 고통으로 '빛의 지문'을 찍는 작가」, 작가세계, 제23권 제1호, 55쪽.

15   한강, 2007/2022, 『채식주의자』, 창비, 268쪽.

16   전승훈, 2016. 5. 18, 「한강 "인간 존엄성을 향해 필사적으로 손을 뻗고 싶어"」, ≪동아일보≫.

17   한강·강수미·신형철, 2016. 9, 「한강 소설의 미학적 층위 −『채식주의자』에서 『흰』까지」, ≪문학동네≫, 제23권 제3호, 통권 제88호, 49쪽.

18   임수빈, 2016. 6, 「한강 "언제나 '흰' 것에 대한 글을 쓰고 싶었다"」, 채널예스.

19   김연수, 2014. 9, 「사랑이 아닌 다른 말로는 설명할 수 없는 − 한강과의 대화」, ≪창작과비평≫, 통권 제165호, 318쪽.

20   윤경희, 2015, 「수상작가 인터뷰 − 연하고 깨끗한, 막연하나 이끄는」, 『제15회 황순원문학상 수상작품집』, 중앙일보문예중앙, 103쪽.

21   정윤희, 2016. 6, 「이달의 북리스트 인터뷰 − 한강 작가」, ≪출판저널≫, 제485

호, 16~18쪽.

22 윤경희, 2015, 「수상작가 인터뷰 – 연하고 깨끗한, 막연하나 이끄는」, 『제15회 황순원문학상 수상작품집』, 중앙일보문예중앙, 120쪽 참고.

23 윤하은, 2024, 「한강 소설에 나타나는 폭력성의 이미지 연구 –『채식주의자』, 『소년이 온다』, 『작별하지 않는다』를 중심으로」, 숭실대 석사학위 논문.

24 정서희, 2012, 「한강 소설의 인물 정체성 연구」, 연세대 석사학위 논문, 21~22쪽.

25 강지희, 2011 봄, 「작가 인터뷰 – 고통으로 '빛의 지문'을 찍는 작가」, ≪작가세계≫, 제23권 제1호, 44쪽.

26 한강·강수미·신형철, 2016.9, 「한강 소설의 미학적 층위 –『채식주의자』에서 『흰』까지」, ≪문학동네≫, 제23권 제3호, 통권 제88호, 43~44쪽.

27 한강·강수미·신형철, 2016.9, 「한강 소설의 미학적 층위 –『채식주의자』에서 『흰』까지」, ≪문학동네≫, 제23권 제3호, 통권 제88호, 43~44쪽.

28 안드레스 올손, 2024.10.10, 「Biobibliography」, 노벨상위원회 홈페이지.

29 김연수, 2014.9, 「사랑이 아닌 다른 말로는 설명할 수 없는 – 한강과의 대화」, ≪창작과비평≫, 통권 제165호, 318쪽.

30 강지희, 2011 봄, 「작가 인터뷰 – 고통으로 '빛의 지문'을 찍는 작가」, ≪작가세계≫, 제23권 제1호, 51쪽.

31 한강, 2012/2018, 『노랑무늬영원』, 문학과지성사, 293쪽.

32 한강, 2023.11/12, 「시와 단편소설, 그리고 장편소설을 함께 쓴다는 것」, ≪PEN문학≫, 제176호, 19쪽.

33 한강, 2023.11/12, 「시와 단편소설, 그리고 장편소설을 함께 쓴다는 것」, ≪PEN문학≫, 제176호, 19쪽.

34 이상문학상 심사위원회, 2005.1, 「제29회 이상문학상 대상 수상작 선정 이유서」, 『제29회 이상문학상수상작품집』, 문학사상사.

35 이어령, 2005.1, 「차원 높은 상징성을 보여주는 새로운 소설」, 『제29회 이상문학상수상작품집』, 문학사상사, 330쪽.

36 김선희, 2013, 「한강 소설에 나타나는 서사적 특성의 변화 양상」, 명지대 석사학위 논문.

37 한강, 2007, 『가만가만 부르는 노래』, 비채, 29쪽.

38 한강, 2007, 『가만가만 부르는 노래』, 비채, 7쪽.

39 채널예스, 2011.12, 「"우리는 모두 다 세계를 잃어가는 사람들" – 소설가 한강

『희랍어시간』」, 채널예스.

40   정용준, 2022. 1/2, 「한강+정용준 빛이 머물다 간 자리」, ≪악스트≫, 통권 제40호, 86쪽.

41   정용준, 2022. 1/2, 「한강+정용준 빛이 머물다 간 자리」, ≪악스트≫, 통권 제40호, 82쪽.

42   한강, 2017 겨울, 「그 말을 심장에 받아 적듯이」, ≪창작과비평≫, 제45권 제4호, 통권 178호, 440쪽.

제5장 삶과 회복의 방향으로

1   엄지혜, 2014. 6, 「한강 "벌 받는 기분으로 책상에 앉았다"」, 채널예스.

2   정용준, 2022. 1/2, 「한강+정용준 빛이 머물다 간 자리」, ≪악스트≫, 통권 제40호, 71쪽.

3   한강, 2010, 『바람이 분다, 가라』, 문학과지성사, 389쪽.

4   채널예스, 2010. 6, 「작가와의 만남: 연극 「오늘의 책은 어디로 사라졌을까?」와 함께한 낭독회 ─ 『바람이 분다, 가라』 한강」.

5   채널예스, 2010. 6, 「작가와의 만남: 연극 「오늘의 책은 어디로 사라졌을까?」와 함께한 낭독회 ─ 『바람이 분다, 가라』 한강」 참고.

6   한강, 2010, 『바람이 분다, 가라』, 문학과지성사, 386~387쪽.

7   정윤희, 2016. 6, 「이달의 북리스트 인터뷰 ─ 한강 작가」, ≪출판저널≫, 제485호, 16~18쪽.

8   김연수, 2014. 9, 「사랑이 아닌 다른 말로는 설명할 수 없는 ─ 한강과의 대화」, ≪창작과비평≫, 통권 제165호, 318쪽.

9   윤경희, 2015, 「수상작가 인터뷰 ─ 연하고 깨끗한, 막연하나 이끄는」, 『제15회 황순원문학상 수상작품집』, 중앙일보문예중앙, 112쪽.

10   채널예스, 2010. 6, 「작가와의 만남: 연극 「오늘의 책은 어디로 사라졌을까?」와 함께한 낭독회 ─ 『바람이 분다, 가라』 한강」.

11   김연수, 2014. 9, 「사랑이 아닌 다른 말로는 설명할 수 없는 ─ 한강과의 대화」, ≪창작과비평≫, 통권 제165호, 317쪽.

12   우찬제, 2010 봄, 「진실의 숨결과 서사의 파동 ─ 한강의 소설」, ≪문학과사회≫, 제23권 제1호, 통권 제89호, 362~363쪽.

13   안드레스 올손, 2024. 10. 10, 「Biobibliography」, 노벨상 위원회 홈페이지.

14 한강·강수미·신형철, 2016.9, 「한강 소설의 미학적 층위 ―『채식주의자』에서 『흰』까지」, ≪문학동네≫, 제23권 제3호, 통권 제88호, 18쪽.

15 채널예스, 2011.12, 「"우리는 모두 다 세계를 잃어가는 사람들" ― 소설가 한강 『희랍어시간』」.

16 한강, 2011, 『희랍어 시간』, 문학동네, 83~84쪽.

17 김연수, 2014.9, 「사랑이 아닌 다른 말로는 설명할 수 없는 ― 한강과의 대화」, ≪창작과비평≫, 통권 제165호, 318쪽.

18 윤경희, 2015, 「수상작가 인터뷰 ― 연하고 깨끗한, 막연하나 이끄는」, 『제15회 황순원문학상 수상작품집』, 중앙일보문예중앙, 112쪽.

19 문학평론가 권희철은 한강이 『바람이 분다, 가라』와 『희랍어 시간』 두 장편에서 '어떻게 인간적인 삶을 껴안을 수 있을까?' 하는 질문에 만족스러운 정답을 구한 것은 아니라고 분석한다. 권희철, 2016.9, 「작가론 ― 우리가 인간이라는 사실과 싸우는 일은 어떻게 가능한가?」, ≪문학동네≫, 제23권 제3호, 통권 88호, 62~84쪽.

20 채널예스, 2011.12, 「"우리는 모두 다 세계를 잃어가는 사람들" ― 소설가 한강 『희랍어 시간』」.

21 김연수, 2014.9, 「사랑이 아닌 다른 말로는 설명할 수 없는 ― 한강과의 대화」, ≪창작과비평≫, 통권 제165호, 318쪽.

22 채널예스, 2011.12, 「"우리는 모두 다 세계를 잃어가는 사람들" ― 소설가 한강 『희랍어시간』」.

23 나보령, 2023.6, 「다시 읽는 한강의 『희랍어 시간』」, 『행복한교육』, 통권 제500호, 55쪽.

24 안드레스 올손, 2024.10.10, 「Biobibliography」, 노벨상위원회 홈페이지.

25 김연수, 2014.9, 「사랑이 아닌 다른 말로는 설명할 수 없는 ― 한강과의 대화」, ≪창작과비평≫, 통권 제165호, 316쪽.

26 한강, 2012/2018, 『노랑무늬영원』, 문학과지성사, 64~65쪽.

27 김연수, 2014.9, 「사랑이 아닌 다른 말로는 설명할 수 없는 ― 한강과의 대화」, ≪창작과비평≫, 통권 제165호, 317쪽.

28 김연수, 2014.9, 「사랑이 아닌 다른 말로는 설명할 수 없는 ― 한강과의 대화」, ≪창작과비평≫, 통권 제165호, 317쪽.

29 안드레스 올손, 2024.10.10, 「Biobibliography」, 노벨상위원회 홈페이지.

30 한강, 2012/2018, 『노랑무늬영원』, 문학과지성사, 103쪽.

31 안드레스 올손, 2024. 10. 10, 「Biobibliography」, 노벨상위원회 홈페이지.

32 한강, 2012, 「이상의 회화와 문학세계」, 연세대 석사학위 논문, 75쪽.

33 한강, 2012, 「이상의 회화와 문학세계」, 연세대 석사학위 논문, 74쪽.

34 강지희, 2011 봄, 「작가 인터뷰 ― 고통으로 '빛의 지문'을 찍는 작가」, ≪작가세계≫, 제23권 제1호, 56쪽.

35 한강, 2023. 11/12, 「시와 단편소설, 그리고 장편소설을 함께 쓴다는 것」, ≪PEN문학≫, 제176호, 20쪽.

36 한강, 2023. 11/12, 「시와 단편소설, 그리고 장편소설을 함께 쓴다는 것」, ≪PEN문학≫, 제176호, 20쪽.

제6장 현대사로 대선회… 『소년이 온다』

1 엄지혜, 2014. 6, 「한강 "벌 받는 기분으로 책상에 앉았다"」, 채널예스.

2 정연욱, 2021. 10. 31, 「인터뷰 ―『소년이 온다』한강 "압도적인 고통으로 쓴 작품"」, KBS.

3 한강·강수미·신형철, 2016. 9, 「한강 소설의 미학적 층위 ―『채식주의자』에서『흰』까지」, ≪문학동네≫, 제23권 제3호, 통권 제88호, 32쪽.

4 김연수, 2014. 9, 「사랑이 아닌 다른 말로는 설명할 수 없는 ― 한강과의 대화」, ≪창작과비평≫, 통권 제165호, 319쪽.

5 한강, 2014, 『소년이 온다』, 창비, 206쪽.

6 김연수, 2014. 9, 「사랑이 아닌 다른 말로는 설명할 수 없는 ― 한강과의 대화」, ≪창작과비평≫, 통권 제165호, 319쪽. ; 정용준, 2022. 1/2, 「한강+정용준 빛이 머물다 간 자리」, ≪악스트≫, 통권 제40호, 82쪽.

7 정용준, 2022. 1/2, 「한강+정용준 빛이 머물다 간 자리」, ≪악스트≫, 통권 제40호, 79쪽 참고.

8 김연수, 2014. 9, 「사랑이 아닌 다른 말로는 설명할 수 없는 ― 한강의 대화」, ≪창작과비평≫, 통권 제165호, 321쪽.

9 정용준, 2022. 1/2, 「한강+정용준 빛이 머물다 간 자리」, ≪악스트≫, 통권 제40호, 68쪽.

10 소설 『소년이 온다』에서도 진수의 선배를 비롯해 항쟁 참여자들이 양심 또는 타인의 고통을 고민하면서 마지막까지 도청에 남게 되는 내용이 나온다. 한강, 2014, 『소년이 온다』, 창비, 114쪽.

11 정연욱, 2021. 10. 31, 「인터뷰 ─ 『소년이 온다』 한강 "압도적인 고통으로 쓴 작품"」, KBS.

12 채널예스, 2014. 9, 「한강 "나에게 서재란, 일하는 방"」,

13 김연수, 2014. 9, 「사랑이 아닌 다른 말로는 설명할 수 없는 ─ 한강과의 대화」, ≪창작과비평≫, 통권 제165호, 322쪽. ; 한강·강수미·신형철, 2016. 9, 「한강 소설의 미학적 층위 ─ 『채식주의자』에서 『흰』까지」, ≪문학동네≫, 제23권 제3호, 통권 제88호, 36~37쪽.

14 정연욱, 2021. 10. 31, 「인터뷰 ─ 『소년이 온다』 한강 "압도적인 고통으로 쓴 작품"」, KBS.

15 엄지혜, 2014. 6, 「한강 "벌 받는 기분으로 책상에 앉았다"」, 채널예스.

16 정용준, 2022. 1/2, 「한강+정용준 빛이 머물다 간 자리」, ≪악스트≫, 통권 제40호, 62쪽.

17 한강, 2014, 『소년이 온다』, 창비, 192쪽.

18 김연수, 2014. 9, 「사랑이 아닌 다른 말로는 설명할 수 없는 ─ 한강과의 대화」, ≪창작과비평≫, 통권 제165호, 325쪽.

19 정연욱, 2021. 10. 31, 「인터뷰 ─ 『소년이 온다』 한강 "압도적인 고통으로 쓴 작품"」, KBS.

20 윤경희, 2015, 「수상작가 인터뷰 ─ 연하고 깨끗한, 막연하나 이끄는」, 『제15회 황순원문학상 수상작품집』, 중앙일보문예중앙, 106~107쪽.

21 윤경희, 2015, 「수상작가 인터뷰 ─ 연하고 깨끗한, 막연하나 이끄는」, 『제15회 황순원문학상 수상작품집』, 중앙일보문예중앙, 107~108쪽.

22 윤경희, 2015, 「수상작가 인터뷰 ─ 연하고 깨끗한, 막연하나 이끄는」, 『제15회 황순원문학상 수상작품집』, 중앙일보문예중앙, 120쪽.

23 문학평론가 김명인의 페이스북 게시글.

24 김연수, 2014. 9, 「사랑이 아닌 다른 말로는 설명할 수 없는 ─ 한강과의 대화」, ≪창작과비평≫, 통권 제165호, 327쪽.

25 정윤희, 2016. 6, 「이달의 북리스트 인터뷰 ─ 한강 작가」, ≪출판저널≫, 제485호, 16~18쪽.

26 정연욱, 2021. 10. 31, 「인터뷰 ─ 『소년이 온다』 한강 "압도적인 고통으로 쓴 작품"」, KBS.

27 양진영, 2019, 「한강 소설에 나타난 애도와 원한 연구 ─ 장편소설 『소년이 온다』를 중심으로」, ≪한국문학이론과 비평≫, 제23권 제3호, 통권 제84호, 239~260쪽.

28 엄지혜, 2014.6, 「한강 "벌 받는 기분으로 책상에 앉았다"」, 채널예스.

29 안드레스 올손, 2024.10.10, 「Biobibliography」, 노벨상위원회 홈페이지.

30 김중배, 2014.8.1, 「제29회 만해문학상에 한강 '소년이 온다'」, 연합뉴스.

31 문화예술계 블랙리스트 진상조사 및 제도개선위원회, 2019, 「문화예술계 블랙
    리스트 진상조사 및 제도개선위원회 백서」, 제2권, 228쪽.; 「문화예술계 블랙
    리스트 진상조사 및 제도개선위원회 백서」, 제2-4권, 394쪽, 502쪽 참고.

32 이영재·이지헌, 2017.2.1, 「고은·한강·황현산… 특검이 밝힌 '블랙리스트' 피해
    자들」.

33 문화예술계 블랙리스트 진상조사 및 제도개선위원회, 2019, 「문화예술계 블랙
    리스트 진상조사 및 제도개선위원회 백서」, 제2권, 218~220쪽.; 「문화예술계 블
    랙리스트 진상조사 및 제도개선위원회 백서」, 제2-4권, 122쪽, 141~143쪽, 147
    쪽 참고.

34 문화예술계 블랙리스트 진상조사 및 제도개선위원회, 2019, 「문화예술계 블랙
    리스트 진상조사 및 제도개선위원회 백서」, 제2권, 218~220쪽.; 「문화예술계 블
    랙리스트 진상조사 및 제도개선위원회 백서」, 제2-4권, 133쪽, 141~143쪽, 149
    쪽 참고.

35 문화예술계 블랙리스트 진상조사 및 제도개선위원회, 2019, 「문화예술계 블랙
    리스트 진상조사 및 제도개선위원회 백서」, 제2권, 218~220쪽.; 「문화예술계 블
    랙리스트 진상조사 및 제도개선위원회 백서」, 제2-4권, 122쪽 참고.

36 임수빈, 2016.6, 「한강 "언제나 '흰' 것에 대한 글을 쓰고 싶었다"」, 채널예스.

37 한강·강수미·신형철, 2016.9, 「한강 소설의 미학적 층위 ―『채식주의자』에서
    『흰』까지」, ≪문학동네≫, 제23권 제3호, 통권 제88호, 33쪽.

38 한강, 2016/2018, 「작가의 말」, 『흰』, 문학동네, 187쪽.

39 한강, 2015, 「수상 소감」, 『제15회 황순원문학상 수상작품집』, 중앙일보문예중
    앙, 57쪽 참고.

40 한강, 2016/2018, 「작가의 말」, 『흰』, 문학동네, 188~189쪽.

41 한강, 2016/2018, 「모든 흰」, 『흰』, 문학동네, 135쪽.

42 안드레스 올손, 2024.10.10, 「Biobibliography」, 노벨상위원회 홈페이지.

43 이재훈, 2016.6.3, 「한강 "언어 아닌 다른 방법 상상"…'흰' 전시 '소실점'」, 뉴시
    스.

44 채널예스. 2011.12. 「"우리는 모두 다 세계를 잃어가는 사람들" ― 소설가 한강
    『희랍어시간』」.

45   정용준, 2022. 1/2. 「한강+정용준 빛이 머물다 간 자리」, ≪악스트≫, 2022년 1/2 월호, 통권 제40호, 70쪽.

46   정용준, 2022. 1/2. 「한강+정용준 빛이 머물다 간 자리」, ≪악스트≫, 2022년 1/2 월호, 통권 제40호, 81쪽.

47   신연선·오은, 2021. 9. 23, 「책읽아웃 − 질문에 끝까지 가보는 것」, 채널예스.

48   윤경희, 2015, 「수상작가 인터뷰 − 연하고 깨끗한, 막연하나 이끄는」, 『제15회 황순원문학상 수상작품집』, 중앙일보문예중앙, 103쪽.

49   윤경희, 2015, 「수상작가 인터뷰 − 연하고 깨끗한, 막연하나 이끄는」, 『제15회 황순원문학상 수상작품집』, 중앙일보문예중앙, 103쪽.

50   윤경희, 2015, 「수상작가 인터뷰 − 연하고 깨끗한, 막연하나 이끄는」, 『제15회 황순원문학상 수상작품집』, 중앙일보문예중앙, 103쪽.

51   정윤희, 2016. 6, 「이달의 북리스트 인터뷰 − 한강 작가」, ≪출판저널≫, 제485 호, 16~18쪽.

52   정윤희, 2016. 6, 「이달의 북리스트 인터뷰 − 한강 작가」, ≪출판저널≫, 제485 호, 16~18쪽.

53   김연수, 2014. 9, 「사랑이 아닌 다른 말로는 설명할 수 없는 − 한강과의 대화」, ≪창작과비평≫, 통권 제165호, 318쪽.

54   정윤희, 2016. 6, 「이달의 북리스트 인터뷰 − 한강 작가」, ≪출판저널≫, 제485 호, 16~18쪽.

55   김연수, 2014. 9, 「사랑이 아닌 다른 말로는 설명할 수 없는 − 한강과의 대화」, ≪창작과비평≫, 통권 제165호, 318쪽.

56   정윤희, 2016. 6, 「이달의 북리스트 인터뷰 − 한강 작가」, ≪출판저널≫, 제485 호, 16~18쪽.

57   강지희, 2011 봄, 「작가 인터뷰 − 고통으로 '빛의 지문'을 찍는 작가」, ≪작가세 계≫, 제23권 제1호, 44쪽.

58   정용준, 2022. 1/2. 「한강+정용준 빛이 머물다 간 자리」, ≪악스트≫, 2022년 1/2 월호, 통권 제40호, 81쪽.

59   채널예스, 2011. 12, 「"우리는 모두 다 세계를 잃어가는 사람들" − 소설가 한강 『희랍어시간』」.

60   한강, 2011 봄, 「기억의 바깥」. ≪작가세계≫, 제23권 제1호, 41쪽.

61   강지희, 2011 봄, 「작가 인터뷰 − 고통으로 '빛의 지문'을 찍는 작가」, 작가세계, 제23권 제1호, 47쪽.

62 김수영, 2022, 『시여, 침을 뱉어라』, 민음사, 10쪽.

63 한강·강수미·신형철, 2016. 9, 「한강 소설의 미학적 층위 ─ 『채식주의자』에서 『흰』까지」, ≪문학동네≫, 제23권 제3호, 통권 제88호, 20쪽.

64 한강·강수미·신형철, 2016. 9, 「한강 소설의 미학적 층위 ─ 『채식주의자』에서 『흰』까지」, ≪문학동네≫, 제23권 제3호, 통권 제88호, 21~22쪽.

65 윤경희, 2015, 「수상작가 인터뷰 ─ 연하고 깨끗한, 막연하나 이끄는」, 『제15회 황순원문학상 수상작품집』, 중앙일보문예중앙, 103쪽.

66 김은경, 2018. 11. 30, 「한강 "단편소설은 내가 살아온 기록… 올겨울 눈 삼부작 완성"」, 연합뉴스.

67 한강, 2012/2018, 『노랑무늬영원』, 문학과지성사, 304쪽.

68 한강, 2023. 11/12, 「시와 단편소설, 그리고 장편소설을 함께 쓴다는 것」, ≪PEN 문학≫, 제176호, 20쪽.

69 한강, 2023. 11/12, 「시와 단편소설, 그리고 장편소설을 함께 쓴다는 것」, ≪PEN 문학≫, 제176호, 20쪽.

70 한강·강수미·신형철, 2016. 9, 「한강 소설의 미학적 층위 ─ 『채식주의자』에서 『흰』까지」, ≪문학동네≫, 제23권 제3호, 통권 제88호, 16쪽.

제7장 부커상 수상… 글로벌 작가로 부상

1 지은경, 2016. 5. 16, 「『채식주의자』 번역한 '데버라 스미스' 인터뷰」, 채널예스.

2 지은경, 2016. 5. 16, 「『채식주의자』 번역한 '데버라 스미스' 인터뷰」, 채널예스.

3 한국문학의 해외 번역 출간 흐름과 한국문학 번역가들의 역사는 곽효환 전 한국문학번역원장이 평소 들려준 이야기와 다음 인터뷰 내용을 참고해 정리했음을 밝힌다. 김수현, 2024. 10. 27, "한강의 노벨문학상 수상은 '제비 한 마리', 봄을 부르러 가야 합니다"」, SBS.

4 김수현, 2024. 10. 27, "한강의 노벨문학상 수상은 '제비 한 마리', 봄을 부르러 가야 합니다"」, SBS.

5 김보경, 2016. 3. 16, 「『채식주의자』 번역 데버라 스미스 "번역은 시와 같다"」, 연합뉴스.

6 정현상, 2016. 6. 20, 「"환상적인 한국 작가 많다"『채식주의자』 번역한 데버라 스미스 단독 인터뷰」, ≪신동아≫.

7 정현상, 2016. 6. 20, 「"환상적인 한국 작가 많다"『채식주의자』 번역한 데버라

스미스 단독 인터뷰」, ≪신동아≫.

8 데버라 스미스, 이예원 역, 2016 여름, 「자극하고, 불편하게 만들고, 질문하고 ─ 영역 한강 소설 『채식주의자』」, ≪대산문화≫, 통권 제60호.

9 손정빈, 2016.5.24, 「일문일답 ─ 맨부커상 한강 "채식주의자, 질문으로 읽어줬으면"」, 뉴시스.

10 조민선, 2024.10.29, 「한강 소설 스웨덴판 번역가 부부, "해골조차 아름답게 묘사하는 한강"」, ≪한국경제신문≫.

11 김현정, 2016.5.17, 〈소설가 한승원 "딸 한강, 나를 진즉 뛰어넘어"〉, CBS.

12 황정우·임미나, 2016.5.17, 「소설가 한강, '세계3대 문학상' 맨부커상 수상」, 연합뉴스.

13 손정빈, 2016.5.24, 「일문일답 ─ 맨부커상 한강 "채식주의자, 질문으로 읽어줬으면"」, 뉴시스.

14 손정빈, 2016.5.24, 「일문일답 ─ 맨부커상 한강 "채식주의자, 질문으로 읽어줬으면"」, 뉴시스.

15 이혜원·이윤희, 2024.10.11, 「외신들, 한강 노벨문학상에 "K-컬처 세계적 영향력 커져"(종합)」, 뉴시스.

16 조승한, 2024.10.15, 「네이처 "노벨 문학상 한강, 2017년부터 학술논문도 주목"」, 연합뉴스.

17 박해현, 2023년 봄, 「소설가 한강의 맨부커 인터내셔널상 수상 그리고 번역 논쟁」, ≪대산문화≫, 통권 87호, 67~69쪽.

18 한강, 2017 겨울, 「작가의 눈 ─ 누가 '승리'의 시나리오를 말하는가?」, ≪문학동네≫, 2017년 겨울호, 10쪽.

19 한강, 2017 겨울, 「작가의 눈 ─ 누가 '승리'의 시나리오를 말하는가?」, ≪문학동네≫, 2017년 겨울호, 10쪽.

20 정용준, 2022.1/2, 「한강+정용준 빛이 머물다 간 자리」, ≪악스트≫, 통권 제40호, 82쪽.

21 정용준, 2022.1/2, 「한강+정용준 빛이 머물다 간 자리」, ≪악스트≫, 통권 제40호, 82쪽.

22 한강, 2017 겨울, 「작가의 눈 ─ 누가 '승리'의 시나리오를 말하는가?」, ≪문학동네≫, 2017년 겨울호, 11쪽.

23 한강, 2017 겨울, 「작가의 눈 ─ 누가 '승리'의 시나리오를 말하는가?」, ≪문학동네≫, 2017년 겨울호, 13쪽.

24 한강, 2017 겨울, 「작가의 눈 ― 누가 '승리'의 시나리오를 말하는가?」, ≪문학동
네≫, 2017년 겨울호, 13쪽.

25 한강, 2017 겨울, 「작가의 눈 ― 누가 '승리'의 시나리오를 말하는가?」, ≪문학동
네≫, 2017년 겨울호, 13쪽.

26 김인구·김충남, 2017. 10. 10, 「"6·25는 대리戰"… 소설가 한강 美기고문 논란」,
≪문화일보≫.

27 조갑제, 2017. 11, 「시험대에 오른 리더십 ― 대한민국과 문재인의 충돌 코스」,
≪월간조선≫, 통권 제452호, 250쪽.

28 한강, 2017 겨울, 「작가의 눈 ― 누가 '승리'의 시나리오를 말하는가?」, ≪문학동
네≫, 2017년 겨울호, 13쪽.

29 한강, 2017 겨울, 「작가의 눈 ― 누가 '승리'의 시나리오를 말하는가?」, ≪문학동
네≫, 2017년 겨울호, 13쪽.

30 한강, 2017 겨울, 「작별」, ≪문학과사회≫, 제30권 제4호, 통권 제120호, 115쪽.

31 오정희 외, 2018, 「심사평」, 『작별 ― 제12회 김유정문학상 수상작품집』, 은행
나무, 9쪽.

32 한강, 2021, 『작별하지 않는다』, 문학동네, 10쪽.

33 김용출, 2021. 9. 8, 「신작 『작별하지 않는다』 한강 "지극한 사랑에 대한 소설이기
를" ― 김용출의 문학삼매경」, ≪세계일보≫.

34 한강, 2022 봄/2023, 「출간 후에」, 『디 에센셜: 한강』, 문학동네, 349쪽.

35 정용준, 2022. 1/2, 「한강+정용준 빛이 머물다 간 자리」, ≪악스트≫, 통권 제40
호, 79쪽.

36 정용준, 2022. 1/2, 「한강+정용준 빛이 머물다 간 자리」, ≪악스트≫, 통권 제40
호, 84쪽.

37 정용준, 2022. 1/2, 「한강+정용준 빛이 머물다 간 자리」, ≪악스트≫, 통권 제40
호, 69쪽.

38 한강, 2022 봄/2023, 「출간 후에」, 『디 에센셜: 한강』, 문학동네, 353쪽.

39 정용준, 2022. 1/2, 「한강+정용준 빛이 머물다 간 자리」, ≪악스트≫, 통권 제40
호, 63쪽 참고.

40 한강, 2021, 『작별하지 않는다』, 문학동네, 87쪽.

41 노희호, 2022. 9, 「한강 소설 속 유령의 형상과 기능 ―「눈 한 송이가 녹는 동안」,
「작별」, 『작별하지 않는다』를 중심으로」, ≪어문론총≫, 제93호, 205~238쪽.

42 안드레스 올손, 2024. 10. 10, 「Biobibliography」, 노벨상위원회 홈페이지.

43 　정용준, 2022. 1/2, 「한강+정용준 빛이 머물다 간 자리」, ≪악스트≫, 통권 제40호, 84쪽.

44 　한강, 2023. 11/12, 「시와 단편소설, 그리고 장편소설을 함께 쓴다는 것」, ≪PEN문학≫, 제176호, 19쪽.

45 　한강, 2023. 11/12, 「시와 단편소설, 그리고 장편소설을 함께 쓴다는 것」, ≪PEN문학≫, 제176호, 21쪽.

46 　강민경, 2024. 10. 15, 「한강 노벨문학상 수상 비하인드… "220대1 경쟁 뚫고 5명 최종경합"」, 뉴스1.; 서혜림, 2024. 10. 14, 「220대1→5명 최종경합 끝 과반득표… 한강 깜짝수상 베일 속 심사」, 연합뉴스.

47 　노벨문학상 선정 과정은 기사를 주로 참고했다. 강민경, 2024. 10. 15, 「한강 노벨문학상 수상 비하인드… "220대1 경쟁 뚫고 5명 최종경합"」, 뉴스1.; 서혜림, 2024. 10. 14, 「220대1→5명 최종경합 끝 과반득표… 한강 깜짝수상 베일 속 심사」, 연합뉴스.

에필로그 한강의 미래, 구십 년의 기도

1 　한강, 2019/2023, 「백 년 동안의 기도」, 『더 에센셜: 한강』, 문학동네, 340쪽.

2 　윤경희, 2015, 「수상작가 인터뷰 ― 연하고 깨끗한, 막연하나 이끄는」, 『제15회 황순원문학상 수상작품집』, 중앙일보문예중앙, 123쪽.

3 　윤경희, 2015, 「수상작가 인터뷰 ― 연하고 깨끗한, 막연하나 이끄는」, 『제15회 황순원문학상 수상작품집』, 중앙일보문예중앙, 124쪽.

4 　한강, 2011 봄, 「기억의 바깥」, ≪작가세계≫, 제23권 제1호, 40쪽.

5 　한강, 2007, 『가만가만 부르는 노래』, 비채, 148쪽.

참고문헌

#한강의 시와 소설, 동화

한강, 1993 겨울, 「서울의 겨울 12」 외 4편, ≪문학과사회≫, 통권 24호, 1553~1558쪽.

____, 1994. 1. 4, 「붉은 닻」, 서울신문.

____, 1995/2018, 『여수의 사랑』, 문학과지성사.

____, 1998/2017, 『검은 사슴』, 문학동네.

____, 2000 여름, 「침묵」, ≪문학동네≫, 제23호, 131~155쪽.

____, 2000, 『내 여자의 열매』, 창비. ; 2018, 『내 여자의 열매』, 문학과지성사.

____, 2002, 『그대의 차가운 손』, 문학과지성사.

____, 2002, 『내 이름은 태양꽃』, 문학동네.

____, 2007/2014, 『천둥 꼬마 선녀 번개 꼬마 선녀』, 문학동네.

____, 2007/2022, 『채식주의자』, 창비.

____, 2008, 『눈물상자』, 문학동네.

____, 2010, 『바람이 분다, 가라』, 문학과지성사.

____, 2011, 『희랍어 시간』, 문학동네.

____, 2012/2018, 『노랑무늬영원』, 문학과지성사.

____, 2013, 『서랍에 저녁을 넣어 두었다』, 문학과지성사.

____, 2014, 『소년이 온다』, 창비.

____, 2015, 「눈 한송이가 녹는 동안」, 『제15회 황순원문학상 수상작품집』(10~52쪽), 중앙일보문예중앙.

____, 2016/2018, 『흰』, 문학동네.

____, 2017 겨울, 「작별」, ≪문학과사회≫, 제30권 제4호, 통권 제120호, 115~160쪽.

____, 2021, 『작별하지 않는다』, 문학동네.

____, 2023, 『디 에센셜: 한강』, 문학동네.

#한강의 산문 및 기타 글

한강, 1994. 1. 4, 「뽑히고 나서」, ≪서울신문≫.

____, 2003/2009, 『사랑과, 사랑을 둘러싼 것들』, 열림원.

____, 2005, 「문학적 자서전-기억의 양지」, 『제29회 이상문학상 수상작품집 ─ 몽고반점』(352~356쪽), 문학사상사.

____, 2005, 「수상 소감」, 『제29회 이상문학상수상작품집』(350~351쪽), 문학사상사.

____, 2007, 『가만가만 부르는 노래』, 비채.

____, 2009, 「아버지가 지금, 책상 앞에 앉아 계신다」, 『아버지, 그리운 당신』, 서정시학. ; 2023, 『디 에센셜: 한강』(303~309쪽), 문학동네.

____, 2010 겨울, 「한강 작가연보」, 『동리목월』, 통권 제2호, 71~72쪽.

____, 2011 봄, 「기억의 바깥」, 『작가세계』, 제23권 제1호, 37~42쪽.

____, 2012, 「이상의 회화와 문학세계」, 연세대 석사학위 논문.

____, 2013 가을, 「아름다운 것에 대하여-최인호 선생님 영전에」, ≪문학동네≫, 통권 제76호. ; 2023, 『디 에센셜: 한강』(317~323쪽), 문학동네.

____, 2015, 「수상 소감」, 『제15회 황순원문학상 수상작품집』(56~58쪽), 중앙일보문예중앙.

____, 2015, 「수상작가가 쓴 연보」, 『제15회 황순원문학상 수상작품집』(92~95쪽), 중앙일보문예중앙.

____, 2017 겨울, 「그 말을 심장에 받아 적듯이」, ≪창작과비평≫, 제45권 제4호, 통권 제178호, 437~441쪽. 말라파르테 문학상 수상소감문.

____, 2017 겨울, 「작가의 눈-누가 '승리'의 시나리오를 말하는가?」, ≪문학동네≫, 2017년 겨울호, 10~13쪽.

____, 2019, 「백 년 동안의 기도」. ; 2023, 『디 에센셜: 한강』(339~341쪽), 문학동네.

____, 2021, 「발문-반짝이는 유리 기둥 사이에서」, 『산돌 키우기』(497~502쪽), 문학동네.

_____, 2022 봄, 「출간 후에」, ≪문학동네≫, 통권 제110호. ; 2023, 『디 에센셜: 한강』
　　　(342~356쪽), 문학동네.

_____, 2023.11/12, 「시와 단편소설, 그리고 장편소설을 함께 쓴다는 것」, ≪PEN문
　　　학≫, 제176호, 18~21쪽.

_____, 2024.10.17, 「한강 작가 제18회 포니정 혁신상 수상소감 전문」. 한글파일.

#논문 및 단행본

강지희, 2011 봄, 「작가 인터뷰-고통으로 '빛의 지문'을 찍는 작가」, ≪작가세계≫,
　　　제23권 제1호, 43~58쪽.

권희철, 2016.9, 「작가론-우리가 인간이라는 사실과 싸우는 일은 어떻게 가능한
　　　가?」, ≪문학동네≫, 제23권 제3호, 통권 제88호, 62~84쪽.

김선희, 2013, 「한강 소설에 나타나는 서사적 특성의 변화 양상」. 명지대 석사학위
　　　논문.

김수영, 2022, 『시여, 침을 뱉어라』, 민음사.

김연수, 2005, 「작가론」, 『제29회 이상문학상수상작품집』(367~373쪽), 문학사상사.

김연수, 2014.9, 「사랑이 아닌 다른 말로는 설명할 수 없는 ― 한강과의 대화」, ≪창
　　　작과비평≫, 통권 제165호, 311~332쪽.

나보령, 2023.6, 「다시 읽는 한강의 『희랍어 시간』」, ≪행복한교육≫, 통권 제500
　　　호, 54-55쪽.

노희호, 2022.9, 「한강 소설 속 유령의 형상과 기능 ―「눈 한송이가 녹는 동안」, 「작
　　　별」, 『작별하지 않는다』를 중심으로」, ≪어문론총≫, 제93호, 205~238쪽.

문화예술계 블랙리스트 진상조사 및 제도개선위원회, 2019, 「문화예술계 블랙리스
　　　트 진상조사 및 제도개선위원회 백서」, 제2권.

_____, 2019, 「문화예술계 블랙리스트 진상조사 및 제도개선위원회 백서」, 제
　　　2~4권.

박해현, 2023년 봄, 「소설가 한강의 맨부커 인터내셔널상 수상 그리고 번역 논쟁」,
　　　≪대산문화≫, 통권 제87호, 67~69쪽.

손정수, 2011 봄, 「식물이 자라는 속도로 글쓰기-한강론」, ≪작가세계≫, 제23권 제
　　　1호, 59~80쪽.

스미스, 데버라, 이예원 역, 2016 여름, 「자극하고, 불편하게 만들고, 질문하고 ─ 영역 한강 소설 『채식주의자』」, ≪대산문화≫, 통권 제60호. https://www.daesan.or.kr/webzine_read.html?uid=3150&ho=73.

양진영, 2019, 「한강 소설에 나타난 애도와 원한 연구 ─ 장편소설『소년이 온다』를 중심으로」, ≪한국문학이론과 비평≫, 제23권 제3호, 통권 제84호, 239~260쪽.

오정희 외, 1999, 「제25회 한국소설문학상 대상 선정 이유/심사 경위/심사평」, 『아기 부처 ─ 제25회 한국소설문학상 수상작품집』(7~11쪽), 인천: 개미.

오정희 외, 2018, 「심사평」, 『작별 ─ 제12회 김유정문학상 수상작품집』(7~9쪽), 은행나무.

우찬제, 2010 봄, 「진실의 숨결과 서사의 파동 ─ 한강의 소설」, ≪문학과사회≫, 제23권 제1호, 통권 제89호, 349~363쪽.

윤경희, 2015, 「수상작가 인터뷰 ─ 연하고 깨끗한, 막연하나 이끄는」, 『제15회 황순원문학상 수상작품집』(97~127쪽), 중앙일보문예중앙.

윤하은, 2024, 「한강 소설에 나타나는 폭력성의 이미지 연구 ─『채식주의자』, 『소년이 온다』, 『작별하지 않는다』를 중심으로」. 숭실대 석사학위 논문.

이상문학상 심사위원회, 2005, 「제29회 이상문학상 대상 수상작 선정 이유서」, 『제29회 이상문학상수상작품집』, 문학사상사.

이어령, 2005, 「차원 높은 상징성을 보여주는 새로운 소설」, 『제29회 이상문학상수상작품집』(330~331쪽), 문학사상사.

이현권·윤혜리, 2020, 「무의식적 관점에서 본 소설가 한강의 단편 소설「내 여자의 열매」」, ≪정신분석≫, 제31권 제3호, 52~61쪽.

임철우, 1984/1996, 「사평역」, 『아버지의 땅』(113~149쪽), 문학과지성사.

장경렬, 2002 여름, 「환유와 은유의 경계에서-『그대의 차가운 손』」, ≪서평문화≫, 제46집, 17~27쪽.

정서희, 2012, 「한강 소설의 인물 정체성 연구」, 연세대 석사학위 논문.

정용준, 2022.1/2. 「한강+정용준 빛이 머물다 간 자리」, ≪악스트≫, 2022년 1/2월호, 통권 제40호, 60~86쪽.

정윤희, 2016.6, 「이달의 북리스트 인터뷰-한강 작가」, ≪출판저널≫, 제485호, 16~21쪽.

주지영, 2022, 「한강의 「아기부처」에 나타난 혐오의 폭력성과 공거의 윤리」, ≪현대소설연구》, 제86호, 279~311쪽.

한강·강수미·신형철, 2016.9, 「한강 소설의 미학적 층위 ─『채식주의자』에서『흰
　　』까지」, 《문학동네》, 제23권 제3호, 통권 제88호, 14~61쪽.

한승원, 2021,『산돌 키우기』, 문학동네.

힌츠페터, 위르겐, 1997, 「카메라에 담은 5·18현장」, 『5·18특파원리포트』
　　(119~130쪽), 풀빛.

#기사 및 방송 보도

강민경, 2024.10.15, 「한강 노벨문학상 수상 비하인드… "220대 1 경쟁 뚫고 5명 최
　　종경합"」, 뉴스1. https://v.daum.net/v/2024101510455607.

경수현, 2024.10.17, 「日 번역가 "한강, 최대위기에도 인간존엄 존재할 수 있음 보
　　여줘"」, 연합뉴스. https://www.yna.co.kr/view/AKR20241017041600
　　073.

고나린, 2024.10.12, 「대학생 한강 향한 스승의 헌사 "능란한 문장력… 잠재력 꽃피
　　길"」, 《한겨레신문》. https://www.hani.co.kr/arti/society/society_
　　general/1162118.html.

김기윤, 2024.10.21, 「노벨상 선배 르 클레지오 "한강, 내게도 깨달음 줘"」, 《동아
　　일보》. https://www.donga.com/news/People/article/all/20241020/
　　130255279/2.

김보경, 2016.3.16, 「『채식주의자』번역 데버라 스미스 "번역은 시와 같다"」, 연합
　　뉴스. https://www.yna.co.kr/view/AKR20160315191000005.

김수현, 2024.10.27, 「"한강의 노벨문학상 수상은 '제비 한 마리', 봄을 부르러 가야
　　합니다"」, SBS. https://premium.sbs.co.kr/article/xwUWSI1oC.

김용래, 2024.10.16, 「한강, 스웨덴 언론과 인터뷰… "조용히 글 쓰고 싶다"」, 연합
　　뉴스. https://www.yna.co.kr/view/AKR20241016022800005.

김용출, 2021.9.8, 「신작『작별하지 않는다』한강 "지극한 사랑에 대한 소설이기를"
　　─ 김용출의 문학삼매경」, 《세계일보》. https://www.segye.com/
　　newsView/20210907517630?OutUrl=naver.

─────, 2024.10.17, 「기자가 만난 세상-노벨문학상까지 이념 공세라니…」, 《세

계일보≫. https://m.segye.com/view/20241017519709.

김용출·이강진, 2024. 10. 18, 「한강 "60세 되는 6년 동안 책 3권 쓰는 데 몰두"」, ≪세계일보≫. https://www.segye.com/newsView/20241017526287.

김유태, 2024. 10. 11, 「한강 단독 인터뷰 ─ "고단한 날, 한 문단이라도 읽고 잠들어야 마음이 편안해집니다"」, ≪매일경제≫. https://www.mk.co.kr/news/culture/11137036.

김은경, 2018. 11. 30, 「한강 "단편소설은 내가 살아온 기록… 올겨울 눈 삼부작 완성"」, 연합뉴스. https://www.yna.co.kr/view/AKR20181130098400005.

김인구·김충남, 2017. 10. 10, 「"6·25는 대리戰"… 소설가 한강 美기고문 논란」, ≪문화일보≫. https://n.news.naver.com/article/021/0002329499?sid=103.

김재선, 2016. 5. 17, 「한승원 "딸 한강은 나를 넘었다… 어린 시절 책에 묻혀 살아"」, 연합뉴스. https://www.yna.co.kr/view/AKR20160517093500054?input=1195m.

김중배, 2014. 8. 1, 「제29회 만해문학상에 한강 '소년이 온다'」, 연합뉴스. https://www.yna.co.kr/view/AKR20140801167200005.

김지영, 2009. 9. 26, 「폭압적 동물성 앞에 진저리 차라리 식물로 살고픈 여자」, ≪동아일보≫. https://www.donga.com/news/Culture/article/all/20071102/8507114/1.

김현정, 2016. 5. 17, 〈소설가 한승원 "딸 한강, 나를 진즉 뛰어넘어"〉, CBS. https://www.cbs.co.kr/board/view/cbs_P000246_interview?no=98391&searchItem=text&searchText=%ED%95%9C%EC%8A%B9%EC%9B%90.

김혜인, 2024. 10. 11, 「한강 아버지 "노벨문학상, 리얼리즘 속 감수성 빛났다"」, 뉴시스. https://www.newsis.com/view/NISX20241011_0002916651.

노지운, 2024. 10. 16, 「연세대 국문과 89학번들 "한강은 입학 때부터 언터처블한 존재"」, ≪문화일보≫. https://www.munhwa.com/news/view.html?no=2024101601039921166001.

사지원, 2024. 10. 12, 「"한국문학이 거둔 빛나는 성과… 아! 우리 이제 여기까지 왔구나"」, ≪동아일보≫, 3면. https://www.donga.com/news/Culture/article/all/20241011/130202045/2.

_____, 2024. 10. 17, 「이문열 "한강의 노벨상 수상, '문학 고급화' 상징 봉우리 같은 것"」, ≪동아일보≫. https://www.donga.com/news/Culture/article/all/20241017/130233038/2.

서혜림, 2024. 10. 14, 「220대 1 → 5명 최종경합 끝 과반득표··· 한강 깜짝수상 베일 속 심사」, 연합뉴스. https://www.yna.co.kr/view/AKR2024101405265 1009.

손정빈, 2016. 5. 24, 「일문일답 ― 맨부커상 한강 "채식주의자, 질문으로 읽어줬으면"」, 뉴시스. https://www.newsis.com/ar_detail/view.html?ar_id=NISX20160524_0014104242&cID=10701&pID=10700.

손정숙, 1995. 8. 10, 「첫 소설 「여수의 사랑」 펴낸 한강씨」, ≪서울신문≫. https://www.seoul.co.kr/news/newsView.php?id=19950810015002.

신연선·오은, 2021. 9. 23, 「책읽아웃 ― 질문에 끝까지 가보는 것(G. 한강 작가)」, 채널예스. https://ch.yes24.com/Article/View/45918.

윤수경, 2024. 10. 14, 「"이견 없던 한강 등단작 '붉은 닻'··· 오랫동안 자신의 세계 넓혀 가길」, ≪서울신문≫. https://n.news.naver.com/article/081/0003486698?sid=103.

이강은, 2024. 10. 16, 「제2의 한강, 데버라 스미스 어떻게?··· "국내 문학시장·비평·담론 활성화 시급"」, ≪세계일보≫. https://www.segye.com/newsView/20241016523695.

이상훈, 2024. 10. 13, 「"아픔과 회복 주제로 하는 한강 작품엔 신비한 힘"」, ≪동아일보≫. https://www.donga.com/news/Inter/article/all/20241013/13020 4741/1.

이신영, 2024. 10. 10, 「한강 노벨상에 외신도 '서프라이즈'··· "K컬처 국제적 영향력 반영"(종합)」, 연합뉴스. https://m.yna.co.kr/view/AKR2024101016515 1009.

이영재·이지헌, 2017. 2. 1, 「고은·한강·황현산··· 특검이 밝힌 '블랙리스트' 피해자들」. 연합뉴스. https://www.yna.co.kr/view/AKR20170131182300004.

이은정, 2024. 10. 10, 「문학계 "한강의 영예이자, 한국 문화에 대한 세계적 인정"」, 연합뉴스. https://www.yna.co.kr/view/AKR20241010170900005?input=1195m.

이재훈, 2016. 6. 3, 「한강 "언어 아닌 다른 방법 상상"··· '흰' 전시 '소실점'」, 뉴시스.

https://www.newsis.com/view/NISX20160603_0014128214.

_____, 2016. 6. 19, 「"한국문학 세계화 실행계획 마련은 위험한 생각"」, 뉴시스. https://www.newsis.com/view/NISX20160619_0014161235.

이준범, 2024. 10. 14, 「알고보니-한강 작가 소설이 역사 왜곡?」, MBC. https://imnews.imbc.com/replay/2024/nwdesk/article/6646067_36515.html.

이혜원·이윤희, 2024. 10. 11, 「외신들, 한강 노벨문학상에 "K-컬처 세계적 영향력 커져"(종합)」, 뉴시스. https://v.daum.net/v/20241011003714533.

임수빈, 2016. 6, 「한강 "언제나 '흰' 것에 대한 글을 쓰고 싶었다"」, 채널예스. https://ch.yes24.com/Article/View/31058.

임지우, 2024. 10. 11, 「일문일답: '놀랐다' 5번 되뇌인 한강… "오늘밤 아들과 차마시 며 조용히 자축"」, 연합뉴스. https://www.yna.co.kr/view/AKR2024 1011000200009?input=1195m.

엄지혜, 2014. 6, 「한강 "벌 받는 기분으로 책상에 앉았다"」, 채널예스. https://ch.yes24.com/Article/View/25422.

전승훈, 2016. 5·18, 「한강 "인간 존엄성을 향해 필사적으로 손을 뻗고 싶어"」, ≪동 아일보≫. https://www.donga.com/news/Culture/article/all/201605 18/78153410/1.

정연욱, 2021. 10. 31, 「인터뷰-『소년이 온다』 한강 "압도적인 고통으로 쓴 작품"」, KBS. https://news.kbs.co.kr/news/pc/view/view.do?ncd=5313630.

정철환, 2024. 10. 11, 「한강 소설 佛번역자 "수상 소식에 펑펑… 문학 지평 넓힌 대사 건"」, ≪조선일보≫. https://www.chosun.com/international/inter national_general/2024/10/11/3KUS6C5JSVH3HKXRXSKIWOSS2M/.

정현상, 2016. 6. 20, 「"환상적인 한국 작가 많다"『채식주의자』 번역한 데버라 스미 스 단독 인터뷰」, ≪신동아≫. https://shindonga.donga.com/culture/ article/all/13/536523/1.

조갑제, 2017. 11, 「시험대에 오른 리더십-대한민국과 문재인의 충돌 코스」, ≪월간 조선≫, 통권 제452호, 248~258쪽.

조민선, 2024. 10. 29, 「한강 소설 스웨덴판 번역가 부부, "해골조차 아름답게 묘사하 는 한강"」, ≪한국경제신문≫. https://www.hankyung.com/article/ 202410217536i.

조승한, 2024. 10. 15, 「네이처 "노벨 문학상 한강, 2017년부터 학술논문도 주목"」,

연합뉴스. https://www.yna.co.kr/view/AKR20241015114200017.

지은경. 2016. 5. 16, 「『채식주의자』 번역한 '데버라 스미스' 인터뷰」, 채널예스.
    https://ch.yes24.com/article/view/30787.

진상명. 2024. 10. 16, 「"별로 그때로 돌아가고 싶지 않아요"… 작품 세계 관통하는
    '스물일곱' 한강 작가의 생각들, 다시 들어보니」, SBS 뉴스. 영상. https://
    news.sbs.co.kr/news/endPage.do?news_id=N1007836269&plink=C
    OPYPASTE&cooper=SBSNEWSEND.

채널예스, 2010. 6, 「작가와의 만남: 연극 「오늘의 책은 어디로 사라졌을까?」와 함
    께한 낭독회 ― 『바람이 분다, 가라』 한강」. https://ch.yes24.com/
    Article/View/15999.

_____, 2014. 9, 「한강 "나에게 서재란, 일하는 방"」. https://ch.yes24.
    com/Article/View/26237.

_____, 2011. 12, 「"우리는 모두 다 세계를 잃어가는 사람들"-소설가 한강 『희랍어
    시간』」. https://ch.yes24.com/Article/View/18881.

최윤서, 2024. 10. 13, 「노벨문학상 수상 한강 폄훼 논란… "역사 왜곡 … 中이 받았어
    야"」, 뉴시스. https://www.newsis.com/view/NISX20241013_000291
    7885.

황정우·임미나, 2016. 5. 17, 「소설가 한강, '세계3대 문학상' 맨부커상 수상(종합2
    보)」, 연합뉴스. https://www.yna.co.kr/view/AKR2016051613145 2005.

#인터넷 사이트 및 영상 자료

네이버, 2014. 6. 30, 「지서재, 지금의 나를 만든 서재-소설가 한강의 서재」. https://
    m.terms.naver.com/entry.naver?docId=3578332&cid=59153&categor
    yId=59153.

목포MBC뉴스, 2024. 10. 11, 「한국 최초 '노벨문학상' 한강 부친, 한승원 작가 인터
    뷰 풀버전」. https://www.youtube.com/watch?v=7-9SUnjDFh0.

안드레스 올손, 2024. 10. 10, 「Biobibliography」, 노벨상위원회 홈페이지. https://
    www.nobelprize.org/prizes/literature/2024/bio-bibliography/.

한국문학번역원, 2024. 10. 11, 「보도자료-꾸준한 한국문학 해외 소개가 만들어낸

한 최초 노벨문학상 쾌거」. 한글 파일.

한국작가회의, 2024. 10. 11, 「한국작가회의 회원 한강 작가 2024년 노벨문학상 수상 논평-한강의 영광은, 여린 생명을 감싸안은 문학언어를 위한 축복이다」. 한글 파일. http://hanjak.or.kr/2012/idx.html?Qy=notice1&nid=1425.

한국출판인회의, 2024. 10. 11, 「한국 문학과 출판계의 쾌거! 한강 작가의 2024년 노벨문학상 수상을 축하하며」. 한글 파일. https://blog.naver.com/kopus2333/223614788137.

문학평론가 김명인의 페이스북 게시글.

찾아보기

지은이

김용출

논픽션 작가 및 기자. 2003년 논픽션 『최옥란 평전』과 2006년 『독일 아리랑』을 발표하며 활동을 시작했다. 이후 『독서경영』(공저, 2006), 『비선 권력』(공저, 2017), 『3·1운동』(공저, 2019), 『청화 전기: 위대한 스승』(2023) 등을 집필했다. 1997년 입사한 이래 세계일보에서 기자로 일하고 있다. 1969년 장흥 출생.

한강 격류

작가 한강의 삶과 문학세계

ⓒ 김용출, 2025

지은이 **김용출**
펴낸이 **김종수**
펴낸곳 **한울엠플러스(주)**
편집책임 **조수임**
편집 **정은선**

초판 1쇄 인쇄 2025년 1월 3일
초판 1쇄 발행 2025년 1월 10일

주소 10881 경기도 파주시 광인사길 153 한울시소빌딩 3층
전화 031-955-0655
팩스 031-955-0656
홈페이지 www.hanulmplus.kr
등록번호 제406-2015-000143호

Printed in Korea.
ISBN 978-89-460-8361-5 03810 (양장)
      978-89-460-8362-2 03810 (무선)

* 책값은 겉표지에 표시되어 있습니다.